Nicholas Sparks

A Escolha

Tradução
Ivar Panazzolo Júnior

Editora Novo Conceito

Título original: The choice

6ª Impressão — 2013

Edição: Edgar Costa Silva
Produção Editorial: Alline Salles, Lívia Fernandes, Tamires Cianci
Tradução: Ivar Panazzolo Júnior
Preparação de Texto: Denise Cristina Morgado
Revisão de Texto: Flávia Taveira de Ataíde Mazzo e Enymilia Guimarães
Diagramação: Nhambikwara Editoração
Capa: Douglas Lucas
Impressão e Acabamento RR Donnelley 260313

Este livro segue as regras da Nova Ortografia da Língua Portuguesa

Dados Internacionais de Catalogação na Publicação (CIP)
(Câmara Brasileira do Livro, SP, Brasil)

Sparks, Nicholas
A Escolha / Nicholas Sparks ; tradução Ivar Panazzolo Júnior. -- Ribeirão Preto, SP : Novo Conceito Editora, 2012.

Título original: The choice.

ISBN 978-85-63219-29-9
1. Ficção norte-americana I. Título.

11-06226 CDD-813

Rua Dr. Hugo Fortes, 1885 – Parque Industrial Lagoinha
14095-260 – Ribeirão Preto – SP
www.editoranovoconceito.com.br

Agradecimentos

Bem, serei honesto. Às vezes acho difícil escrever agradecimentos pela simples razão de que a minha vida, como autor, foi abençoada com um tipo de estabilidade profissional que me parece ser rara nos dias de hoje. Quando penso nos meus primeiros romances e releio os agradecimentos em obras como *Uma carta de amor* ou *O resgate*, vejo nomes de pessoas com quem ainda trabalho hoje. Eu não somente estou com o mesmo agente literário e editor desde que comecei a escrever, como também trabalho com os mesmos assessores de imprensa, agentes cinematográficos, advogados especializados em entretenimento, *designer* de capas e vendedores, e um dos produtores foi responsável pela maioria das adaptações para o cinema de meus livros. Além de ser maravilhoso, me faz sentir como se existisse um recorde a ser quebrado quando agradeço a essas pessoas. Mesmo assim, cada um deles merece a minha gratidão.

Claro, preciso começar, como sempre, agradecendo à Cat, minha esposa. Somos casados há dezoito anos e temos uma bela vida juntos: cinco filhos, oito cachorros (em épocas diferentes), seis residências diferentes em três estados diferentes, três funerais muito tristes de membros da família, doze livros publicados e mais uma obra de não ficção. Tem sido como um redemoinho desde o começo, e não consigo imaginar ter todas essas experiências com qualquer outra pessoa.

Meus filhos — Miles, Ryan, Landon, Lexie e Savannah — estão crescendo aos poucos, e, além de amá-los muito, também me orgulho de cada um deles.

Theresa Park, minha agente no Park Literary Group, não é apenas uma das minhas melhores amigas, mas uma amiga fantástica. Inteligente, encantadora e gentil, ela é uma das maiores bênçãos da minha vida, e eu gostaria de agradecê-la por tudo que fez.

Jamie Raab, minha editora na Grand Central Publishing, também merece minha gratidão por tudo o que realiza. Ela faz anotações a lápis nos originais que lhe envio, na esperança de fazer com que eles fiquem melhores, tanto quanto possível, e eu me sinto feliz por ter acesso a sua sabedoria intuitiva quando o assunto é romance literário. Além de tudo, eu tenho a sorte de poder chamá-la de amiga.

Denise DiNovi, a espetacular produtora de *Um amor para recordar, Uma carta de amor* e *Noites de tormenta,* é a minha melhor amiga em Hollywood, e anseio bastante pelas visitas aos *sets* de filmagem pela simples razão de que teremos uma oportunidade de visitá-la.

David Young, o novo presidente da Grand Central Publishing (bem, ele não é mais tão novo assim, eu acho), não apenas se tornou um bom amigo, mas também uma pessoa que merece meus sinceros agradecimentos, sobretudo pelo hábito desagradável que tenho de lhe enviar os manuscritos no último minuto possível. Desculpe-me.

Jennifer Romanello e Edna Farley são assessoras de imprensa e amigas, e eu adoro trabalhar com elas desde que *Diário de uma paixão* foi publicado, em 1996. Obrigado por tudo o que vocês fazem!

Harvey-Jane Kowal e Sona Vogel, que fazem revisão e edição, sempre merecem meus agradecimentos por encontrarem os "errinhos" que inevitavelmente surgem nos meus livros.

Howie Sanders e Keya Khayatian, na UTA, merecem meus agradecimentos pelo sucesso que tive nas adaptações para o cinema. Reconheço tudo o que vocês dois fazem.

Scott Schwimmer sempre cuida de mim, e percebi que o considero um amigo. Obrigado, Scott!

Muito obrigado a Marty Bowen, o produtor responsável pela versão para o cinema de *Querido John*.

Obrigado também a Flag, por mais uma capa maravilhosa.

E, finalmente, obrigado também a Shannon O'Keefe, Abby Koons, Sharon Krassney, David Park, Lynn Harris e Mark Johnson.

Para a família Lewis:
Bob, Debbie, Cody e Cole.
Minha família.

Prólogo

Fevereiro de 2007

Histórias são únicas, assim como as pessoas que as contam, e as melhores histórias são aquelas cujo final é uma surpresa. Pelo menos, lembrava Travis Parker, era o que o seu pai dizia quando ele era criança. Travis lembrava-se da maneira como seu pai se sentava na cama ao seu lado, com a boca curvada em um sorriso quando o garoto implorava por uma história.

— Que tipo de história você quer? — perguntava seu pai.

— A melhor de todas — respondia Travis.

Geralmente, o pai dele ficava sentado por alguns minutos em silêncio, e seus olhos se iluminavam. Ele colocava o braço ao redor de Travis e, com uma voz impecável, começava a contar alguma história que frequentemente deixava Travis acordado por um bom tempo, mesmo depois que seu pai já havia apagado as luzes. Sempre havia aventura, perigos, emoção e jornadas que aconteciam dentro e nas redondezas da pequena cidade litorânea de Beaufort, na Carolina do Norte, o lugar onde Travis Parker cresceu e que ele ainda chama de lar. Estranhamente, a maior parte daquelas histórias incluía ursos. Ursos-cinzentos, marrons, pardos… seu pai não era muito apegado à realidade dos hábitats naturais dos ursos. Ele se concentrava em cenas com fugas alucinadas pelos baixios arenosos, fazendo com que Travis tivesse pesadelos com ursos-polares enfurecidos nas praias de Shackleford. Mesmo assim, independentemente do quanto as histórias o assustavam, ele inevitavelmente perguntava: “O que aconteceu depois?”.

Para Travis, aqueles dias pareciam ser os vestígios inocentes de outra era. Ele estava com 43 anos agora e, ao parar seu carro no estacionamento do Hospital Geral de Carteret, onde sua esposa havia trabalhado nos últimos dez anos, pensou novamente nas palavras que sempre dizia ao pai.

Ao descer do carro, apanhou as flores que havia trazido. Na última vez que falara com a esposa, haviam discutido e, acima de tudo, ele queria se desculpar e fazer as pazes. Ele não tinha ilusões de que as flores melhorariam as coisas, mas não estava certo em relação ao que mais poderia fazer. Não é necessário dizer que ele se sentia culpado pelo que havia acontecido, mas outros amigos, também casados, garantiram-lhe que a culpa era a pedra fundamental de qualquer bom casamento. Significava que havia uma consciência trabalhando, que havia bons valores sendo considerados, e o melhor a fazer era evitar quaisquer razões para se sentir culpado, sempre que possível. Às vezes, seus amigos admitiam fraquezas em determinadas áreas, e Travis percebeu que o mesmo poderia ser dito sobre qualquer casal que ele já conhecera. Supunha que seus amigos haviam dito aquilo para fazer com que se sentisse melhor, para lembrar-lhe de que ninguém é perfeito, de que ele não devia ser tão duro consigo mesmo. “Todos cometem erros”, diriam eles, e, embora ele assentisse, como se concordasse, sabia que eles nunca entenderiam a situação pela qual estava passando. Eles não teriam condições de fazer isso. Afinal de contas, eles ainda tinham suas esposas dormindo ao lado todas as noites; nenhum daqueles casais havia se afastado por três meses, nenhum deles se perguntava se o seu casamento algum dia voltaria a ser como antes.

Ao cruzar o estacionamento, pensou nas duas filhas, no seu emprego e na esposa. No momento, nada daquilo lhe reconfortava. Sentia como se estivesse fracassando em praticamente todas as áreas da sua vida. Ultimamente, a felicidade parecia tão distante e inalcançável para ele quanto uma viagem pelo espaço sideral. Mas nem sempre se sentiu assim. Houve um longo espaço de tempo durante o qual se lembrava de ter sido muito feliz. Mas as coisas mudam. As pessoas mudam. A mudança é uma das leis inevitáveis da natureza, cobrando tributos sobre a vida das pessoas. Cometem-se erros, arrependimentos surgem, e tudo o que havia sobrado eram repercussões que tornavam algo tão simples como se levantar da cama uma coisa quase extenuante.

Balançando a cabeça, ele se aproximou da porta do hospital, imaginando-se como a criança que havia sido, ouvindo as histórias de seu pai. Sua própria vida havia sido a melhor de todas as histórias, pensava. O tipo de história que deveria ter acabado com um final feliz. Ao estender a mão para abrir a porta, sentiu a onda familiar de memórias e arrependimentos.

Somente mais tarde, depois de deixar as memórias tomarem conta de si mais uma vez, é que ele se permitiria imaginar o que aconteceria a seguir.

Parte Um

Capítulo 1

Maio de 1996

— Me diga mais uma vez por que eu concordei em ajudá-lo com isso — disse Matt, que, resmungando e com o rosto vermelho, continuava a empurrar a banheira de hidromassagem em direção ao buraco em forma de quadrado recém-cortado no lado mais distante do deque. Os pés dele escorregavam, e ele podia sentir o suor lhe escorrer da testa para os cantos dos olhos, fazendo com que eles ardessem. Estava quente, quente demais para o começo de maio. Extremamente quente para fazer isso, com certeza. Até mesmo Moby, o cachorro de Travis, estava escondido sob uma sombra, arfando, com a língua dependurada.

Travis Parker, que estava empurrando a pesada caixa com Matt, encontrou forças para resmungar. — Porque você achou que seria divertido — disse ele. Abaixou os ombros e deu mais um empurrão; a banheira — que devia pesar quase 200 quilos — avançou mais alguns centímetros. Nesse ritmo, a banheira talvez chegaria ao seu devido lugar… na semana seguinte.

— Isso é ridículo — disse Matt, apoiando seu peso na caixa, pensando que o que eles realmente precisavam era de uma tropa de mulas. Suas costas o estavam matando. Por um momento, imaginou que a sua cabeça iria explodir pelas orelhas, lançando destroços em ambas as direções, como os foguetes feitos com garrafas que ele e Travis costumavam disparar quando crianças.

— Você já disse isso.

— E não tem graça — resmungou Matt.

— Você disse isso também.

— E não vai ser fácil instalar isso.

— Claro que vai — discordou Travis. Ele se levantou e apontou para as palavras impressas na caixa. — Está vendo? Bem aqui, "fácil de instalar". — Do lugar em que estava, sob a árvore frondosa, Moby, um bóxer puro-sangue, latiu como se concordasse, e Travis sorriu, parecendo estar bastante satisfeito consigo mesmo.

Matt praguejou, tentando tomar fôlego. Ele detestava quando Travis assumia aquela postura. Geralmente gostava do grande entusiasmo de seu amigo. Mas hoje, não. Definitivamente, hoje não.

Matt pegou um lenço que estava no bolso de trás. O lenço estava encharcado de suor, e havia deixado suas calças num estado lastimável, com os fundilhos encharcados. Ele enxugou o rosto e amarrou o lenço ao redor da cabeça com um movimento rápido. O suor escorria pelo tecido em direção ao seu tênis, pingando como uma torneira quebrada. Ele olhou para aquilo fixamente, como se estivesse hipnotizado, antes de sentir que o tecido do tênis absorvia aquilo, causando-lhe uma sensação suave e pegajosa nos dedos do pé. Algo completamente inusitado, não é?

— Pelo que me lembro, você disse que Joe e Laird estariam aqui para nos ajudar com o seu "pequeno projeto", e que Megan e Allison viriam preparar alguns hambúrgueres, e que tomaríamos umas cervejas, e que, ah, sim, que instalar este troço levaria no máximo umas duas horas.

— Logo eles estarão aqui — disse Travis.

— Você disse isso há quatro horas.

— Talvez eles tenham se atrasado.

— Talvez você nem tenha ligado para eles.

— Claro que liguei. E eles vão trazer as crianças, também. É sério.

— Quando?

— Logo, logo.

— Aham — respondeu Matt. E enfiou a bandana de volta no bolso. — E, por falar nisso, caso eles não cheguem logo, como você imagina que nós dois conseguiremos colocar esta coisa no buraco?

Travis minimizou o problema com um aceno ao virar-se novamente para a caixa. — Daremos um jeito. Por enquanto, pense no progresso que já fizemos até agora. Já estamos quase na metade do caminho.

Matt fechou a cara novamente. Era sábado — Sábado! Seu dia reservado para descanso e divertimento, sua chance de escapar do trabalho, o dia de folga que ele fez por merecer depois de cinco dias no banco, o tipo de dia de que precisava. Pelo amor de Deus, ele era um gerente de empréstimos e financiamentos! O trabalho dele envolvia movimentar papéis, não uma banheira de hidromassagem! Poderia estar assistindo ao jogo de beisebol entre o Atlanta Braves e o Brooklyn Dodgers! Poderia estar jogando golfe! Poderia ter ido à praia! Poderia ter ficado na cama com Liz até tarde antes de ir à casa dos pais dela, como faziam quase todo sábado, em vez de acordar ao raiar do dia e fazer um trabalho braçal por oito horas ininterruptas debaixo do sol escaldante que castigava o sul dos Estados Unidos…

Fez uma pausa. Quem ele estava querendo enganar? Se não estivesse ali, definitivamente iria passar o dia na casa dos pais de Liz, e, honestamente, essa era a principal razão pela qual concordara em ajudar Travis. Mas a questão não era aquela. A questão era que ele não precisava daquilo. Não precisava mesmo.

— Não preciso disso — disse ele. — Não preciso mesmo.

Travis pareceu não escutar o que ele disse. Suas mãos já estavam pousadas sobre a caixa, e ele estava se posicionando novamente. — Está pronto?

Matt abaixou o ombro, contrariado. Suas pernas estavam tremendo. Tremendo! Já sabia que precisaria de uma dose dupla de Advil para aliviar as dores que sentiria na manhã seguinte. Ao contrário de Travis, ele não ia à academia quatro vezes por semana, nem jogava *squash*, nem saía para correr e também não ia mergulhar em Aruba, nem surfar em Bali ou esquiar em Vail como seu amigo fazia. — Isso não tem graça, sabia?

Travis piscou para ele. — Você já disse isso, lembra-se?

— Uau! — comentou Joe, levantando uma sobrancelha enquanto andava ao redor do perímetro da banheira de hidromassagem. Naquele momento, o sol estava iniciando sua trajetória descendente, com raios dourados refletindo na água da baía. Ao longe, uma garça decolou do meio das árvores e graciosamente voou por cima da água, dispersando a luz. Joe e Megan, com Laird e Allison, haviam chegado alguns momentos antes, trazendo as crianças, e Travis estava mostrando o lugar a eles. — Está uma beleza! Vocês fizeram tudo isso hoje?

Travis fez que sim com a cabeça, com uma cerveja na mão. — Não foi tão ruim — disse. — Acho que o Matt até gostou de fazer força.

Joe deu uma olhada em Matt, que estava esparramado em uma espreguiçadeira ao lado do deque, com um pano encharcado em água gelada ao redor da cabeça e até mesmo da barriga — Matt sempre teve alguns quilos a mais — parecia estar cansado.

— Dá pra ver.

— É muito pesada?

— Igual a um sarcófago egípcio! — disse Matt. — Aqueles feitos de ouro, que só podem ser movimentados com guindastes.

Joe riu. — As crianças já podem entrar nela?

— Ainda não. Acabei de enchê-la, e vai demorar um pouco até que a água esquente. Mas o sol vai apressar as coisas.

— O sol vai esquentar a água em alguns minutos! — assegurou Matt, com a voz lamuriosa. — Em alguns segundos!

Joe abriu um sorriso. Os três, juntamente com Laird, se conheciam desde o jardim de infância.

— O dia foi difícil, Matt?

Matt tirou o lenço que estava ao redor da sua cabeça e lançou um olhar duro para Joe. — Você nem imagina. E obrigado por aparecer na hora marcada.

— Travis me disse para vir às cinco. Se eu soubesse que vocês precisavam de ajuda, teria vindo mais cedo.

Matt lentamente fixou o olhar em Travis. Realmente detestava o amigo às vezes.

— E como está Tina? — perguntou Travis, mudando de assunto. — Megan está conseguindo dormir?

Megan estava conversando com Allison na mesa, do outro lado do deque, e Joe deu uma rápida olhada na direção em que elas estavam. — Um pouco. Tina não está mais tossindo e está conseguindo dormir à noite novamente, mas às vezes penso que Megan não está mais programada para dormir. Pelo menos não desde que teve a menina. Ela se levanta mesmo que Tina não tenha feito barulho algum. É como se o silêncio a despertasse.

— É uma boa mãe — afirmou Travis. — Sempre foi.

Joe virou-se para Matt. — Onde está Liz? — perguntou.

— Ela vai chegar a qualquer momento — respondeu Matt, com uma voz macilenta que parecia emanar de um cadáver. — Passou o dia na casa dos pais.

— Que lindo! — comentou Joe.

— Seja legal. Eles são boas pessoas.

— Acho que me lembro de uma vez que você disse que, se tivesse de escutar mais uma das histórias do seu sogro sobre o câncer de próstata que ele teve, ou escutar a sua sogra tagarelar sobre Henry ser demitido mais uma vez — mesmo que não tenha sido culpa dele —, você enfiaria a cabeça no forno e ligaria o gás.

Matt se endireitou na espreguiçadeira com certo esforço. — Eu nunca disse isso!

— Disse sim — Joe piscou quando Liz, a esposa de Matt, se aproximou da casa, com o pequeno Ben andando com passos hesitantes a sua frente. — Mas não se preocupe, não vou contar isso a ninguém.

Os olhos de Matt estavam agitados, olhando de Liz para Joe, e de volta para Liz, tentando perceber se ela havia ouvido alguma coisa.

— Oi, pessoal! — cumprimentou Liz em voz alta, com um aceno amistoso, trazendo Ben pela mão. Ela foi em direção a Megan e Allison. Ben soltou-se dela e foi atrás das outras crianças que estavam no quintal.

Joe viu Matt respirando aliviado. Ele sorriu e baixou o tom de voz. — Então, você usou os sogros de Matt para convencê-lo a vir aqui?

— Talvez eu tenha usado esse argumento — Travis deu um sorriso torto. Joe riu.

— O que vocês estão falando aí? — perguntou Matt, desconfiado.

— Nada! — disseram os dois, ao mesmo tempo.

Mais tarde, depois de o sol ter se posto e todos terem jantado, Moby se deitou aos pés de Travis. Enquanto ouvia o barulho das crianças brincando na água da banheira, Travis sentiu uma onda de satisfação tomar conta de si. Este era o tipo de tarde que ele adorava, desfrutada ao som de risos compartilhados e conversas bem-humoradas. Em certo momento, Allison estava conversando com Joe; no momento seguinte, estava conversando com Liz, e depois com Laird ou Matt, e assim por diante, com todos que estavam sentados ao redor da mesa do quintal. Sem pretensões, sem tentativas de impressionar, ninguém tentando menosprezar ninguém. Sua vida, ele pensava às vezes, se parecia com um comercial de cerveja, e, na maior parte do tempo, ele se contentava em simplesmente curtir aquela sensação boa.

De vez em quando, uma das esposas se levantava para dar uma olhada nas crianças. Laird, Joe e Matt, por sua vez, resumiam suas habilidades paternas em tempos como estes a simplesmente levantar suas vozes periodicamente, na esperança de acalmar as crianças ou impedi-las de se provocar ou de se machucar acidentalmente. Uma das crianças abria um berreiro ocasionalmente, mas a maioria dos problemas era resolvida com um beijo rápido em um joelho esfolado ou um abraço tão agradável de se observar a distância quanto deveria ter sido para a criança recebê-lo.

Travis olhou em volta da mesa, feliz por seus amigos de infância terem se tornado não somente bons maridos, mas por ainda fazerem parte da sua vida. As coisas nem sempre terminavam assim. Aos 32 anos, ele sabia que a vida às vezes se parecia com um jogo de azar, e havia sobrevivido a mais do que apenas alguns acidentes e quedas, alguns dos quais deveriam ter causado ferimentos bem mais sérios do que os que sofreu. Mas não era só isso. A vida era imprevisível. Outras pessoas que ele havia conhecido já tinham morrido em acidentes de carro, se casado e divorciado, se viciado em drogas ou álcool, ou simplesmente se mudado para outro lugar, para longe daquela pequena cidade, e seus rostos já começavam a se apagar da sua memória. Quais eram as chances daqueles quatro — amigos desde que estavam no jardim de infância — continuarem em contato depois dos 30 anos, e ainda passarem os fins de semana juntos? A probabilidade era pequena, ele pensava. Mas, de algum modo, depois de estarem juntos durante a adolescência, com todos os seus problemas com acnes, garotas e a pressão dos pais, e depois de frequentarem quatro faculdades diferentes com objetivos de carreira distintos, todos eles, um por um, voltaram a viver em Beaufort. Eles se pareciam mais com uma família do que com um grupo de amigos, inclusive tinham expressões em código e experiências compartilhadas que ninguém que não fizesse parte daquele grupo conseguiria entender plenamente.

E, milagrosamente, as esposas se davam bem também. Elas tinham histórias diferentes e vinham de diferentes partes do estado, mas o casamento, os filhos que tiveram e as infindáveis fofocas que permeavam a vida das pequenas cidades americanas eram mais do que suficientes para mantê-las conversando regularmente ao telefone, criando uma intimidade como a que existe entre irmãs que não se veem há muito tempo. Laird foi o primeiro a se casar. Ele e Allison trocaram alianças no verão seguinte a sua formatura na Universidade de Wake Forest; Joe e Megan entraram na igreja um ano depois, após se apaixonarem durante o último ano do curso que faziam na Universidade da Carolina do Norte. Matt, que havia estudado na Universidade Duke, conheceu Liz em Beaufort, e eles se casaram depois de um ano. Travis foi padrinho dos três casamentos.

Algumas coisas haviam mudado nos últimos anos, é claro, especialmente por causa dos novos nascimentos naquelas famílias. Laird não podia mais andar de *mountain bike* a qualquer hora. Joe não podia mais se unir a Travis em alguma viagem de última hora para esquiar no Colorado como costumava fazer antes do casamento, e Matt já havia desistido de tentar acompanhá-lo na maioria das coisas. Mas não tinha problema. Eles ainda estavam disponíveis para outras atividades, e entre eles — e com planejamento antecipado — Travis ainda conseguia aproveitar bastante os seus fins de semana.

Perdido em pensamentos, Travis não havia percebido que a conversa tinha parado em algum ponto.

— Perdi alguma coisa?

— Eu perguntei se você andou falando com Mônica nos últimos tempos — repetiu Megan, com um tom de voz que deixava implícita a mensagem de que Travis estava encrencado. Todos os seis, ele pensava, se interessavam um pouco demais pela sua vida amorosa. O problema com as pessoas casadas é que elas pareciam acreditar que todas as outras pessoas que conhecem dever se casar também. Assim, todas as mulheres com quem Travis namorava eram submetidas a uma avaliação sutil, mas incisiva, especialmente por Megan. Ela geralmente era a líder do grupo em momentos como esse, sempre tentando descobrir o que despertava o interesse de Travis em uma mulher. E Travis, é claro, adorava retaliar aquilo com as próprias provocações.

— Faz algum tempo que não falo com ela — disse ele.

— Por que não? Ela parecia ser uma pessoa legal.

Ela também era um pouco mais neurótica do que a média, pensou Travis. Mas a questão não era aquela.

— Foi ela quem terminou o namoro, não se lembra?

— E daí? Isso não significa que ela não queira que você ligue.

— Eu achei que ela realmente não quisesse.

Megan, Allison e Liz olhavam fixamente para Travis, como se ele fosse simplesmente ingênuo. Como sempre, os rapazes pareciam estar gostando daquilo. Esse tipo de conversa surgia regularmente nas noites em que eles se reuniam.

— Mas vocês estavam brigando, não é?

— E daí?

— Você já parou para pensar que ela pode ter terminado com você simplesmente porque estava com raiva?

— Eu estava com raiva também.

— Por quê?

— Ela queria que eu fizesse terapia.

— Ah, deixe eu adivinhar... você disse que não precisava disso.

— Só vou precisar fazer terapia no dia em que eu levantar a minha saia e tricotar luvas para neve.

Joe e Laird riram, mas as sobrancelhas de Megan se levantaram. Megan, como todos sabiam, assistia ao programa de Oprah Winfrey quase todos os dias.

— Quer dizer que você acha que homens não precisam fazer terapia?

— Eu tenho certeza de que não preciso.

— E se considerarmos a questão de maneira geral?

— Como não sou especialista no assunto, não tenho como falar a respeito.

Megan se recostou na cadeira. — Eu acho que Mônica talvez saiba de alguma coisa. Se você me perguntar, acho que você tem algum problema com relacionamentos.

— Ah, então não vou perguntar.

Megan inclinou-se para a frente. — Quanto tempo durou o seu namoro mais longo? Dois meses? Quatro meses?

Travis pensou na pergunta. — Eu namorei com Olívia por quase um ano.

— Acho que ela não está perguntando sobre a época em que estávamos na escola — riu Laird. Ocasionalmente, seus amigos gostavam de fazê-lo andar sobre brasas, por assim dizer.

— Obrigado, Laird — disse Travis.

— Amigos são para essas coisas.

— Você está fugindo do assunto — insistiu Megan.

Travis tamborilou os dedos na mesa. — Acho que... não lembro.

— Em outras palavras, pouco tempo para se lembrar.

— O que posso dizer? Ainda não conheci nenhuma mulher que possa se comparar a vocês.

Apesar de estar escurecendo, ele percebeu que Megan ficou contente com aquelas palavras. Aprendeu, há muito tempo, que elogios eram a melhor defesa em momentos como esses, especialmente porque geralmente era sincero. Megan, Liz e Allison eram ótimas. Todas tinham bom coração, eram leais, generosas e com bastante senso prático.

— Bom, fique sabendo que eu gosto dela — afirmou Megan.

— Ah, sim, mas você gosta de todas as mulheres com quem eu namoro.

— Não é bem assim. Eu não gostava de Leslie.

Nenhuma das esposas gostava de Leslie. Matt, Laird e Joe, por outro lado, não se importavam nem um pouco com a presença dela, especialmente quando estava de biquíni. Era definitivamente linda e, embora não fosse o tipo de mulher com quem ele iria se casar, eles se divertiram muito enquanto o namoro durou.

— Só estou dizendo que você deveria ligar para ela — insistiu Megan.

— Vou pensar no caso — disse ele, sabendo que não faria nada daquilo. Ele se levantou da mesa, buscando uma rota de fuga. — Alguém quer outra cerveja?

Joe e Laird levantaram suas garrafas ao mesmo tempo, e os outros recusaram. Travis foi em direção à caixa térmica antes de hesitar em frente à porta de vidro da sua casa. Ele correu para dentro e mudou o CD, prestando atenção nas notas das novas músicas que soavam pelo jardim enquanto voltava para a mesa com as cervejas. Naquele momento, Megan, Allison e Liz já estavam conversando a respeito de Gwen, a mulher que cuidava dos seus cabelos. Gwen sempre tinha boas histórias, muitas das quais versavam sobre as preferências ilícitas dos moradores de Beaufort.

Travis bebia sua cerveja em silêncio, olhando para o rio.

— No que você está pensando? — perguntou Laird.

— Nada que seja importante.

— O que é?

Travis virou-se para ele. — Já percebeu que algumas cores acabam virando nomes de pessoas, enquanto outras não?

— Do que você está falando?

— White e Black. Como o Sr. White, o dono da loja de pneus. E o Sr. Black, nosso professor da terceira série. Ou até mesmo o Sr. Green, do jogo Detetive. Mas nunca ouvi falar de alguém chamado Sr. Orange ou Sr. Yellow. É como se algumas cores dessem bons nomes, enquanto outras iriam simplesmente parecer meio bobas. Você entende?

— Acho que nunca pensei sobre isso.

— Também não. Pelo menos, nunca havia pensado nisso até agora. Mas é meio estranho, não é?

— Acho que é — Laird finalmente concordou.

Os dois homens ficaram em silêncio por um momento. — Eu disse que não era nada importante.

— É, disse sim.

— Eu estava certo?

— Pode ter certeza de que estava.

Quando a pequena Josie começou o segundo berreiro em menos de quinze minutos — já eram quase 9 horas —, Allison a pegou nos braços e encarou Laird com aquele olhar, aquele que dizia que era hora de ir para casa e colocar as crianças na cama. Laird nem se incomodou em discutir e, quando se levantou da mesa, Megan deu uma olhada para Joe, Liz fez um sinal para Matt, e Travis percebeu que a noite havia chegado ao fim. Os pais acham que mandam, mas, no fim das contas, são os filhos que dão as ordens.

Ele imaginou que podia ter conseguido que um dos seus amigos ficasse, e poderia até ter conseguido que um deles concordasse, mas já havia se acostumado ao fato de que seus amigos viviam de acordo com uma agenda diferente da sua. Além disso, ele desconfiava que Stephanie, sua irmã mais nova, iria lhe fazer uma visita mais tarde. Ela viria de Chapel Hill, onde estava cursando um programa de mestrado em bioquímica. Embora sempre ficasse na casa dos pais deles, geralmente chegava animada após a viagem e a fim de conversar, e seus pais já estariam dormindo quando ela viesse. Megan, Joe e Liz se levantaram e começaram a limpar a mesa, mas Travis lhes disse que deixassem as coisas ali.

— Deixem a limpeza comigo. Eu cuido disso mais tarde.

Alguns minutos depois, os adultos estavam carregando dois veículos utilitários e uma minivan com seus filhos. Travis acenou da varanda da frente quando os carros saíram pela rua.

Depois que seus amigos foram embora, Travis voltou para onde estava o aparelho de som, escolheu o CD *Tattoo you,* dos Rolling Stones, e aumentou o volume. Pegou outra cerveja antes de voltar para a sua cadeira, colocou os pés sobre a mesa e se reclinou. Moby sentou-se ao seu lado.

— Só eu e você por um tempo — disse ele. — A que horas você acha que Stephanie vai chegar?

Moby olhou para o outro lado. Se Travis não dissesse as palavras “caminhar”, “bola”, “dar um passeio” ou “venha pegar um osso”, Moby não se interessava muito pelo que ele dizia.

— Você acha que eu devo ligar para ver se ela já está a caminho?

Moby continuou olhando fixamente para o outro lado.

— Foi o que pensei. Ela não tem hora certa para chegar aqui.

Ele bebeu sua cerveja sentado e olhou para a água do rio. Por trás dele, Moby ganiu. — Quer ir pegar a sua bola?

Moby se levantou tão rápido que quase derrubou a cadeira.

Aquela música, ela pensava, era a gota-d’água em uma das semanas mais miseráveis de toda a sua vida. Música alta. Certo, 9 horas no sábado à noite não é algo tão ruim, especialmente porque ele obviamente tinha companhia, e 10 horas não eram um grande problema também. Mas às 11 da noite? Quando ele estava sozinho e brincando de jogar bola para o cachorro pegar?

Do deque no seu quintal, ela podia vê-lo sentado, usando a mesma bermuda que havia usado o dia inteiro, com os pés na mesa, lançando a bola e olhando para o rio. No que ele estaria pensando?

Talvez ela não devesse ser tão dura com ele, devia simplesmente ignorá-lo. Era a casa dele, não era? O rei do castelo e tudo mais. Ele podia fazer o que quisesse. Mas aquele não era o problema. O problema era que ele tinha vizinhos, incluindo ela, e ela também tinha seu castelo, e os vizinhos deviam ter um pouco de consideração entre si. E, para falar a verdade, ele havia passado dos limites. Não somente por causa da música. Sendo honesta consigo mesma, gostava da música que ele estava escutando e geralmente não se importava com o volume ou o tempo pelo qual ele resolvia deixar o aparelho de som ligado. O problema era o cachorro dele, Nobby, ou seja lá qual fosse o seu nome. Mais especificamente o que o cachorro dele havia feito à sua cadela.

Ela tinha certeza de que Molly estava grávida.

Molly, sua linda e doce *collie* puro-sangue, descendente de uma linhagem premiada — a primeira coisa que ela havia comprado com o próprio dinheiro depois de terminar a residência do seu curso de assistente médica na Eastern Virginia School of Medicine, e era o tipo de cachorro que ela sempre quis —, havia engordado consideravelmente durante as últimas semanas. Mais espantoso do que isso, também, ela percebeu que os mamilos de Molly pareciam estar crescendo. Ela podia senti-los sempre que Molly rolava no chão para que ela lhe acariciasse a barriga. E estava andando mais lentamente também. Juntando todos aqueles indícios, Molly estava definitivamente a ponto de parir vários filhotes que ninguém no mundo iria querer. Um bóxer e uma *collie*? Inconscientemente, ela franziu a testa enquanto tentava imaginar a aparência dos filhotes, antes de finalmente forçar o pensamento a sair da sua mente.

Ela tinha certeza de que fora o cachorro daquele homem. Quando Molly estava no cio, aquele cachorro havia praticamente vigiado a casa como um detetive particular, e era o único cachorro que ela vira andando pela vizinhança durante várias semanas. Mas será que seu vizinho consideraria colocar uma cerca ao redor do seu quintal? Ou manter o cachorro dentro de casa? Ou pelo menos cercar um pedaço do quintal para que o cachorro não tivesse de ficar dentro da casa? Não. Seu lema parecia ser “meu cão deve ser livre!”. Isso não a surpreendia. Ele parecia viver a própria vida de acordo com o mesmo lema irresponsável. Quando saía para trabalhar, ela o via correndo e, ao voltar para casa, ele havia saído para andar de bicicleta, remar o seu caiaque, andar de patins ou jogar basquete com um grupo de crianças da vizinhança na área cimentada em frente a sua garagem. Há um mês, ele colocou seu barco na água, e agora estava praticando *wakeboarding* também. Como se já não praticasse esportes o suficiente. Deus não permitia que aquele homem fizesse hora extra no trabalho, e ela sabia que ele não trabalhava às sextas-feiras. E que tipo de empresa permite que você saia para trabalhar todos os dias usando *jeans* e camiseta? Ela não fazia ideia, mas suspeitava — com uma satisfação cruel — de que provavelmente exigia que ele usasse avental e crachá.

Bem, talvez não estivesse sendo totalmente justa. Provavelmente era um cara legal. Seus amigos — que pareciam normais e tinham filhos — pareciam gostar de estar em sua companhia, e sempre vinham até a casa dele. Ela percebeu que já tinha até mesmo visto um daqueles casais na clínica antes, quando uma das crianças apareceu com o nariz entupido ou uma infecção no ouvido. Mas o que dizer de Molly? Molly estava sentada perto da porta dos fundos, com o rabo abanando, e Gabby sentiu certa ansiedade ao pensar no futuro. Molly ficaria bem, mas o que aconteceria com os filhotes? O que aconteceria se ninguém os quisesse? Ela não conseguia se imaginar levando-os para o canil ou para a Sociedade Protetora dos Animais, ou seja lá qual fosse o nome que davam àquela instituição nessa cidade, para serem mortos. Não tinha coragem de fazer aquilo. Não faria aquilo de jeito nenhum. Não permitiria que fossem assassinados.

Mas, mesmo assim, o que ela faria com os filhotes?

Era tudo culpa dele, e ele estava sentado ali, no seu deque, com os pés em cima da mesa, agindo como se não se importasse com nada que estivesse acontecendo no mundo.

Não foi com isso que ela sonhou quando viu a casa pela primeira vez, no começo do ano. Embora não estivesse em Morehead City, onde seu namorado Kevin morava, o lugar ficava logo do outro lado da ponte. A casa era pequena e tinha quase meio século de existência, e definitivamente era o tipo de casa que precisava de uma boa reforma de acordo com os padrões de Beaufort, mas a vista ao longo do rio era espetacular, o terreno era grande o bastante para que Molly pudesse correr por ele, e, acima de tudo, ela tinha condições de pagar. Com um pouco de dificuldade, devido a todos os empréstimos que tivera de fazer para pagar seus estudos, mas os agentes de financiamentos geralmente eram compreensivos quando os clientes eram pessoas como ela. Pessoas instruídas e profissionais.

Não como o “Sr. meu cão deve ser livre” e “eu não trabalho às sextas”.

Ela inspirou profundamente, lembrando novamente a si mesma que o homem poderia ser um cara legal. Ele sempre acenava para ela quando a via chegar do trabalho, e ela se lembrava vagamente de que ele havia deixado uma cesta com queijo e vinho para lhe dar as boas-vindas quando ela se mudou para aquela casa, há alguns meses. Ela não estava em casa, mas ele deixou a cesta na varanda, e ela prometeu a si mesma que enviaria um bilhete de agradecimento, um bilhete que nunca chegou a escrever.

O rosto dela estava novamente se franzindo inconscientemente. Era muita pretensão querer ter superioridade moral. Certo, ela também não era perfeita, mas aquilo não era apenas por ter esquecido de escrever um bilhete de agradecimento. Era por causa de Molly e do cachorro vagabundo daquele homem e os filhotes indesejados, e aquele momento era tão bom quanto qualquer outro para discutir a situação. Ele estava acordado, obviamente.

Ela desceu do seu deque e começou a andar em direção às cercas vivas que separavam as duas casas. Uma parte dela desejava que Kevin estivesse ali com ela, mas isso não seria possível. Não depois da discussão que eles tiveram naquela manhã, que começou após ela mencionar casualmente que uma de suas primas iria se casar. Kevin, entretido com a seção de esportes do jornal local, não havia dito uma palavra em resposta, preferindo agir como se não a tivesse escutado. Qualquer comentário relacionado a casamento deixava o rapaz mudo como uma pedra, ainda mais nos últimos tempos. Ela imaginava que não deveria ficar surpresa com aquilo — eles namoravam há quase quatro anos (um ano a menos que a sua prima, ela sentiu vontade de dizer) e, se ela sabia uma coisa a respeito do seu namorado, era que, quando Kevin achava determinado tópico desagradável, era quase certo que ele não diria nada a respeito.

Mas Kevin não era o problema. Nem o fato de que ultimamente sua vida não era exatamente como ela havia imaginado. E não foi a semana terrível na clínica também, na qual pacientes vomitaram nela três vezes

— três vezes! — somente na sexta-feira, o recorde da clínica, pelo menos de acordo com as enfermeiras, que nem se esforçavam para esconder seus sorrisinhos irônicos, repetindo alegremente aquela história. Ela também não estava enraivecida por causa de Adrian Melton, o médico casado que gostava de tocá-la sempre que eles conversavam, deixando a sua mão em contato com ela um pouco além do que ela considerava aceitável. E ela certamente não estava brava por ter passado por tudo aquilo em silêncio, sem conseguir dizer nada que a fizesse se sentir melhor.

Nada disso, aquilo tinha a ver com o "Sr. festeiro" se transformar em um vizinho responsável, alguém que iria admitir o fato de que compartilhava a responsabilidade de encontrar uma solução para o problema. E enquanto ela estivesse lhe falando sobre aquilo, talvez pudesse mencionar que estava um pouco tarde para ele estar com a música tocando tão alto (mesmo que ela gostasse da seleção), apenas para que ele soubesse que ela falava sério.

Conforme Gabby marchava pela grama, o orvalho lhe umedecia as pontas dos dedos dos pés protegidos pelas sandálias, e os reflexos prateados do luar refletiam no gramado. Tentando decidir exatamente por onde começar, ela nem chegou a perceber aquilo. A cortesia dizia que ela deveria ir até a porta da frente e bater, mas com a música naquele volume, ela duvidava que ele conseguiria ouvi-la. Além disso, queria acabar com aquilo enquanto ainda sentia a energia do seu nervosismo e a disposição para encará-lo.

Mais à frente, viu uma abertura por entre a cerca viva e foi em direção a ela. Provavelmente era a mesma pela qual Nobby havia se esgueirado para se aproveitar da pobre e doce Molly. Ela sentiu seu coração apertar novamente, e desta vez se esforçou para manter aquele sentimento vivo. Era importante. Muito importante.

Concentrada daquela maneira em sua missão, não percebeu a bola de tênis que voava em sua direção a toda a velocidade, assim que atravessou a folhagem. Ela conseguiu, entretanto, perceber o som distante — bem distante — do cachorro galopando em sua direção, um segundo antes de ser nocauteada e cair no chão.

Deitada de costas no chão, Gabby percebeu, um pouco entorpecida, que havia estrelas demais em um céu muito brilhante e desfocado. Por um momento, ela se perguntou por que não conseguia tomar fôlego, e depois, rapidamente, ficou mais preocupada com a dor que lhe atravessava o corpo. Tudo o que ela podia fazer era continuar deitada na grama e piscar cada vez que seu corpo latejava.

Em algum lugar bem longe, ouviu uma balbúrdia de sons, e o mundo lentamente voltou a entrar em foco. Ela tentou se concentrar e percebeu que não era realmente uma balbúrdia; estava ouvindo vozes. Ou, melhor dizendo, uma única voz. Parecia que a voz estava perguntando se ela estava bem.

Ao mesmo tempo, ela gradualmente percebeu uma sucessão de brisas quentes, fedorentas e ritmadas bem próximas a sua bochecha. Ela piscou mais uma vez, virou a cabeça ligeiramente, e deu de cara com uma cabeça enorme, peluda e quadrada logo acima de si. Nobby, concluiu ela, atordoada.

— Ahhhh… — ela gemeu, tentando se sentar. Quando se moveu, o cão lambeu seu rosto.

— Moby! Deixe a moça em paz! — disse a voz, parecendo estar mais próxima. — Você está bem? Não tente se levantar ainda.

— Estou bem — disse ela, finalmente conseguindo se levantar até estar sentada. Respirou fundo duas vezes, ainda se sentindo um pouco tonta. Nossa, pensou, isso realmente doeu. No escuro, sentiu que havia alguém agachado ao seu lado, embora mal conseguisse perceber suas feições.

— Lamento muito — disse a voz.

— O que aconteceu?

— Moby a derrubou por acidente. Ele estava correndo atrás de uma bola.

— Quem é Moby?

— Meu cachorro.

— Quem é Nobby, então?

— O quê?

Ela levou uma mão até a têmpora. — Deixe pra lá.

— Você tem certeza de que está bem?

— Tenho, sim — disse ela, ainda um pouco tonta, mas sentindo que a dor estava diminuindo até se tornar um latejar mais distante. Quando começou a se levantar, sentiu seu vizinho colocando uma mão em seu braço, ajudando-a a ficar de pé. Ela se lembrou das crianças mais novas que via na clínica, que tinham dificuldade para ficar eretas e manter o equilíbrio. Quando finalmente percebeu que estava de pé, sentiu que o vizinho soltou seu braço.

— Não foi uma das melhores boas-vindas, não é?

A voz dele ainda parecia distante, mas ela sabia que não era o caso, e, quando o olhou no rosto, percebeu que estava olhando para alguém que era pelo menos 15 centímetros mais alto do que ela, com seu 1,73 metro. Não estava acostumada com isso. Ao inclinar a cabeça para cima, percebeu as maçãs do rosto protuberantes e a pele bem-cuidada dele. Seu cabelo castanho era ondulado, naturalmente cacheado nas pontas, e os dentes dele quase brilhavam de tão brancos. De perto, era bonito — muito bonito — mas ela suspeitava que ele também soubesse daquilo. Perdida em pensamentos, ela abriu a boca para dizer algo, e depois a fechou novamente, percebendo que havia esquecido a pergunta.

— Quero dizer, você chegou aqui para me fazer uma visita e foi atropelada pelo meu cachorro — continuou ele. — Como eu disse, sinto muito. Geralmente ele presta mais atenção. Diga oi, Moby.

O cachorro estava sentado sobre as patas traseiras, relaxado e contente, e, naquele momento, ela repentinamente se lembrou do motivo da sua visita. Ao seu lado, Moby levantou uma pata para cumprimentá-la. Era muito fofo — e ele era fofo, mesmo para um bóxer — mas ela não ia se deixar seduzir por aquilo. Foi esse vira-latas que, não contente em nocauteá-la, também havia arruinado a vida de Molly. Ele provavelmente devia ter sido chamado de bandido. Ou, melhor ainda, de tarado.

— Você tem certeza de que está bem?

O jeito como ele perguntava fez com que ela percebesse que esse não era o tipo de confrontação que queria, e tentou se lembrar do que estava sentindo enquanto cruzava o gramado e passava pela abertura da cerca.

— Estou bem — disse, com a voz ríspida.

Por um momento, os dois se olharam sem dizer nada. Finalmente, ele apontou com o polegar por cima do ombro. — Quer se sentar no deque? Estou só ouvindo música.

— Por que você acha que quero me sentar no deque? — vociferou ela, sentindo que começava a tomar o controle da situação.

Ele hesitou. — Não é porque você veio fazer uma visita?

Ah, sim, pensou ela. Por causa daquilo.

— Mas eu… acho que podemos ficar aqui perto da cerca viva se você quiser — continuou ele.

Ela levantou as mãos para interrompê-lo, ansiosa para dar um fim naquilo tudo. — Eu vim aqui porque queria falar com você…

Ela parou de falar quando ele deu um tapa no próprio braço. — Eu também — disse ele, antes que ela pudesse recomeçar. — Estou querendo ir até a sua casa para lhe dar as boas-vindas à vizinhança em caráter oficial. Você encontrou a cesta que deixei na sua varanda?

Ela ouviu um zumbido perto da sua orelha e espantou o inseto que voava por ali. — Sim. Obrigada — disse ela, ligeiramente distraída. — Mas queria realmente falar sobre…

Ela parou novamente de falar quando percebeu que ele não estava prestando atenção. Em vez disso, ele estava abanando o ar entre eles. — Tem certeza de que não quer ir até o deque? Os mosquitos são implacáveis aqui perto dos arbustos.

— O que eu estou tentando dizer é que…

— Tem um na sua orelha.

Ela levantou a mão instintivamente.

— Na outra.

Ela deu um tapa na própria orelha e viu que havia uma mancha de sangue em seus dedos. Nojento, pensou ela.

— Tem outro bem na sua bochecha.

Ela abanou novamente, tentando se livrar do enxame que crescia à sua volta. — O que está havendo?

— Como disse, são esses arbustos. Eles se reproduzem na água, e a umidade é sempre maior na sombra…

— Tudo bem — concordou, cedendo. — Podemos conversar no seu deque.

Logo depois eles estavam longe das folhagens, andando rápido. — Eu odeio mosquitos, e é por isso que deixo algumas velas de citronela acesas na mesa. Geralmente é o suficiente para afastá-los. A coisa piora bastante durante o verão. — Ele andava próximo a ela, deixando apenas espaço suficiente para que não trombassem um com o outro acidentalmente. — Acho que não nos apresentamos formalmente ainda. Sou Travis Parker.

Ela sentiu uma pontada de incerteza. Não estava ali para fazer amizade, com certeza, mas a cortesia e os bons modos prevaleciam, e, sem perceber, respondeu a ele. — Sou Gabby Holland.

— É um prazer conhecê-la.

— É claro — ela tentou cruzar os braços ao dizer aquilo, mas inconscientemente levou uma das mãos até o seu quadril, onde uma dor chata continuava a latejar. Dali, a mão subiu até a sua orelha, que já começava a coçar.

Olhando para ela, Travis percebeu que estava irritada. Sua boca estava curvada levemente para baixo, com os músculos tensionados, como ele já havia visto em muitas de suas ex-namoradas. De algum modo, sabia que aquela raiva era direcionada a ele, embora não fizesse ideia do porquê. Além de ter sido atropelada pelo cachorro, é claro. Mas aquela não era exatamente a razão, decidiu. Ele se lembrava das expressões que fizeram a fama da sua irmã mais nova, Stephanie — aquelas que mostravam um acúmulo de ressentimentos no decorrer do tempo, e era assim que Gabby parecia estar agindo agora. Como se ela estivesse se sentindo assim há um bom tempo. Mas as similaridades com a sua irmã acabavam aí. Embora Stephanie houvesse crescido e se transformado em uma linda mulher, Gabby também era atraente, mas de maneira que não era tão perfeita. Seus olhos azuis eram um pouco espaçados demais entre si, seu nariz era um pouco maior do que deveria ser, e seu cabelo ruivo era sempre difícil de domar, mas, mesmo assim, aquelas imperfeições davam um ar de vulnerabilidade à sua aparência naturalmente agradável, e que a maioria dos homens achava atraente.

Em meio ao silêncio, Gabby tentou organizar seus pensamentos. — Eu vim aqui porque...

— Um momento — interrompeu ele. — Antes de começar, por que você não se senta? Eu já volto. — Ele foi em direção à caixa térmica, mas se virou no meio do caminho. — Quer uma cerveja?

— Não, obrigada — disse ela, desejando poder acabar com aquilo. Recusando-se a sentar, ela se virou, esperando poder confrontá-lo quando ele passasse por ali. Mas ele voltou rapidamente e sentou-se na cadeira, reclinando-se e colocando os pés em cima da mesa.

Irritada, Gabby continuou em pé. Aquilo não estava saindo da maneira como ela havia planejado.

Ele abriu a cerveja e tomou um gole. — Não vai se sentar?

— Prefiro continuar de pé, obrigada.

Travis apertou os olhos e os protegeu com suas mãos. — Mas eu nem consigo vê-la direito — disse ele. — As luzes da varanda estão brilhando muito forte por trás de você.

— Eu vim aqui para lhe dizer...

— Pode dar alguns passos para a direita? — perguntou ele.

Ela soltou um bufado impaciente e andou para a direita.

— Melhor agora?

— Ainda não.

Naquele momento, estava quase contra a mesa. E jogou as mãos para cima, exasperada.

— Talvez você devesse simplesmente se sentar um pouco.

— Tudo bem! — concordou. Ela afastou uma das cadeiras e se sentou. Ele estava fazendo com que tudo aquilo saísse completamente do controle.

— Eu vim aqui porque queria conversar com você... — começou ela, imaginando se deveria iniciar pela situação de Molly ou pelo que o senso comum dizia sobre ser um bom vizinho.

Ele levantou as sobrancelhas. — Você já disse isso.

— Eu sei! — disse ela. — Estou tentando falar, mas você não me deixa terminar!

Ele percebeu que ela o encarava com raiva, mas ainda não sabia o que a havia deixado irritada daquela maneira. Depois de um segundo, ela começou a falar, de maneira um pouco hesitante, como se estivesse esperando que ele fosse interrompê-la novamente. Ele não o fez, e ela pareceu encontrar seu ritmo, as palavras saindo cada vez mais rápido. Ela falava sobre como havia encontrado a casa e sobre o quanto ficou animada com a descoberta, e sobre como ter a própria casa era um sonho que ela sempre tivera, antes de o assunto desviar para Molly e a forma como os mamilos da cachorra estavam ficando maiores. No início, Travis não fazia ideia de quem seria Molly — o que dava uma qualidade surreal àquela parte do monólogo — mas, conforme ela continuou, ele gradualmente se deu conta de que Molly era a *collie* de Gabby. Ele a havia visto algumas vezes levando a cachorra para passear. Depois daquilo, ela começou a falar sobre filhotes feios e assassinato, e, estranhamente, sobre nem o "doutor mãos em mim", nem o fato de vomitarem sobre ela ter alguma coisa a ver com o que ela estava sentindo, mas, honestamente, tudo aquilo fazia pouco sentido até que ela começou a fazer gestos em direção a Moby. Foi aquilo que permitiu que Travis somasse dois mais dois e percebesse que ela acreditava que Moby havia sido o responsável pela gravidez de Molly.

Ele queria dizer que Moby não havia feito aquilo, mas ela estava contando tudo com uma energia tão forte que ele achou melhor deixá-la terminar antes de protestar. Naquele momento, a história que ela contava havia entrado em um ciclo, repetindo-se. Alguns fragmentos e momentos da vida dela continuavam a aparecer, pequenos pedaços que pareciam desconexos e distantes uns dos outros, juntamente com explosões de raiva aleatoriamente focadas nele. Parecia que ela estava falando há mais ou menos vinte minutos, mas Travis sabia que não poderia ter durado tanto. Mesmo assim, não era fácil receber tantas acusações de ser um mau vizinho vindas de uma estranha, e ele também não gostava do jeito como ela falava a respeito de Moby. Moby, em sua opinião, era o cachorro mais perfeito do mundo.

Às vezes ela fazia uma pausa, e, naqueles momentos, Travis tentava responder, sem conseguir. Mas aquilo também não funcionou, porque ela imediatamente voltava a vociferar. Em vez disso, ele escutou, e — pelo menos nos momentos em que ela não o estava insultando ou o seu cão — pressentiu sinais de desespero, até mesmo confusão em relação ao que estava acontecendo em sua vida. O cachorro, mesmo que ela não percebesse, era apenas uma pequena parte do que a incomodava. Ele sentiu uma onda de compaixão por ela e percebeu que, de vez em quando, assentia com a cabeça, apenas para dizer a ela que estava prestando atenção. Às vezes ela fazia uma pergunta, mas, antes que ele pudesse responder, ela a respondia por ele.

— Será que os vizinhos não devem considerar as próprias ações?

— Sim, claro — ele começou a dizer, mas ela conseguiu falar antes dele.

— Claro que sim! — gritou ela, e Travis viu que estava concordando novamente.

Quando a situação finalmente abrandou, ela estava olhando para o chão, exausta. Embora sua boca continuasse com a mesma curvatura, Travis imaginou que havia visto lágrimas, e pensou se deveria lhe oferecer um lenço de papel. A caixa de lenços estava dentro da casa — longe demais, ele percebeu — mas ele se lembrou dos guardanapos que estavam perto da churrasqueira. Ele se levantou rapidamente, pegou alguns e os trouxe de volta à mesa. Ofereceu-lhe um, e, depois de hesitar um pouco, ela o aceitou. Ela enxugou o canto dos olhos. Agora que havia se acalmado, ele percebeu que ela era ainda mais bonita do que ele havia pensado à primeira vista.

Ela tomou fôlego, um pouco trêmula.

— A questão é a seguinte: o que você vai fazer?

Ele hesitou, tentando saber a que ela se referia, exatamente. — Em relação a quê?

— Aos filhotes!

Ele conseguia ouvir a raiva dela começando a ferver novamente e levantou as mãos na tentativa de acalmá-la. — Vamos começar pelo começo. Você tem certeza de que ela está grávida?

— Claro que tenho! Você não ouviu o que acabei de dizer?

— Você já a levou a um veterinário?

— Sou assistente médica. Passei dois anos e meio em uma escola especializada e mais um ano fazendo residência. Sei dizer quando alguém está grávida.

— Em relação a pessoas, tenho certeza de que sabe. Mas é diferente com cachorros.

— Como você sabe?

— Tenho muita experiência com cães. Na verdade…

Ah, sim, aposto que tem, pensou ela, interrompendo-o com um gesto.

— Molly está andando mais devagar, os mamilos dela estão inchados, e ela está agindo de forma estranha ultimamente. O que mais poderia ser? — Honestamente, todo homem que ela conheceu acreditava que ter um cachorro quando criança o tornava especialista em assuntos caninos.

— E se ela estiver com alguma infecção? Isso poderia causar um inchaço. E se a infecção for forte, ela pode estar com dores também, o que poderia explicar a maneira como está agindo.

Gabby abriu a boca para falar e, depois, a fechou, percebendo que não havia pensado naquilo. Uma infecção poderia causar inchaço nos mamilos — mastite ou algo assim — e, por um momento, ela sentiu uma onda de alívio percorrer-lhe o corpo. Ao considerar a ideia mais a fundo, entretanto, a realidade voltou com força total. Não era um ou dois mamilos, mas todos eles estavam daquele jeito. Ela torceu o guardanapo, desejando que ele a escutasse.

— Ela está grávida e vai ter vários filhotes. E você terá de me ajudar a achar pessoas que os queiram. Eu não vou levá-los para o canil.

— Tenho certeza de que Moby não fez isso.

— Eu sabia que você ia dizer isso.

— Mas você deveria saber que…

Ela balançou a cabeça furiosamente. Aquilo era um comportamento típico. A gravidez era sempre um problema feminino. Ela se levantou da cadeira. — Você vai assumir uma parte da responsabilidade sim. E eu espero que você perceba que não vai ser fácil encontrar casas para eles.

— Mas…

— Mas que diabos foi aquilo? — perguntou Stephanie.

Gabby havia desaparecido por entre as cercas vivas. Alguns segundos depois, ele a viu entrar em casa pela porta de vidro. Ainda estava sentado na cadeira, sentindo-se um pouco estupefato, quando percebeu sua irmã se aproximando.

— Há quanto tempo você está aqui?

— Há um bom tempo — disse ela. Ela viu a caixa térmica perto da porta e pegou uma cerveja. — Por um segundo, achei que ela fosse socar você. Depois achei que ela iria chorar. E depois, parecia que ela queria socar você de novo.

— Foi mais ou menos assim que aconteceu — admitiu. Ele esfregou a testa, ainda processando a cena.

— Estou vendo que você continua encantando suas namoradas.

— Ela não é minha namorada. É minha vizinha.

— Melhor ainda — Stephanie se sentou. — Há quanto tempo vocês namoram? Olha, é impressionante — observou Stephanie. — Eu não achei que você tivesse essa qualidade.

— Que qualidade?

— Você sabe. Fazer alguém odiá-lo tão rapidamente. É um dom raro. Geralmente é preciso conhecer melhor a pessoa antes de chegar a esse ponto.

— Muito engraçado.

— Eu também acho. E Moby... — ela se virou para o cachorro e apontou-lhe um dedo reprovador — você não devia fazer essas coisas.

Moby abanou o rabo antes de se levantar. Ele foi até ela e esfregou o focinho em suas pernas. Ela empurrou a cabeça dele, o que fez com que Moby se esfregasse nela com mais força.

— Vá com calma aí, seu cachorro velho.

— Não foi culpa de Moby.

— Foi o que você disse. Não que ela quisesse ouvir, é claro. O que há com ela?

— Ela só estava irritada.

— Eu vi. Demorou um pouco até que eu conseguisse perceber o que ela estava falando. Mas, para ser honesta, foi divertido.

— Não seja má.

— Eu não sou má — Stephanie se recostou, avaliando seu irmão. — Ela é bonita, você não acha?

— Nem percebi.

— Claro, tenho certeza de que não percebeu nada. Aposto que foi a primeira coisa que você percebeu. Eu vi o jeito como estava de olho nela.

— Que coisa, não? Você está a todo o vapor hoje.

— Eu deveria estar. A prova que fiz hoje foi horrível.

— O que significa isso? Você deixou alguma questão em branco?

— Não, mas tive de pensar muito em algumas delas.

— Deve ser ótimo ser alguém como você.

— Com certeza. Eu tenho mais três provas na semana que vem.

— Coitadinha. Ser eternamente uma estudante é muito mais difícil do que ter um emprego de verdade para ganhar a vida.

— Olha quem está falando! Você estudou por mais tempo do que eu. O que me lembra… como você acha que nossos pais vão se sentir se eu dissesse a eles que queria ficar mais uns dois anos na faculdade para completar meu doutorado?

Na casa de Gabby, a luz da cozinha se acendeu. Distraído, Travis levou um momento para responder.

— Acho que eles vão aceitar isso sem problemas. Você os conhece.

— Eu sei. Mas ultimamente eu tenho a sensação de que eles querem que eu encontre alguém e me case.

— Pode entrar para o clube. Faz anos que tenho essa sensação.

— Sim, mas é diferente para mim. Eu sou mulher. Meu relógio biológico está em contagem regressiva.

A luz da cozinha na casa vizinha se apagou. Alguns segundos depois, uma luz se acendeu no quarto. Ele imaginou se Gabby estava se preparando para dormir.

— Lembre-se de que a mamãe se casou com 21 anos — continuou

Stephanie. — E você nasceu quando ela tinha 23. — Ela esperou por uma resposta, mas não obteve nada. — Mesmo assim, veja o que aconteceu com você. Talvez eu devesse usar seu caso como argumento.

Ele absorveu as palavras dela lentamente e franziu as sobrancelhas quando elas finalmente o atingiram.

— Por acaso você está me insultando?

— Eu tentei — disse ela, com um sorriso malandro. — Só estava testando para ver se você estava prestando atenção em mim ou na sua nova amiga da casa ao lado.

— Ela não é minha amiga — disse ele. Travis sabia que estava agindo na defensiva, mas não conseguiu evitar.

— Ainda não — disse a sua irmã —, mas estou com uma sensação engraçada de que ela será.

Capítulo 2

Gabby não tinha certeza de como se sentia depois de sair da casa do vizinho, e tudo que ela conseguiu fazer depois de fechar a porta foi se apoiar contra ela enquanto tentava recuperar seu equilíbrio emocional.

Talvez ela não devesse ter ido até lá, pensou. Aquilo certamente não havia melhorado as coisas. Ele não somente não se desculpou como chegou até mesmo a negar que seu cão fosse responsável pelo que aconteceu. Ainda assim, quando ela finalmente se afastou da porta, percebeu que estava sorrindo. Pelo menos ela havia feito alguma coisa. Foi firme e disse a ele exatamente o que iria acontecer. Foi necessário coragem para fazer aquilo, disse a si mesma. Normalmente não era muito boa em falar o que pensava. Não quando dizia a Kevin que os planos que ele tinha para o futuro com ela pareciam ir apenas até o próximo fim de semana. Ou quando estava com o Dr. Melton, a respeito do que ela sentia quando ele a tocava. Nem mesmo em relação a sua mãe, que sempre parecia ter opiniões formadas sobre como Gabby poderia ser uma pessoa melhor.

Ela parou de sorrir quando avistou Molly dormindo em um canto. Uma rápida olhada foi o suficiente para lembrá-la de que as coisas não haviam mudado, e que talvez — talvez! — ela poderia ter conseguido algo melhor se o tivesse convencido de que ajudá-la era seu dever. Ao relembrar o que havia acontecido naquela noite, sentiu uma onda de constrangimento tomar conta de si. Sabia que havia falado demais, dito coisas que não se conectavam direito umas às outras, mas, após ser atropelada por aquele cachorro, havia perdido o foco, e sua frustração a deixou completamente incapaz de parar de falar. Sua mãe a teria repreendido com muito prazer se tivesse visto aquilo. Gabby amava a mãe, mas esta era uma daquelas senhoras que nunca perdiam o controle. Aquilo enlouquecia Gabby; por mais de uma vez, durante sua adolescência, ela teve vontade de segurar a mãe pelos braços e balançá-la, apenas para poder ter uma resposta espontânea. Claro, aquilo nunca funcionaria. Sua mãe simplesmente permitiria que ela a continuasse balançando até que Gabby se cansasse, e depois alisaria o cabelo e faria algum comentário enfurecedor, como: “Bem, Gabrielle, agora que você já terminou com o seu show, podemos discutir isso como duas damas?”.

Damas. Gabby não suportava aquela palavra. Quando sua mãe a dizia, ela sempre se sentia sobrepujada por uma sensação de fracasso, que fazia com que pensasse que tinha um longo caminho para percorrer, mas sem um mapa para guiá-la.

Com certeza, sua mãe não tinha como evitar ser daquele jeito, assim como Gabby também não podia. Sua mãe era um clichê ambulante da feminilidade sulista, que cresceu usando vestidos com babados e sendo apresentada à elite da comunidade no Savannah Christmas Cotillion, um dos bailes de debutantes mais exclusivos do país. Ela também havia sido tesoureira da fraternidade feminina das Tri Delts na Universidade da Geórgia, outra tradição da família, e, quando estava na faculdade, aparentemente tinha a opinião de que os assuntos acadêmicos eram muito menos importantes do que buscar um diploma de “esposa”, que ela acreditava ser a única opção de carreira para uma dama sulista típica. Não era preciso dizer que ela queria que a outra parte da equação, denominada “marido”, fosse digna do nome da sua família. O que essencialmente significava “ser rico”.

Era a deixa para que seu pai entrasse em cena. O pai de Gabby, um empreiteiro bem-sucedido e agente imobiliário, tinha 12 anos a mais do que a esposa quando se casaram e, embora não fosse tão rico quanto alguns que tinham a mesma carreira, certamente estava acima da média. Mesmo assim, Gabby se lembrava de estudar as fotos do casamento de seus pais que os mostravam fora da igreja e pensar como duas pessoas tão diferentes podiam ter se apaixonado. A mãe adorava o faisão do clube de campo; o pai gostava dos biscoitos e do caldo de carne no restaurante local. Embora a mãe nunca ousasse sair de casa sem maquiagem — mesmo que apenas tivesse de atravessar o jardim para ir até a caixa de correio —, seu pai passava o dia usando *jeans*, e seu cabelo sempre estava um pouco desgrenhado. Mas eles realmente se amavam, e Gabby não tinha dúvidas a respeito disso. Pela manhã, não era raro encontrar os pais envolvidos em um abraço carinhoso, e ela nunca os havia ouvido discutindo ou brigando. Eles também não dormiam em camas separadas, como vários pais de amigos de Gabby, que muitas vezes pareciam mais parceiros de negócios do que um casal propriamente dito. Mesmo nos dias de hoje, quando ela os visitava, os encontrava abraçados no sofá, e, quando seus amigos ficavam impressionados com aquilo, ela simplesmente balançava a cabeça e admitia que, qualquer que fosse o motivo, os dois haviam sido feitos um para o outro.

Para o eterno desgosto de sua mãe, Gabby, ao contrário de suas três irmãs loiras, sempre foi mais parecida com o pai. Mesmo quando criança, preferia usar macacões a vestidos, adorava subir em árvores e passava horas brincando na terra. De vez em quando, caminhava atrás do pai em algum terreno de construção, imitando os movimentos que ele fazia ao checar os lacres de janelas recém-instaladas ou espiando as caixas que haviam acabado de chegar da loja de materiais de construção de Mitchell. Seu pai a havia ensinado a colocar iscas no anzol e pescar, e ela adorava passear com ele na velha caminhonete com o rádio quebrado, a caminhonete que ele nunca se importou em dar como entrada num carro novo. Depois do trabalho, eles brincavam de pega-pega ou basquetebol enquanto a mãe os observava da janela da cozinha com uma expressão que Gabby sempre achou parecida com um olhar que não era somente de reprovação, mas também de incompreensão. Era comum ver as irmãs ao lado da mãe, com o queixo caído.

Embora Gabby gostasse de falar às pessoas sobre o espírito livre que tinha quando criança, na realidade ela acabou abraçando as visões do pai e da mãe sobre o mundo, especialmente porque sua mãe era uma especialista no uso do poder manipulador da maternidade. Conforme Gabby cresceu, ela aceitou com mais facilidade as opiniões da mãe sobre roupas e o comportamento adequado para damas, simplesmente para não se sentir culpada. De todas as armas no arsenal da sua mãe, a culpa era a mais eficiente de todas, e ela sabia exatamente como usá-la. Por causa de uma sobrancelha levantada aqui e um pequeno comentário ali, Gabby acabou fazendo aulas de etiqueta e danças de salão; aprendeu obedientemente a tocar piano, e, como a mãe, foi formalmente apresentada à sociedade no Savannah Christmas Cotillion. Se sua mãe estava orgulhosa naquela noite — e estava, a julgar pelo olhar em seu rosto —, Gabby sentia que, a partir daquele momento, estaria pronta para tomar as próprias decisões; e ela sabia que sua mãe não aprovaria algumas delas. Sim, ela queria se casar e ter filhos algum dia, como sua mãe, mas, naquele momento, percebeu que também queria ter uma carreira, assim como o pai.

Ah, sua mãe disse todas as coisas certas quando descobriu. No começo, pelo menos. Mas foi aí que a ofensiva sutil da culpa começou. Quando Gabby tirava notas mais altas na faculdade, sua mãe às vezes ficava com uma expressão séria, e se perguntava em voz alta se seria possível conciliar uma carreira de médica e a função de ser esposa e mãe em tempo integral.

— Mas, se o trabalho é mais importante para você do que a sua família — dizia sua mãe —, então vá em frente e se torne médica.

Gabby tentou resistir à pressão da mãe, mas, após algum tempo, percebeu que é difícil mudar certos hábitos, e acabou escolhendo a carreira de assistente médica em vez de ir à faculdade de medicina. As razões faziam sentido: ela ainda examinaria pacientes, mas seus horários seriam relativamente estáveis e ela nunca precisaria estar de plantão, à disposição do hospital — o que definitivamente era uma opção mais fácil de conciliar com uma família. Mesmo assim, às vezes sentia um estranho desconforto ao pensar que sua mãe havia plantado aquela ideia em sua mente.

Mas não podia negar que a família era importante para ela. É o que acontece quando você é produto de um casamento feliz. Você cresce pensando que o conto de fadas é real e, além disso, que você tem o direito de viver aquela fantasia. Até o momento, entretanto, não estava funcionando do jeito que ela havia planejado. Ela e Kevin namoraram tempo suficiente para se apaixonar, sobreviver aos altos e baixos que terminam com a maioria dos relacionamentos, e até mesmo conversar sobre o futuro. Ela havia decidido que ele era a pessoa com quem ela gostaria de passar o resto da vida, mas ficou séria quando pensou sobre a última discussão que tiveram.

Molly se levantou com certa dificuldade e se aproximou, esfregando seu focinho na mão de Gabby, como se pudesse sentir aquela angústia. Gabby alisou-lhe os pelos, correndo seus dedos por entre eles.

— Será que é estresse? — disse, desejando que sua vida pudesse ser mais parecida com a de Molly. Simples, sem muitas preocupações ou responsabilidades… bem, exceto pela parte da gravidez. — Você acha que estou estressada?

Molly não respondeu, mas nem precisava. Gabby sabia que estava estressada. Ela podia sentir o estresse nos seus ombros quando pagava as contas, ou quando o Dr. Melton olhava para ela de lado, ou quando Kevin se fazia de desentendido a respeito do que ela esperava quando concordou em morar mais perto dele. Também não ajudava o fato de que, além de Kevin, ela não tinha realmente nenhum amigo por ali. Ela não conhecia quase ninguém que não trabalhasse na clínica e, para falar a verdade, aquele vizinho fora a primeira pessoa com quem ela conversou desde que havia se mudado. Ao pensar no caso, ela supôs que poderia ter sido mais gentil em relação a tudo aquilo. Sentiu uma pontada de remorso por ter falado daquele jeito, especialmente porque ele pareceu ser um cara amistoso. Quando ele a ajudou a se levantar, quase pareceu ser um amigo. E, quando ela começou a falar sem parar, ele não a interrompeu nenhuma vez, o que, apesar de tudo, fez com que ela se sentisse melhor também.

Era impressionante pensar naquilo agora. Considerando o quanto ela deve ter parecido ensandecida enquanto falava, ele não se irritou nem levantou a voz com ela — algo que Kevin teria feito. Simplesmente pensar na maneira gentil como ele a ajudou a se levantar fez com que seu rosto ficasse vermelho. E houve também um momento depois de ele ter lhe dado o guardanapo em que ela o apanhou olhando em sua direção, de um jeito que sugeria que ele também a achava atraente. Fazia tanto tempo que alguma coisa havia acontecido pela última vez, e mesmo que ela não quisesse admitir, aquilo fazia com que se sentisse bem consigo mesma. É incrível o que um pequeno confronto sincero pode fazer pela alma.

Ela foi até o quarto e vestiu uma calça confortável de moletom e uma camiseta velha e macia que tinha desde que havia entrado para a faculdade. Molly foi atrás dela, e, quando Gabby percebeu o que ela queria, apontou para a porta.

— Está pronta para ir lá fora? — perguntou ela.

Molly começou a abanar o rabo enquanto ia em direção à porta. Gabby a inspecionou cuidadosamente. Ela ainda parecia estar grávida, mas talvez seu vizinho tivesse razão. Ela devia levá-la ao veterinário, mesmo que fosse apenas para ter certeza. Além disso, ela não fazia ideia de como deveria cuidar de uma cachorra grávida. Não sabia se Molly iria precisar de vitaminas, o que a lembrou novamente que ela estava longe de cumprir a própria promessa de ter uma vida mais saudável. Comer melhor, exercitar-se, dormir regularmente, fazer alongamentos: ela planejou começar assim que se mudasse para a casa nova. Uma resolução que iria celebrar a sua entrada na nova casa, mas ela ainda não havia se animado a fazer aquilo. No dia seguinte ela iria definitivamente sair para correr, e depois comer uma salada no almoço e outra no jantar. E como ela estava pronta para iniciar algumas mudanças sérias em sua vida, poderia também perguntar diretamente a Kevin quais eram os seus planos para o futuro.

Mesmo assim, talvez aquilo não fosse uma ideia tão boa. Enfrentar o vizinho era uma coisa; mas será que ela estaria pronta para aceitar as consequências se não ficasse feliz com a resposta de Kevin? E se ele não tivesse planos? Ela realmente iria querer largar seu primeiro emprego depois de apenas dois meses? Vender sua casa? Mudar-se para outro lugar? Até que ponto ela estava disposta a ir?

Ela não tinha certeza de nada além do fato de que não queria perdê-lo. Mas tentar levar uma vida mais saudável — isso era algo que ela definitivamente tinha condições de fazer. Um passo de cada vez, certo? Com a decisão tomada, ela foi até o deque e observou Molly descer as escadas e ir até o fundo do seu quintal. O ar ainda estava morno, mas uma brisa leve havia começado a soprar. As estrelas se espalhavam pelo céu em padrões aleatórios e intrincados que, com exceção da Ursa Maior, ela nunca conseguiu identificar com precisão, e então decidiu que compraria um livro sobre astronomia no dia seguinte, logo depois do almoço. Ela passaria alguns dias aprendendo os fundamentos daquela ciência e depois convidaria Kevin para uma noite romântica na praia, quando ela apontaria para o céu e mencionaria casualmente alguma coisa que fosse astronomicamente impressionante. Ela fechou os olhos imaginando a cena, e então se endireitou. Na manhã seguinte, começaria a se tornar uma nova pessoa. Uma pessoa melhor também. E descobriria o que fazer a respeito da situação de Molly. Mesmo se tivesse de implorar, encontraria casas para cada um dos novos filhotes.

Mas antes precisava levar Molly ao veterinário.

Capítulo 3

Parecia ser mais um daqueles dias em que Gabby se perguntava por que havia decidido trabalhar em uma clínica pediátrica. Ela teve a chance de trabalhar em uma unidade de cardiologia no hospital, e aquilo havia sido o seu plano durante todo o curso de assistente médica. Adorava poder auxiliar os médicos em cirurgias desafiadoras e parecia ser uma escolha perfeita até ela fazer suas últimas residências, quando trabalhou com um pediatra que encheu sua cabeça com ideias sobre a nobreza e a alegria de cuidar de crianças. O Dr. Bender, um médico veterano, de cabelos grisalhos que nunca parava de sorrir e conhecia praticamente todas as crianças que viviam em Sumter, na Carolina do Sul, havia convencido Gabby de que, embora a área de cardiologia pagasse melhor e parecesse ser mais glamourosa, não havia nada que pudesse deixar alguém tão realizado quanto segurar uma criança recém-nascida e observar seu desenvolvimento durante os anos mais importantes do início da vida. Geralmente, ela apenas concordava obedientemente, mas, em seu último dia, o Dr. Bender havia forçado a questão, colocando uma criança pequena em seus braços. Enquanto o bebê sorria, a voz do médico flutuou em direção a ela: — Na área de cardiologia, tudo é emergência, e seus pacientes sempre parecem ficar cada vez mais doentes, não importa o que você faça. Depois de um tempo, isso se torna excruciante. Você pode desenvolver um *burnout* muito rápido se não tomar cuidado. Por outro lado, cuidar deste rapazinho aqui… — ele fez uma pausa, apontando para o bebê. — Esta é a mais nobre vocação do mundo.

Embora tenha recebido uma oferta de emprego no setor de cardiologia em um hospital em sua cidade natal, ela acabou aceitando o emprego oferecido pelos doutores Furman e Melton em Beaufort, na Carolina do Norte. O Dr. Furman lhe pareceu ser uma pessoa distraída, o Dr. Melton lhe pareceu ser um típico paquerador, mas era a oportunidade de ficar perto de Kevin. E em alguma parte da sua consciência, ela acreditava que o Dr. Bender poderia ter razão. Ele estava certo a respeito dos bebês. Na maior parte dos casos, ela adorava trabalhar com eles, mesmo quando tinha de lhes dar vacinas e quando seus gritos a faziam gemer. Crianças um pouco mais velhas, na idade em que estavam dando seus primeiros passos e aprendiam a falar, também não eram um problema. A maioria tinha personalidades afáveis e ela gostava de observá-las se agarrando a seus cobertores ou bichos de pelúcia, enquanto olhavam para ela com expressões sinceras. Eram os pais deles que a deixavam louca. O Dr. Bender não havia mencionado um ponto crítico: na área de cardiologia, você lidava com um paciente que vinha para a clínica porque queria ou porque precisava; na pediatria, você lidava com um paciente que frequentemente tinha pais neuróticos que achavam que sabiam de tudo. Eva Bronson era um caso típico.

Eva, que estava segurando George no colo na sala de exames, parecia estar olhando Gabby com desdém. O fato de tecnicamente não ser formada em medicina, e também de ser relativamente jovem, fazia com que muitos pais acreditassem que ela não passava de uma enfermeira com um salário polpudo.

— Tem certeza de que o Dr. Furman não pode nos encaixar na sua agenda? — ela enfatizou a palavra doutor.

— Ele está no hospital — respondeu Gabby. — Ainda vai demorar para voltar. Além disso, tenho certeza de que ele concordaria comigo. Seu filho parece estar bem.

— Mas ele ainda está tossindo.

— Como eu disse antes, crianças podem tossir por até seis semanas após um resfriado nessa idade. Os pulmões deles precisam de mais tempo para se curar, mas isso é perfeitamente normal para a idade que ele tem.

— Quer dizer que você não vai lhe receitar um antibiótico?

— Não. Ele não precisa de remédios. Os ouvidos estão desobstruídos, os seios nasais também estão limpos, e eu não auscultei nenhuma evidência de bronquite nos pulmões dele. A temperatura está normal e ele parece bem saudável.

George, que havia completado 2 anos há pouco tempo, estava se contorcendo no colo de Eva, tentando se libertar, fervilhando com uma energia feliz. Eva apertou-o contra si.

— Já que o Dr. Furman não está aqui, talvez o Dr. Melton devesse dar uma olhada nele. Tenho certeza de que ele precisa de um antibiótico. Metade das crianças na creche em que ele fica está tomando antibióticos. Tem alguma coisa no ar.

Gabby fingiu escrever alguma coisa no prontuário. Eva Bronson sempre pedia antibióticos para George. Era o tipo de pessoa viciada em antibióticos, se é que isso existe.

— Se ele tiver febre, você pode voltar aqui e eu o examinarei de novo.

— Eu não quero voltar com ele aqui. É por isso que eu o trouxe hoje. Eu acho que ele deveria ser examinado por um médico.

Gabby se esforçou para manter seu tom de voz firme. — Certo, vou ver se o Dr. Melton pode lhe conceder alguns minutos.

Ao sair do consultório, Gabby parou no corredor, sabendo que precisava se preparar. Ela não queria falar com o Dr. Melton novamente; havia passado a manhã inteira evitando o médico. Assim que o Dr. Furman saiu para o hospital para fazer uma cesariana de emergência no Carteret General Hospital, em Morehead City, o Dr. Melton havia chegado bem perto dela, perto o bastante para que ela percebesse que ele havia acabado de fazer um gargarejo com algum enxaguante bucal.

— Quer dizer que vamos tocar a clínica sozinhos na manhã de hoje — comentou.

— Talvez não haja muito movimento — disse ela, mantendo a neutralidade. Não estava pronta para confrontá-lo e não queria fazer aquilo sem o Dr. Furman por perto.

— Segundas-feiras são sempre movimentadas. Espero que não tenhamos de trabalhar na hora do almoço.

— Eu também espero — concordou ela.

O Dr. Melton pegou um dos prontuários que estavam na porta do consultório, do outro lado do corredor. Deu uma rápida olhada no documento e, assim que Gabby se virou para sair, ela ouviu a voz de novo. — Por falar em almoço, você já experimentou um *taco* de peixe?

Gabby piscou. — O quê?

— Eu conheço um lugar ótimo em Morehead, perto da praia. Talvez possamos dar um pulo lá. Podemos trazer alguns para o resto da equipe também.

Embora ele tivesse mantido um profissionalismo pretenso — falaria da mesma forma se estivesse conversando com o Dr. Furman —, Gabby se sentiu acuada.

— Não posso — respondeu. — Eu preciso levar Molly ao veterinário. Eu marquei a consulta esta manhã.

— E eles vão conseguir encaixar a sua consulta na agenda?

— Disseram que sim.

Ele hesitou. — Tudo bem, então. Talvez em outra oportunidade.

Quando Gabby foi pegar outro prontuário, gemeu. — Você está bem? — perguntou o médico.

— Estou só um pouco dolorida por causa dos exercícios — ela disse, antes de desaparecer no consultório.

Na verdade, ela estava se sentindo muito dolorida. Totalmente dolorida. Seu corpo inteiro latejava, do pescoço até os tornozelos, e aquilo parecia estar ficando pior. Se ela tivesse simplesmente saído para correr no domingo, imaginou que provavelmente estaria bem. Mas aquilo não era o suficiente. Não para a nova e aprimorada versão de Gabby. Depois de correr — e orgulhosa porque, apesar de ter feito um ritmo cadenciado, não diminuiu o ritmo para andar nenhuma vez —, ela foi até a academia Gold's Gym em Morehead City para se matricular. Assinou os papéis enquanto o treinador explicava as várias aulas com nomes complicados, que estavam programadas para começar praticamente de hora em hora. Ao se levantar para sair, ele havia mencionado que uma nova aula, chamada *body pump*, começaria em alguns minutos.

— É um exercício fantástico — ele acrescentou — que trabalha o corpo todo. Você melhora a força e a função cardiovascular em uma única sessão. Você deveria experimentar.

E assim ela fez. E que Deus o perdoe pela forma como aquela aula a deixou dolorida.

Não imediatamente, é claro. Durante a aula, ela se saiu bem. No fundo, embora soubesse que devia ir com calma, percebeu que estava tentando acompanhar o ritmo da mulher ao seu lado — uma pessoa com roupas curtas e justas, com retoques cirúrgicos e rímel nos olhos. Ela levantou e empurrou pesos, correu no ritmo forte da música ambiente, depois levantou mais pesos e correu mais vezes, sem parar. Ao sair da academia, com os músculos tremendo, ela se sentia como se tivesse dado o próximo passo na sua evolução. Antes de sair, comprou um pote de proteína em pó para fazer *milk-shake*.

No caminho para casa, passou em uma livraria para comprar um livro sobre astronomia e, mais tarde, antes de cair no sono, percebeu que se sentia melhor a respeito do futuro do que anteriormente, exceto pelo fato de que seus músculos pareciam estar se enrijecendo à medida que os minutos passavam.

Infelizmente, a nova e aprimorada versão de Gabby sentiu uma dor excepcionalmente forte ao se levantar da cama na manhã seguinte. Tudo doía. Não, não era assim. Aquilo estava muito além da dor. Era insuportável. Parecia que cada músculo do seu corpo havia sido jogado num liquidificador. Suas costas, seu peito, sua barriga, suas pernas, seu traseiro, seus braços, seu pescoço… até mesmo seus dedos doíam. Ela só conseguiu se sentar depois da terceira tentativa e, depois de cambalear até o banheiro, descobriu que precisava fazer um esforço hercúleo para escovar os dentes sem gritar. Ela se viu buscando quase tudo que havia no armário de remédios — Tylenol, aspirina, Flanax — e, no fim, decidiu tomar todos. Engoliu os comprimidos com um copo de água e percebeu que gemia ao engolir.

Tudo bem, admitiu ela. Talvez tenha exagerado.

Mas era tarde demais agora, e o pior de tudo era que os analgésicos não tinham funcionado. Ou talvez tivessem. Apesar daquilo, ela conseguiu trabalhar na clínica, desde que se movesse lentamente. Mas a dor ainda estava lá, e o Dr. Furman não havia voltado, e a última coisa que ela queria era ter de lidar com o Dr. Melton.

Sem encontrar outra opção, ela perguntou a uma das enfermeiras em que sala ele estava e, depois de bater à porta, colocou a cabeça para dentro do consultório. O Dr. Melton desviou sua atenção do paciente que estava atendendo, e sua expressão ficou mais animada quando a viu.

— Desculpe interromper — ela disse. — Posso falar com o senhor por um momento?

— É claro — ele se levantou da cadeira, colocou o prontuário em cima da mesa ao sair da sala e fechou a porta por trás de si. — Mudou de ideia sobre o almoço?

Ela fez que não com a cabeça e contou a ele sobre Eva Bronson e George. Ao sair, ela podia sentir os olhos dele sobre suas costas enquanto ela mancava pelo corredor.

Já era 12h30 quando Gabby concluiu a consulta com seu último paciente da manhã. Com a bolsa nas mãos, ela andou com dificuldade até o carro, sabendo que não tinha muito tempo. Sua próxima consulta aconteceria em 45 minutos, mas, se não tivesse de esperar no veterinário, conseguiria voltar a tempo. Era uma das coisas boas de se morar em uma cidade com menos de 4 mil habitantes. Tudo ficava perto. Embora Morehead City — que tinha cerca de cinco vezes o tamanho de Beaufort — ficasse do outro lado da ponte que cruzava a Hidrovia Intralitorânea e fosse o lugar onde a maioria das pessoas fazia suas compras nos fins de semana, aquela curta distância era o bastante para fazer com que esta cidade parecesse distinta e isolada, como a maioria das cidades na região leste do estado.

Era um lugar bonito, especialmente considerando-se o distrito histórico. Em um dia como aquele, com temperaturas perfeitas para passeios, Beaufort lembrava a maneira como Gabby imaginava que a cidade de Savannah devia ser no primeiro século de sua existência.

Ruas largas, árvores frondosas, cento e poucas casas restauradas ocupando vários quarteirões, desembocando por fim na rua Front e em um calçadão de madeira com vista para a marina. Os atracadouros estavam ocupados por barcos de lazer e trabalho de todos os tipos e tamanhos — um iate magnífico comprado por milhões de dólares poderia estar ancorado entre um pequeno barco usado para pescar caranguejos e um belo e bem-cuidado veleiro. Havia também dois restaurantes com vistas maravilhosas: locais antigos e cuidadosamente mantidos, completos com terraços cobertos e mesas de piquenique que faziam os clientes se sentirem como se estivessem de férias em um lugar onde o tempo havia parado. Ocasionalmente, nas noites de alguns fins de semana, havia bandas tocando nos restaurantes, e, no dia 4 de julho do verão anterior, quando ela veio visitar Kevin, havia tantas pessoas presentes para ouvir a música e ver os fogos de artifício que os barcos abarrotavam a marina. Sem atracadouros suficientes para acomodá-los, os barcos eram simplesmente amarrados uns aos outros, e seus proprietários passavam de um barco para outro até alcançarem a doca, aceitando ou oferecendo cervejas a estranhos conforme andavam.

Do outro lado da rua havia escritórios de imobiliárias misturados a lojas de arte e algumas arapucas para turistas. À noite, Gabby gostava de passear pelas lojas de arte para examinar as obras. Quando era jovem, sonhava em ganhar a vida pintando ou desenhando; demorou alguns anos para que se desse conta de que sua ambição estava muito além do seu talento. Mas isso não significava que não podia apreciar trabalhos de qualidade e, por vezes, encontrava uma fotografia ou pintura que fazia com que ela parasse para observá-la. Ela havia comprado obras daquele tipo duas vezes, e os dois quadros agora decoravam sua casa. Pensou em comprar mais algumas para poder complementá-las, mas seu orçamento mensal não permitia aquela extravagância, pelo menos no momento.

Alguns minutos depois, Gabby estacionou em frente a sua casa e gemeu ao sair do carro, antes de corajosamente se dirigir até a porta da frente. Molly a encontrou na varanda, ficou um tempo cheirando as flores enquanto Gabby cuidava de alguns afazeres, e depois pulou para o banco do passageiro. Gabby gemeu novamente ao entrar no carro, e depois abriu a janela para que Molly pudesse colocar a cabeça para fora — algo que ela adorava fazer.

A clínica veterinária Down East ficava a apenas alguns minutos dali, e ela parou o carro no estacionamento, escutando o ranger dos cascalhos embaixo dos pneus. Instalada em uma casa rústica e desgastada em estilo vitoriano, a clínica parecia mais uma casa do que um estabelecimento comercial. Ela colocou uma coleira em Molly, e deu uma olhada rápida em seu relógio. Silenciosamente, rezou para que o veterinário não demorasse.

A porta se abriu com um rangido alto, e ela sentiu Molly puxar a coleira ao ser confrontada com os odores típicos de clínicas veterinárias. Gabby se aproximou do balcão da recepção, mas, antes que pudesse falar, a recepcionista se levantou da cadeira.

— Esta é Molly? — perguntou ela.

Gabby não se preocupou em esconder sua surpresa. Ia demorar um pouco até que ela se acostumasse a viver em uma cidade pequena. — Sim. Eu sou Gabby Holland.

— É um prazer conhecê-la. Meu nome é Terri. Sua cadela é muito bonita.

— Obrigada.

— Estávamos imaginando a que horas você iria chegar aqui. Você tem de voltar ao trabalho, certo? — ela apanhou uma prancheta. — Vamos adiantar as coisas e colocar vocês em um dos consultórios. Você pode preencher os documentos lá, e o veterinário vai poder dar uma olhada em Molly rapidamente. Não vai demorar muito. Ele está quase terminando.

— Ótimo — disse Gabby. — Muito obrigada, de verdade.

A recepcionista as conduziu até uma sala próxima. Ali havia uma balança, e ela ajudou Molly a subir nela. — Não é nada de mais. Além disso, levo os meus filhos à sua clínica pediátrica o tempo todo. Você gosta de trabalhar lá?

— Eu gosto, sim — respondeu. — É mais movimentado do que eu imaginava.

Terri registrou o peso e depois saiu pelo corredor. — Eu adoro o Dr. Melton. Ele faz maravilhas pelo meu filho.

— Vou dizer a ele — disse Gabby.

Terri apontou para uma pequena sala, mobiliada com uma mesa de metal e uma cadeira plástica, e entregou a prancheta a Gabby. — É só preencher o documento e direi ao doutor que você está aqui.

Terri as deixou na sala, e Gabby se sentou com cuidado, gemendo ao sentir os músculos das pernas se contraírem em agonia. Ela respirou fundo algumas vezes, esperando até que a dor passasse, e depois preencheu a papelada enquanto Molly andava pela sala.

Menos de 1 minuto depois, a porta se abriu e a primeira coisa que Gabby percebeu foi o jaleco branco. Um instante depois, o nome bordado em letras azuis. Gabby ia começar a falar, mas o reconhecimento súbito tornou aquilo impossível.

— Oi, Gabby — cumprimentou Travis. — Como vai?

Gabby continuou a olhá-lo, sem acreditar, imaginando que diabos ele estava fazendo ali. Ela ia dizer alguma coisa quando percebeu que os olhos dele eram azuis, apesar de ela pensar que eram castanhos. Estranho. Mesmo assim…

— Quer dizer que esta é Molly — disse ele, interrompendo os pensamentos dela. — Oi, garota — ele se agachou e esfregou o pescoço de Molly. — Gosta disso? Ah, você é uma doçura, não é? Como se sente, menina?

O som da voz dele a trouxe de volta, e as memórias da discussão que tiveram há duas noites voltaram. — Você… você é o veterinário? — gaguejou Gabby.

Travis fez que sim com a cabeça, enquanto continuava esfregando o pescoço de Molly. — Com meu pai. Ele abriu a clínica, e eu me juntei a ele depois de terminar a faculdade.

Aquilo não podia estar acontecendo. De todas as pessoas nesta cidade, tinha de ser ele? Por que diabos ela não podia ter um dia comum e descomplicado?

— Por que você não disse nada naquela noite?

— Eu disse. Recomendei que você a levasse ao veterinário, não foi?

Ela apertou os olhos. Aquele homem parecia gostar de irritá-la. — Você sabe do que estou falando.

Ele olhou para ela. — Ah, sobre eu ser veterinário? Eu tentei lhe dizer, mas você não me deixou falar.

— Você devia ter dito alguma coisa mesmo assim.

— Acho que você não estava com paciência para ouvir. Mas isso são águas passadas. Sem ressentimentos. — Ele sorriu. — Deixe-me dar uma olhada nesta garota, certo? Eu sei que você precisa voltar ao trabalho, então serei rápido.

Ela podia sentir sua raiva crescendo depois que ele falou aquele “sem ressentimentos” de forma tão casual. Uma parte dela queria sair dali naquele momento. Infelizmente, ele já estava começando a examinar a barriga de Molly. Além disso, ela também não teria condições de se levantar rapidamente, mesmo que quisesse. Naquele momento, suas pernas pareciam ter entrado em greve. Contrariada, ela cruzou os braços e sentiu algo parecido com uma faca quente entrando nas suas costas e ombros enquanto Travis preparava o estetoscópio. Ela mordeu o lábio, orgulhosa por não ter gemido novamente.

Travis olhou para ela. — Está tudo bem?

— Estou bem — ela disse.

— Tem certeza? Parece que você está com dores.

— Estou bem — repetiu.

Ignorando aquele tom de voz, Travis voltou sua atenção para a cadela. Ele moveu o estetoscópio, escutou novamente e depois examinou um de seus mamilos. Finalmente, ele calçou uma luva de borracha e fez um rápido exame interno.

— Bem, ela está definitivamente grávida — confirmou, removendo a luva e jogando-a no lixo. — A julgar pelos exames, já faz umas sete semanas.

— Eu lhe disse — ela lhe lançou um olhar duro. E Moby é o responsável, ela evitou dizer.

Travis se levantou e colocou o estetoscópio de volta em seu bolso. Ele pegou a prancheta e virou a página.

— Para sua informação, tenho certeza de que Moby não é o responsável.

— Não é?

— Não. Provavelmente é aquele labrador que vi andando pelo bairro. Eu acho que ele pertence ao velho Cason, mas não tenho certeza. Talvez seja do filho dele. Fiquei sabendo que ele voltou à cidade.

— Como pode ter certeza de que não foi Moby?

Ele começou a fazer anotações, e, por um momento, ela não tinha certeza de que ele havia ouvido o que ela dissera.

Ele deu de ombros. — Por um motivo simples. Ele foi castrado.

Há momentos na vida em que a sobrecarga de informações pode fazer com que seja impossível pronunciar palavras. Imediatamente, Gabby viu uma montagem aterrorizante lhe cruzar os olhos, na qual ela falava sem parar, chorava, e finalmente saía rapidamente, pisando forte. Ela tinha uma vaga lembrança de vê-lo tentando lhe dizer alguma coisa, e tudo aquilo serviu para deixá-la enjoada.

— Castrado? — ela murmurou.

— Aham — ele levantou os olhos da prancheta. — Já faz dois anos. Meu pai fez o procedimento aqui mesmo na clínica.

— Oh…

— Tentei lhe dizer isso também. Mas você saiu antes que eu conseguisse falar. Eu me senti mal a respeito disso, então fui até a sua casa no domingo, mas você havia saído.

Ela disse a única coisa que lhe veio à cabeça. — Eu estava na academia.

— É mesmo? Faz bem.

Foi necessário certo esforço, mas ela descruzou os braços. — Acho que lhe devo um pedido de desculpas.

— Sem ressentimentos — ele disse novamente, mas dessa vez isso fez com que ela se sentisse ainda pior. — Mas escute, eu sei que você está com pressa, então deixe-me falar algumas coisas a respeito de Molly.

Ela concordou, sentindo como se tivesse sido colocada no canto da sala com um chapéu cônico na cabeça, ainda pensando no papelão que fizera na noite de sábado. De algum modo, ver que ele minimizava o episódio tornava tudo ainda mais embaraçoso.

— O período de gestação dura nove semanas, então você terá mais duas semanas pela frente. Os quadris dela são largos o bastante, e assim você não vai ter de se preocupar com isso. Esta é a razão pela qual eu queria que você a trouxesse até a clínica, já que *collies*, às vezes, têm quadris estreitos. Bem, normalmente, não há nada que você precise fazer, mas tenha em mente que ela provavelmente vai querer um lugar escuro e frio para ter os filhotes. Assim, talvez seja interessante colocar alguns cobertores velhos na garagem. Você tem uma porta que leva da cozinha para a garagem, certo?

Ela concordou novamente, sentindo como se ficasse cada vez menor.

— Deixe-a aberta, e ela provavelmente começará a andar por ali. Isso se chama nidificação, e é perfeitamente normal. Provavelmente ela vai parir os filhotes quando tudo estiver em silêncio. À noite, ou enquanto você estiver no trabalho, mas lembre-se de que isso é totalmente natural, então não há nada com que se preocupar. Os filhotes vão saber imediatamente quando devem parar de mamar, então você não precisa se preocupar com isso também. E você provavelmente vai ter de jogar os cobertores fora, então não use nada que goste muito, está bem?

Ela assentiu pela terceira vez, sentindo-se encolher ainda mais.

— Além disso, não há muito mais coisas que você precise saber. Se houver problemas, pode trazê-la aqui na clínica. Se estiver fora do horário comercial, você sabe onde eu moro.

Ela limpou a garganta. — Tudo bem.

Como ela não disse mais nada, ele sorriu e começou a andar em direção à porta. — É só isso, então. Você pode levá-la para casa se quiser. Fico feliz por tê-la trazido aqui. Eu não achava que fosse uma infecção, mas estou feliz por ter me certificado.

— Obrigada — murmurou Gabby. — De novo, me desculpe…

Ele levantou as mãos para interrompê-la. — Não tem problema. É sério. Você estava irritada, e Moby às vezes anda pela vizinhança. Foi um erro, só isso. A gente se vê por aí, certo?

Quando ele fez um último carinho em Molly, Gabby sentia-se como se tivesse 15 centímetros de altura.

Quando Travis — o Dr. Parker — deixou a sala de exames, ela esperou por um longo momento para se certificar de que ele havia ido embora. Levantou-se da cadeira de forma lenta e dolorosa. Ela olhou pela abertura da porta e, depois de ter certeza de que ele não estava mais por ali, foi até o balcão da recepção, onde pagou a conta da consulta em silêncio.

Ao voltar para a clínica onde trabalhava, a única coisa que Gabby sabia com certeza era que ela nunca conseguiria superar o que havia feito, e como não havia uma pedra grande o bastante para que ela se enfiasse embaixo, o melhor seria procurar um modo de evitar encontrá-lo por algum tempo. Não eternamente, é claro. Um intervalo de tempo razoável. Como os próximos cinquenta anos.

Capítulo 4

Travis Parker ficou em frente à janela, observando Gabby levar Molly até o carro. Ele sorria consigo mesmo, entretido com as expressões dela. Embora ele mal a conhecesse, havia visto o bastante para concluir que ela era uma daquelas pessoas cujas expressões eram uma janela para cada um de seus sentimentos. Ele frequentemente sentia que muitas pessoas viviam suas vidas fingindo e mentindo, usando máscaras e se perdendo de si mesmas no processo. Gabby, ele tinha certeza, nunca agiria daquela maneira.

Guardando as chaves no bolso, ele foi em direção à sua caminhonete, com a promessa de que voltaria do almoço em meia hora. Pegou a sua caixa térmica — ele mesmo fazia e embrulhava seu almoço todos os dias — e foi até o seu lugar habitual. Há um ano, ele havia comprado um terreno com vista para a praia de Shackleford, no final da rua Front, pensando que um dia construiria a casa dos seus sonhos ali. O único problema era que ele não tinha certeza das implicações que aquilo teria. No geral, ele levava uma vida simples e sonhava em construir uma cabana rústica como as que viu em uma viagem que fez às ilhas de Florida Keys, algo com bastante personalidade, que parecesse ter 100 anos do lado de fora, mas que fosse incrivelmente iluminado e espaçoso por dentro. Ele não precisava de muito espaço — um quarto e talvez um escritório, além dos cômodos tradicionais —, mas, assim que começou aquele processo, percebeu que o terreno serviria melhor para algo mais orientado a uma família. Aquilo fazia com que a imagem da casa dos seus sonhos parecesse um pouco mais confusa, pois não havia dúvida de que ela incluiria também uma futura esposa e filhos, coisa que ele nem de longe conseguia imaginar.

Às vezes, o resultado da criação que ele e sua irmã tiveram acabava lhe parecendo estranho, pois ela também não parecia ter pressa em se casar. Seus pais eram casados há quase 35 anos, e Travis não conseguia imaginá-los solteiros, assim como ele não conseguia visualizar a si mesmo batendo os braços e fazendo acrobacias por entre as nuvens. Sim, ele tinha ouvido as histórias sobre como eles se conheceram em uma viagem de acampamento organizada pelo grupo de jovens da igreja que eles frequentavam enquanto estavam no ensino médio; o episódio sobre como a sua mãe machucou o dedo enquanto cortava um pedaço de torta para a sobremesa e como seu pai havia segurado o dedo dela em sua mão, apertando-o como uma bandagem cirúrgica para estancar o sangramento. Um toque e "tcharam!", foi o que bastou. Seu pai dizia: "Eu sabia que aquela era a garota para mim".

Até agora, Travis ainda não havia tido um "tcharam!", nem nada que chegasse perto daquilo. Sim, havia a sua namorada do tempo da escola, Olívia; todos na escola pensavam que eles eram perfeitos um para o outro. Ela vivia do outro lado da ponte hoje em dia, em Morehead City, e não era raro eles se esbarrarem enquanto faziam compras no *Wal-Mart* ou no *Target*. Eles conversavam por um minuto ou dois sobre amenidades e depois continuavam a tocar suas vidas.

Houve várias namoradas desde que ele terminou com Olívia, claro. Não era do tipo ingênuo em relação às mulheres. Ele as achava atraentes, mas, mais do que isso, verdadeiramente gostava delas. Orgulhava-se do fato de nunca ter tido algo que pudesse ser remotamente chamado de um fim doloroso de relacionamento, para ele ou para qualquer uma de suas ex. As separações quase sempre ocorriam de comum acordo, se esmaecendo como um pavio molhado em uma vela de aniversário em vez das grandes explosões de fogos de artifício no céu. Ele se considerava amigo de todas as suas ex-namoradas — incluindo Mônica, a última com quem se relacionou — e achava que elas diriam o mesmo em relação a ele. Não era o homem certo para elas, e elas não eram as mulheres certas para ele. Viu três ex-namoradas se casarem com homens excelentes e foi convidado para os três casamentos. Raramente pensava em encontrar um *amor eterno* ou a sua *cara-metade*, mas, nas raras vezes em que o fazia, sempre terminava imaginando encontrar alguém que compartilhava as mesmas paixões energéticas e o interesse pela vida ao ar livre que ele tinha. A vida foi feita para se viver, não foi? Claro, todos tinham suas responsabilidades, e ele sabia que isso fazia parte da vida. Gostava do seu trabalho, ganhava um bom dinheiro, tinha a própria casa e pagava suas contas sem atraso, mas não queria uma vida em que essas coisas fossem as únicas que importavam. Queria viver a vida. Não, nada disso. Precisava viver a vida.

Até onde ele se lembrava, sempre foi assim. Ao crescer, Travis era organizado e esforçado na escola, tirando boas notas sem muita preocupação ou ansiedade, e frequentemente se sentia igualmente feliz ao tirar uma nota B ou uma nota A. Aquilo enlouquecia sua mãe — "Imagine como você poderia se sair se se esforçasse", era o que ela repetia a cada vez que a escola lhe enviava o boletim de notas. Mas a escola não o interessava tanto quanto andar de bicicleta a toda a velocidade ou surfar na região de Outer Banks. Enquanto as outras crianças pensavam em esportes como futebol ou beisebol, ele pensava em voar pelo ar com sua motocicleta ao subir por uma rampa de terra, ou na descarga de energia que ele sentia quando aterrisava com sucesso. Ele era o típico garoto feito para os *X-Games*, mesmo antes de essa competição ter sido inventada, e, aos 32 anos, já havia feito praticamente tudo aquilo.

Ao longe, ele podia ver cavalos selvagens reunidos perto das dunas da praia de Shackleford e, enquanto os observava, pegou seu sanduíche. Peito de peru no pão branco com mostarda, uma maçã e uma garrafa de água. Ele comia aquilo todos os dias, depois de tomar o café da manhã, que também era exatamente igual de um dia para o outro, com cereais, claras de ovos mexidas e uma banana. Embora gostasse da descarga ocasional de adrenalina, sua dieta era extremamente entediante. Seus amigos ficavam maravilhados com a rigidez do seu autocontrole, mas o que ele não lhes dizia era que aquilo se devia mais ao seu paladar limitado do que à disciplina. Quando tinha 10 anos, havia sido forçado a terminar um prato de macarrão tailandês com molho de gengibre e passado a noite inteira vomitando. Desde então, o mais sutil odor de gengibre o fazia correr para o banheiro com ânsias, e seu paladar nunca mais foi o mesmo. Ele ficou receoso em relação à comida de forma geral, preferindo coisas simples, insípidas e previsíveis em vez de qualquer coisa com algum sabor exótico. Conforme cresceu, recusou qualquer outro tipo de comida industrializada. Agora, depois de mais de vinte anos, tinha muito medo de mudar.

Enquanto saboreava seu sanduíche — insípido e previsível —, observou a direção em que seus pensamentos fluíam. Não era o jeito dele. Normalmente não era dado a reflexões profundas (outro exemplo do inevitável pavio molhado, como diria Maria, com quem ele namorou há seis anos). Em geral, simplesmente vivia sua vida, fazendo o que precisava ser feito e pensando em maneiras de se divertir no resto do tempo. Esta era uma das melhores vantagens de ser solteiro: uma pessoa podia fazer tudo o que quisesse, sempre que quisesse, e a introspecção era apenas uma opção.

Tinha de ser Gabby, pensou ele, embora não fizesse a menor ideia do porquê. Ele mal a conhecia, e duvidava que tivesse conhecido a verdadeira face de Gabby Holland. Sim, ele viu a face enfurecida no sábado à noite e a face arrependida alguns momentos antes, mas não imaginava como ela iria se comportar em circunstâncias normais. Ele suspeitava de que ela tinha um bom senso de humor, mas, ao pensar melhor naquilo, não conseguiu saber o que lhe fazia pensar daquela forma. Sem dúvida ela era inteligente, embora ele pudesse ter deduzido aquilo por causa do emprego dela. Mas além daquilo… ele tentou e não conseguiu visualizá-la em um encontro romântico. Ainda assim, ficou feliz por ela ter vindo à clínica, mesmo que fosse apenas para que tivessem uma oportunidade de começar seu contato como vizinhos novamente. Uma coisa que ele havia aprendido era que maus vizinhos poderiam tornar a vida de uma pessoa uma experiência miserável. Seu amigo Joe tinha um vizinho que queimava folhas secas no primeiro dia da primavera e cortava sua grama bem cedo nas manhãs de sábado, e os dois já quase se socaram mais de uma vez depois de uma noite longa que o bebê de Joe passou chorando. Travis pensava que a cortesia estava destinada a ter o mesmo fim dos dinossauros, e a última coisa que ele queria era que Gabby sentisse alguma razão para evitá-lo. Talvez ele poderia convidá-la até sua casa da próxima vez que seus amigos estivessem ali...

Sim, ele pensou, acho que vou fazer isso. Com a decisão tomada, ele pegou sua caixa térmica e começou a voltar para a sua caminhonete. Havia a variedade habitual de cães e gatos agendados para aquela tarde, mas, às 3 horas, alguém traria um lagarto. Ele gostava de tratar de lagartos ou de qualquer outro animal de estimação exótico; a ideia de que ele sabia do que estava falando — e realmente sabia — sempre impressionava os donos dos bichos. Ele gostava de ver as expressões maravilhadas daquelas pessoas: "será que ele conhece a anatomia e fisiologia exatas de todas as criaturas do planeta?". E ele fingia conhecer. Mas a realidade era um pouco mais prosaica. Não, é claro que ele não conhecia os detalhes de todas as criaturas do planeta — quem conseguiria fazer isso? —, mas infecções eram infecções, e eram geralmente tratadas sempre da mesma forma, independentemente da espécie. A diferença era a dose da medicação, e aquela era a informação que ele precisava verificar em um livro de referência que deixava guardado em sua escrivaninha.

Ao entrar no carro, percebeu que estava pensando em Gabby, imaginando se ela já havia praticado surfe ou *snowboarding*. Não parecia provável, mas, ao mesmo tempo, ele tinha a estranha sensação de que, ao contrário da maioria de suas ex-namoradas, ela talvez gostasse daquele tipo de esporte, se tivesse a oportunidade. Ele não sabia exatamente por que e, ao dar a partida no motor, tentou afastar aquele pensamento, fazendo o melhor que podia para se convencer de que aquilo não importava. Exceto pelo fato de que, por algum motivo, aquilo tinha toda a importância.

Capítulo 5

Durante as duas semanas seguintes, Gabby se tornou especialista em entrar e sair discretamente, especialmente na própria casa. Ela não tinha outra escolha. O que ela poderia dizer a Travis? Ela fez papel de idiota, e ele deixou a situação ainda mais insuportável ao tratar aquilo como se não tivesse importância. Obviamente, aquilo significava que ir e voltar estavam sujeitos a um novo conjunto de regras, no qual "evitar encontros" era a regra número 1. A única coisa que lhe trazia um pouco de alívio — a única coisa positiva que ela conseguiu extrair de toda aquela experiência — foi ter se desculpado quando estava na clínica dele.

Estava ficando cada vez mais difícil manter aquela situação, entretanto. No início, tudo que ela precisava fazer era estacionar dentro da sua garagem, mas agora que Molly estava perto de ter os filhotes, Gabby teve de começar a estacionar na calçada para que a cadela pudesse construir seu ninho. Isso significava que, naqueles dias, Gabby teria de ir e vir quando tivesse certeza de que Travis não estava em casa.

Ela chegou à conclusão de que não precisaria se esquivar por cinquenta anos; na verdade, ela pensava que alguns meses, ou talvez um semestre, seriam suficientes. Qualquer que fosse a quantidade de tempo, aquilo parecia ser um intervalo longo o bastante para que ele se esquecesse de tudo, ou pelo menos para que as memórias da maneira como ela agiu começassem a desaparecer. Ela sabia que o tempo tinha a característica de ofuscar os limites da realidade, até que apenas uma imagem borrada restasse, e, quando aquilo acontecesse, ela voltaria a ter uma rotina normal. Começaria aos poucos — um aceno aqui e ali ao entrar no carro, talvez um aceno quando estivesse no seu deque, no quintal, caso eles se vissem — e a coisa continuaria daquele ponto em diante. Com o tempo, ela pensou que ficaria bem — talvez eles até mesmo rissem juntos algum dia, lembrando da ocasião em que se conheceram —, mas até lá, preferia viver como uma espiã.

Ela teve de observar os horários de Travis, é claro. Não foi difícil — uma rápida olhada no relógio quando ele se preparava para sair de casa pela manhã, enquanto olhava pela janela da cozinha. Voltar para casa do trabalho era ainda mais fácil; ele geralmente estava remando seu barco ou andando de *jet ski* quando ela chegava, mas, por outro lado, aquilo fazia com que as noites se transformassem no pior dos problemas. Como ele estava lá fora, ela tinha de ficar dentro de casa, não importa o quanto o pôr do sol estivesse maravilhoso, e, a menos que ela fosse à casa de Kevin, acabava passando as noites estudando seu livro de astronomia — aquele que ela havia comprado na esperança de impressionar Kevin com seus conhecimentos sobre o espaço sideral enquanto eles observavam o céu. Infelizmente, aquilo ainda não havia acontecido.

Ela imaginava que poderia ter tido uma atitude mais adulta em relação a tudo aquilo, mas tinha uma sensação estranha de que, se estivesse frente a frente com Travis, iria perceber que estava se lembrando em vez de escutando, e a última coisa que ela queria era deixar a situação ainda pior do que a impressão que já tinha causado. E, também, ela tinha outras coisas em mente.

Por exemplo, Kevin. Na maioria das noites, ele vinha até a casa dela e ficava por algum tempo, e ele até mesmo passou o último fim de semana com ela, depois do seu habitual jogo de golfe, claro. Kevin adorava golfe. Eles também saíram três vezes para jantar e duas vezes para ir ao cinema, e passaram uma parte da tarde de domingo na praia. Alguns dias atrás, enquanto estavam no sofá, ele tirou os sapatos dela enquanto bebiam vinho.

— O que você está fazendo?

— Achei que você gostaria que eu lhe fizesse uma massagem nos pés.

Aposto que eles estão doloridos depois de você passar o dia inteiro de pé.

— Seria melhor se eu os lavasse antes.

— Não me importo se eles estão limpos ou sujos. E, além disso, eu gosto de olhar para os dedos dos seus pés. Eles são lindos.

— Você não tem um fetiche secreto por pés, tem?

— Não tenho, não. Bem, sou louco pelos seus pés — declarou, começando a lhe fazer cócegas, e ela puxou seus pés, encolhendo-se e rindo. Um momento depois eles estavam se beijando apaixonadamente e, depois, quando ela estava deitada ao seu lado, Kevin lhe disse o quanto a amava. Do jeito que ele falava, ela teve a impressão de que poderia começar a considerar a ideia de que deveriam morar juntos.

O que era bom. Era o mais próximo que ele havia chegado de conversar com ela sobre o seu futuro juntos, mas…

Mas o quê? É sempre assim que as coisas funcionam, não é? Viver juntos seria um passo em direção ao futuro ou apenas uma maneira de continuar vivendo no presente? Ela realmente precisava que ele a pedisse em casamento? Ela pensou a respeito. Bem… sim. Mas não até que ele se sentisse pronto para aquilo. O que levava, obviamente, a questões que começaram a invadir os pensamentos de Gabby sempre que eles estavam juntos: quando ele iria se sentir pronto? Será que algum dia estaria pronto para aquilo? E, é claro, por que não se sentia pronto para se casar com ela?

Era errado querer se casar em vez de simplesmente morar com ele? Deus sabe que ela não tinha mais certeza nem daquilo. Parece que algumas pessoas crescem sabendo que se casarão quando tiverem determinada idade, e aquilo acontece exatamente como o planejado; outras sabem que não se casarão durante algum tempo, e passam a morar com as pessoas que amam, e aquilo também funcionava muito bem. Às vezes, parecia que ela era a única sem um plano estabelecido; para ela, o casamento sempre foi uma ideia vaga, algo que simplesmente… acontecia. E aconteceria. Certo?

Pensar naquilo a deixava com dor de cabeça. O que ela realmente queria fazer era se sentar fora da casa, em seu deque, com uma taça de vinho e se esquecer de tudo por alguns momentos. Mas Travis Parker estava em seu deque, lendo uma revista, e aquilo impedia seus planos. Assim, estava presa em sua casa novamente na quinta-feira à noite.

Ela desejou que Kevin não estivesse trabalhando até tarde para que eles pudessem fazer alguma coisa juntos. Ele estava em uma reunião com um dentista que estava abrindo um consultório, e que precisava avaliar todas as opções de seguros que se aplicassem a ele. Aquilo não era ruim — ela sabia que ele estava dedicado a fortalecer seus negócios —, mas ele iria com o pai a Myrtle Beach para uma convenção logo no início da manhã seguinte, e ela não conseguiria vê-lo até a próxima quarta-feira, o que significava que teria de passar ainda mais alguns dias enfurnada em casa, presa como um frango em um galinheiro. O pai de Kevin era o dono de uma das maiores corretoras de seguros da Carolina do Norte, e Kevin estava assumindo mais responsabilidades a cada ano que se passava no escritório central de Morehead City, já que seu pai estava se aproximando da aposentadoria. Às vezes ela imaginava como aquilo deveria ser — ter uma carreira traçada desde a infância —, mas imaginou que havia coisas piores, especialmente porque a empresa era bem-sucedida. Apesar de haver uma pretensão de nepotismo no ar, Kevin havia feito por merecer o cargo que tinha. Atualmente, o pai dele passava menos de vinte horas por semana na empresa, o que geralmente fazia com que a carga horária semanal de Kevin ficasse próxima de sessenta. Com quase 30 funcionários, os problemas gerenciais não acabavam, mas Kevin tinha talento para lidar com pessoas. Pelo menos, foi o que algumas pessoas disseram a Gabby na festa de Natal da empresa, nas duas ocasiões em que ela compareceu.

Sim, ela tinha orgulho dele, mas aquilo ainda não deixava que ela saísse de casa em noites como esta, o que parecia ser um desperdício. Talvez devesse simplesmente ir até a praia Atlantic, onde poderia tomar uma taça de vinho e observar o sol se pôr. Por um momento, ela considerou fazer exatamente aquilo. Depois, mudou de ideia. Não havia problemas em ficar sozinha em casa, mas a ideia de beber na praia sozinha fez com que ela se sentisse como uma fracassada na vida. As pessoas pensariam que ela não tinha nenhum amigo no mundo, o que não era verdade. Ela tinha vários amigos. O problema é que nenhum deles morava dentro de um raio de 150 quilômetros de Beaufort, e, quando se deu conta daquilo, não conseguiu se sentir muito melhor.

Se ela levasse sua cadela, talvez… aquilo era diferente. Era uma coisa perfeitamente normal a fazer, até mesmo saudável. Demorou alguns dias, e ela tomou quase todos os analgésicos que tinha no armário dos remédios, mas a dor da sua primeira sessão na academia havia finalmente passado. Ela não voltou às aulas de *body pump* — as pessoas que faziam essa aula obviamente eram masoquistas —, mas começou a manter uma rotina razoavelmente regular na academia. Pelo menos nos últimos dias. Foi na segunda e na quarta-feira, e estava determinada a achar tempo para ir no dia seguinte também.

Ela se levantou do sofá e desligou a televisão. Molly não estava por perto e, imaginando que ela estivesse na garagem, Gabby foi até lá. A porta que levava até a garagem estava aberta e, quando ela entrou e acendeu as luzes, a primeira coisa que percebeu foi o grupo de bolas peludas que se contorciam e choramingavam ao redor de Molly. Gabby a chamou; um momento depois, entretanto, ela começou a gritar.

Travis havia acabado de entrar na cozinha para tirar um peito de frango da geladeira quando ouviu as pancadas súbitas e frenéticas em sua porta.

— Dr. Parker? Travis? Você está aí?

Só levou um momento para que ele reconhecesse a voz de Gabby. Quando abriu a porta, o rosto dela estava pálido e com uma expressão aterrorizada.

— Você tem de vir comigo — disse. — Molly não está bem.

Travis reagiu instintivamente. Enquanto Gabby se virou e começou a correr de volta para sua casa, ele tirou uma bolsa médica de trás do assento do passageiro de sua caminhonete, aquela que ele usava para as chamadas ocasionais que recebia solicitando que algum animal fosse tratado em uma fazenda. Seu pai sempre enfatizou a importância de deixá-la preparada com qualquer coisa que ele pudesse precisar, e Travis havia aprendido bem aquela lição. Gabby já estava quase na porta de entrada, e a deixou aberta, desaparecendo dentro da casa. Travis a seguiu e um momento depois avistou-a na cozinha, perto da porta aberta que levava à garagem.

— Ela está arfando e vomitando — disse ela, correndo para ficar ao lado de Molly. — E… tem algo saindo dela.

Travis avaliou a situação imediatamente, reconhecendo o útero prolapsado, esperando que não tivesse chegado tarde demais.

— Deixe-me lavar as mãos — ele disse, rapidamente. Esfregou as mãos com força na pia da cozinha, falando enquanto as enxaguava. — Preciso de mais luz lá embaixo. Você tem como providenciar isso? Uma luminária ou uma lanterna?

— Você não vai levá-la para a clínica?

— Provavelmente — ele disse, mantendo a voz calma. — Mas não neste momento. Eu quero tentar algo antes. E preciso de mais uma fonte de luz. Você pode fazer isso para mim?

— Sim, sim… claro que posso — ela saiu da cozinha, voltando um momento depois com uma luminária. — Ela vai ficar bem?

— Vou avaliar a gravidade do problema.

Com as mãos para cima, como faria um cirurgião, ele fez um sinal com a cabeça em direção à bolsa que estava no chão. — Pode trazer a bolsa para mim, também? Coloque-a perto de Molly e encontre um lugar para ligar a luminária. O mais próximo de Molly que você conseguir, certo?

— Certo — ela concordou, tentando não entrar em pânico.

Travis se aproximou da cadela cuidadosamente enquanto Gabby conectava a luminária em uma tomada, percebendo, com certo alívio, que Molly estava consciente. Ele conseguia ouvi-la choramingando, o que era normal em uma situação como aquela. Em seguida, ele se concentrou na massa tubular que saía da sua vulva e olhou para os filhotes, percebendo que o nascimento havia ocorrido durante a última meia hora, o que era bom. A chance de haver necrose era menor.

— E agora? — perguntou Gabby.

— Segure-a e converse com ela em voz baixa. Eu preciso que você a ajude a ficar calma.

Quando Gabby estava posicionada, Travis se agachou ao lado da cadela, ouvindo Gabby murmurando e sussurrando coisas para ela, com o rosto próximo do focinho dela. Molly estendeu a língua, outro bom sinal. Ele gentilmente examinou o útero, e Molly estremeceu ligeiramente.

— O que aconteceu com ela?

— Ela está com um prolapso uterino. Significa que uma parte do útero acabou virando do avesso, e está para fora do corpo dela. Travis colocou a mão no útero, examinando-o gentilmente para verificar se havia alguma ruptura ou áreas necrosadas. — Houve algum problema durante o nascimento?

— Não sei — disse ela. — Eu nem percebi que estava acontecendo. Ela vai ficar bem, não vai?

Concentrado no útero, ele não respondeu. — Abra a minha bolsa — pediu. — Tem soro fisiológico, e vou precisar do gel também.

— O que você vai fazer?

— Preciso limpar o útero, e depois vou manipulá-lo um pouco. Quero tentar reduzi-lo manualmente, e, se tivermos sorte, ele vai se contrair sozinho. Caso contrário, vou ter de levá-la à clínica para uma cirurgia. Eu preferiria evitar essa opção, se for possível.

Gabby encontrou o soro fisiológico e o gel e os entregou. Travis enxaguou o útero e depois o lavou mais duas vezes antes de pegar o gel lubrificante, esperando que aquilo funcionasse.

Gabby não suportava olhar aquilo, e assim ela se concentrou em Molly, com sua boca próxima da orelha da cadela enquanto sussurrava várias vezes que ela era uma boa menina. Travis estava em silêncio, sua mão se movendo com um ritmo regular acima do útero.

Ela não sabia há quanto tempo eles estavam na garagem — podia ter passado dez minutos ou uma hora, mas ela finalmente viu Travis se reclinar, como se estivesse tentando aliviar a tensão em seus ombros. Foi quando ela percebeu que as mãos dele estavam livres.

— Acabou? — ela se atreveu a perguntar. — Ela está bem?

— Sim e não — disse ele. — O útero dela voltou para o lugar, mas ela precisa ir até a clínica. Ela vai precisar de repouso por alguns dias até recuperar as forças, e vai precisar também de alguns antibióticos e fluidos. Eu terei de fazer raios X nela também. E se não houver outras complicações, ela vai ficar novinha em folha. Vou trazer minha caminhonete e estacioná-la aqui em frente à sua garagem. Tenho uns cobertores velhos e ela pode se deitar sobre eles.

— Mas o útero… não vai sair de novo?

— Isso não deve acontecer. Como eu disse, ele se contraiu normalmente.

— E os fihotes?

— Vamos trazê-los também. Eles precisam ficar com a mãe.

— Isso não vai fazer mal a ela?

— Não há razão para isso. Mas é por isso que ela precisa dos fluidos. Para que os filhotes possam mamar.

Gabby sentiu seus ombros relaxarem; ela não havia percebido o quanto eles estavam tensos. Pela primeira vez, ela sorriu. — Não sei como posso lhe agradecer — disse ela.

— Você acabou de fazê-lo.

Depois de organizar suas coisas, Travis colocou Molly cuidadosamente na caminhonete, enquanto Gabby começou a levar os filhotes. Quando todos os seis estavam acomodados, Travis fechou a bolsa e a jogou sobre o banco da frente. Ele deu a volta na caminhonete e abriu a porta do motorista.

— Eu ligo para dizer como eles estão — disse ele.

— Eu vou com você.

— Seria melhor deixá-la descansar um pouco, e, se você estiver por perto, isso vai ficar difícil. Ela precisa se recuperar. Não se preocupe, vou cuidar bem dela. Ficarei com ela a noite toda. Dou minha palavra.

Ela hesitou. — Tem certeza?

— Ela vai ficar bem. Eu garanto.

Ela considerou o que ele disse e depois lhe deu um sorriso trêmulo. — Você sabe, na minha área de trabalho, os professores nos ensinam a nunca garantir nada. Devemos dizer que vamos fazer o melhor que pudermos.

— Você se sentiria melhor se eu não garantisse?

— Não. Mas ainda acho que devia ir com você.

— Você não tem de trabalhar amanhã?

— Tenho sim. E você também.

— É verdade, mas este é o meu trabalho. É o que eu faço. Além disso, tenho um colchonete na clínica. Se você vier, vai ter de dormir no chão.

— Quer dizer que você não me cederia o colchonete?

Ele entrou na caminhonete. — Eu acho que poderia cedê-lo, se não houvesse outra opção — disse ele, sorrindo. — Mas me preocupo com o que o seu namorado iria pensar se você e eu passássemos a noite juntos.

— Como você sabe que eu tenho um namorado?

Ele colocou a mão na porta. — Eu não sabia — disse, parecendo ligeiramente decepcionado. Em seguida, sorriu, recuperando-se. — Vou levá-la, está bem? Me ligue amanhã, e eu lhe digo o que houve na clínica.

— Está certo — disse ela, cedendo.

Travis fechou a porta e ela ouviu o motor começar a funcionar. Ele colocou a cabeça para fora da janela. — Não se preocupe — repetiu ele. — Ela vai ficar bem.

Ele dirigiu pela rua e virou à esquerda. Ao longe, acenou para ela pela janela. Gabby acenou de volta, embora soubesse que ele não poderia vê-la, observando as luzes vermelhas se afastando e dobrando a esquina.

Depois que ele se foi, Gabby foi até seu quarto e ficou de pé em frente à penteadeira. Ela sempre soube que nunca seria o tipo de mulher que pararia o trânsito, mas, pela primeira vez em muito tempo, percebeu que estava se olhando no espelho e imaginando o que alguém além de Kevin pensava quando a via.

Apesar do seu cansaço e do cabelo embaraçado, ela não parecia tão mal quanto temia. A ideia a deixava satisfeita, embora ela não soubesse o porquê.

Inexplicavelmente, ela se lembrou da expressão de decepção no rosto de Travis quando lhe disse que tinha um namorado, e sentiu suas faces corarem. Ela disse a si mesma que não estava sentindo nada diferente em relação a Kevin...

Sua opinião sobre Travis Parker estava errada, errada desde o começo, em relação a tudo. Ele manteve o controle durante a emergência. Aquilo ainda a espantava, embora ela não devesse ter ficado surpresa. Ela lembrou a si mesma que aquele era o trabalho dele, afinal de contas.

Decidiu telefonar para Kevin. Ele foi bem compreensivo, percebeu o momento pelo qual ela passava e prometeu que chegaria à casa dela em alguns minutos.

— Como está se sentindo? — perguntou Kevin.

Gabby se aconchegou ao corpo dele. Era bom sentir o braço dele ao seu redor. — Ansiosa, eu acho.

Ele a puxou para mais perto de si, e ela conseguiu sentir seu cheiro, limpo e perfumado, como se tivesse tomado banho pouco antes de vir até a casa dela. Seu cabelo, longo e despenteado, fazia com que ele parecesse um estudante universitário.

— Fico feliz por seu vizinho estar por perto — disse ele. — Travis, não é?

— Sim — ela o olhou nos olhos. — Você o conhece?

— Para falar a verdade, não — disse ele. — Nós temos o contrato de seguro da clínica, mas esta é uma das contas de que o meu pai ainda cuida.

— Eu achei que esta cidade fosse pequena, e que você conhecesse todo mundo.

— Ela é. Mas cresci em Morehead City e, quando era criança, eu não andava com ninguém que morava em Beaufort. Além disso, acho que ele é um pouco mais velho do que eu. Provavelmente já tinha ido para a faculdade quando comecei o ensino médio.

Ela assentiu. No silêncio, os pensamentos dela se voltaram para Travis, sua expressão séria enquanto cuidava de Molly, a segurança tranquila em sua voz enquanto ele lhe explicava o que havia de errado. No silêncio, percebeu que estava com uma vaga sensação de culpa e se inclinou para encostar seu rosto no pescoço de Kevin. Kevin acariciou seu ombro, com um toque reconfortante e familiar. — Fico feliz por você ter vindo — ela sussurrou. — Eu realmente precisava ter você aqui esta noite.

Ele beijou seu cabelo. — Onde mais eu estaria?

— Eu sei, mas você tinha aquela reunião, e você precisa levantar cedo amanhã.

— Não tem problema. É apenas uma convenção. Não vou demorar mais do que dez minutos para arrumar minhas coisas. Só queria poder ter chegado aqui antes.

— Provavelmente você iria ficar enjoado.

— Provavelmente. Mas ainda me sinto mal.

— Não se sinta. Não há razão para isso.

Ele acariciou-lhe o cabelo. — Você quer que eu mude a data da viagem? Tenho certeza de que meu pai entenderia se eu dissesse a ele que preciso ficar por aqui amanhã.

— Não, não é preciso. Eu tenho de trabalhar, de qualquer maneira.

— Tem certeza?

— Tenho sim — disse ela. — Mas obrigada por perguntar. É muito importante para mim.

Capítulo 6

Depois de encontrar seu filho dormindo no colchonete e um cachorro na sala de recuperação, Max Parker ouvia Travis explicar o que havia acontecido. Max encheu duas xícaras com café e as levou para a mesa.

— Nada mal para sua primeira vez — disse Max. Com seu cabelo branco e suas grossas sobrancelhas, ele era o retrato de um veterinário querido em uma cidade pequena.

— Já tratou de uma cadela assim?

— Nunca — admitiu Max. — Mas tratei de uma égua uma vez. Você sabe o quanto isso é raro. Molly parece estar bem agora. Ela sentou e abanou o rabo quando entrei na sala esta manhã. Até que horas você ficou com ela?

Travis bebeu o café, agradecido. — Quase a noite toda. Queria ter certeza de que aquilo não iria voltar a ocorrer.

— Geralmente não volta — garantiu ele. — Mas foi bom você ter ficado. Já ligou para o dono?

— Ainda não, mas vou ligar — respondeu ele, enxugando o rosto. — Cara, estou exausto.

— Por que você não vai dormir um pouco? Posso cuidar das coisas por aqui, e ficarei de olho em Molly.

— Não quero que você fique sobrecarregado.

— Não se preocupe — disse Max, com um sorriso. — Não se lembra? Você nem precisaria estar aqui hoje. É sexta-feira.

Alguns minutos mais tarde, depois de ter examinado Molly, Travis estacionou em frente à sua garagem e desceu do carro. Ele se espreguiçou, esticando os braços para cima, e foi até a casa de Gabby. Ao atravessar o jardim, viu que o jornal havia sido entregue e, após uma breve hesitação, pegou-o. Ao subir até a varanda dela, estava a ponto de bater à porta quando ouviu o som de passos que se aproximavam, e a porta se abriu. Gabby se endireitou, surpresa em vê-lo.

— Oh, oi… — disse ela, tirando as mãos da porta. — Eu estava pensando que era hora de ligar para você.

Embora estivesse descalça, ela estava usando calça social e uma blusa cor de creme, e seu cabelo estava preso com uma presilha de marfim. Ele percebeu mais uma vez o quanto ela era atraente, mas hoje se deu conta de que a atratividade dela tinha mais a ver com a sua franqueza sincera do que com a boa aparência convencional.

Ela parecia ser tão… real. — Como eu estava vindo para casa, achei melhor vir informá-la pessoalmente. Molly está bem.

— Tem certeza?

Ele fez que sim com a cabeça. — Tirei raios X e não vi nenhum indício de sangramento interno. Quando ela recebeu soro, pareceu recuperar a força. Provavelmente vai poder voltar para casa hoje, mas gostaria de deixá-la lá mais uma noite, só para ter certeza. Meu pai vai cuidar dela por hoje. Fiquei acordado quase a noite toda, então vou dormir, mas vou até lá para dar uma olhada nela mais tarde.

— Posso ir vê-la?

— Claro — disse ele. — Você pode vê-la a qualquer hora. Mas lembre-se de que talvez ela ainda esteja um pouco dopada, porque tive de administrar alguns sedativos para que ela pudesse se acalmar na hora de tirar os raios X e para aliviar um pouco a dor. — Ele fez uma pausa. — Os filhotes estão bem também. São lindos como bichos de pelúcia.

Ela sorriu, gostando da tonalidade suave do sotaque dele, surpresa por não ter notado aquilo antes. — Tudo o que eu queria era agradecê-lo novamente — disse ela. — Não sei como poderia retribuir.

Com um gesto amistoso, ele disse — Fiquei feliz em ajudar — e estendeu o jornal. — Ah, isso me lembra... peguei o jornal para você na caixa de correio.

— Obrigada — disse ela, pegando o jornal.

Durante um momento incômodo, eles se olharam em silêncio.

— Quer uma xícara de café? — ofereceu ela. — Acabei de fazer.

Ela sentiu uma mistura de alívio e decepção quando ele balançou a cabeça negativamente.

— Não, obrigado. Prefiro não ficar acordado quando estou tentando dormir.

Ela riu. — Você é engraçado.

— Eu tento ser — disse ele e, por um instante, ela o visualizou apoiado no balcão de um bar, dando a mesma resposta a uma mulher atraente, o que lhe deu a vaga impressão de que ele estava flertando com ela.

— Mas escute — continuou ele. — Eu sei que você provavelmente está se preparando para ir trabalhar, e eu estou exausto. Então, vou para casa dormir um pouco. — Ele se virou e desceu os degraus da varanda.

Apesar de suas reservas, Gabby atravessou o limite e o chamou enquanto ele estava no jardim. — Antes de ir embora, você poderia me dizer que horas vai voltar para a clínica? Para examinar Molly, eu quero dizer.

— Não tenho certeza. Acho que depende do tempo que eu dormir.

— Ah... tudo bem, então — disse ela, sentindo-se boba e desejando não ter perguntado.

— Mas que tal fazermos assim — continuou ele. — Você me diz a que horas você sai para o almoço, e eu a encontro na minha clínica.

— Eu não quis dizer...

— A que horas?

Ela engoliu em seco. — 12h45.

— Estarei lá — prometeu. Ele deu dois passos para trás. — E, antes que eu me esqueça, você fica muito bem com essas roupas — acrescentou.

"Mas que diabos estava havendo?"

Aquela frase resumiu o estado mental de Gabby durante a manhã. Não importava se ela estava fazendo um exame de rotina em um bebê (duas vezes), diagnosticando infecções de ouvido (quatro vezes), aplicando uma vacina (uma vez) ou recomendando raios X (uma vez); ela sentia como se estivesse funcionando no piloto automático, não totalmente presente, enquanto outra parte de si ainda estava na varanda, imaginando se Travis havia realmente flertado com ela e se talvez, apenas talvez, ela tivesse gostado daquilo.

Pela milésima vez, ela desejou ter alguma amiga na cidade com quem pudesse conversar sobre aquilo. Não havia nada como ter uma boa amiga por perto para trocar confidências e, embora houvesse enfermeiras na sua clínica, o *status* de Gabby como assistente médica parecia mantê-las a distância. Era frequente ela ouvir as enfermeiras conversando e rindo, mas geralmente ficavam em silêncio assim que ela se aproximava. Isso fazia com que se sentisse tão isolada quanto havia estado nos primeiros dias em que se mudou para a cidade.

Depois de terminar com seu último paciente (a criança precisou ser encaminhada para um otorrinolaringologista para uma possível tonsilectomia), Gabby enfiou o estetoscópio no bolso do seu jaleco e foi até sua sala. Não era nada de especial; ela tinha uma leve suspeita de que aquela sala era usada como depósito antes que ela fosse contratada. Não havia janelas e a escrivaninha ocupava a maior parte da sala, mas, desde que ela não deixasse a bagunça sair do controle, ainda assim era bom ter um lugar que ela pudesse chamar de seu. Havia um armário de arquivos quase vazio no canto, e ela pegou sua bolsa, que estava guardada na última gaveta. Verificando seu relógio, viu que teria alguns minutos até o seu horário de almoço. Ela puxou sua cadeira e passou a mão através dos seus cachos ruivos indisciplinados.

Definitivamente, decidiu que estava exagerando um pouco em relação a tudo aquilo. As pessoas flertavam o tempo inteiro. Fazia parte da natureza humana. Além disso, provavelmente isso não significava nada. Depois de tudo que havia acontecido na noite anterior, ele havia se transformado em uma espécie de amigo…

Seu amigo. Seu primeiro amigo em uma nova cidade no início da sua nova vida. Ela gostava daquela ideia. O que havia de errado em ter um amigo? Nada. Sorriu consigo mesma com aquela ideia, antes de franzir a testa.

Mesmo assim, talvez não fosse uma boa ideia. Ter amizade com um vizinho era uma coisa, mas fazer amizade com um cara que gostava de flertar era algo completamente diferente. Especialmente se o cara que gostava de flertar fosse bonito. Kevin geralmente não era o tipo ciumento, mas ela não era ingênua para pensar que ele ficaria alegre com a ideia de que ela e Travis tomariam café no deque atrás da casa duas vezes por semana, que era exatamente o tipo de coisa que vizinhos amigos faziam. Por mais inocente que fosse aquela visita ao veterinário — e seria inocente, lembre-se —, havia uma vaga sensação de infidelidade em relação à situação.

Ela hesitou. Estou ficando louca, pensou. Realmente estou ficando louca.

Ela não havia feito nada de errado. Nem ele. Aquele pequeno flerte não daria em nada, mesmo que fossem vizinhos. Ela e Kevin namoravam desde o último ano de seus cursos na Universidade da Carolina do Norte — eles se conheceram em uma noite fria e miserável, quando o vento havia arrancado sua boina depois de sair do bar Spanky's com suas amigas. Kevin correu em direção à rua Franklin e ziguezagueou por entre os carros para recuperá-la, e, mesmo que ela não tivesse sentido a flechada do cupido naquele momento, sabia que pelo menos havia uma leve chance de que aquilo pudesse acontecer.

Naquela época, a última coisa que ela queria era algo complicado como um relacionamento, pois sentia que já havia complicações suficientes em sua vida. As provas finais estavam se aproximando, o aluguel estava atrasado, e ela não sabia em qual escola específica para assistentes médicos iria estudar. Embora agora aquilo parecesse absurdo, na época parecia ser a decisão mais importante que tinha de tomar. Havia sido aceita na MUSC, em Charleston, e na Eastern Virginia University, em Norfolk, e sua mãe fazia uma forte pressão para que ela se decidisse por Charleston. "Sua decisão é simples, Gabrielle. Você estaria a apenas duas horas de sua casa e Charleston é bem mais cosmopolita, querida." Gabby estava propensa a aceitar Charleston também, embora, no fundo, ela soubesse que seu interesse por Charleston se dava pelos motivos errados: a vida noturna, o entusiasmo de morar em uma bela cidade, a cultura e o animado circuito social. Ela se lembrou de que realmente não teria tempo para aproveitar nada daquilo. Com exceção de algumas matérias mais importantes, o curso de assistente médico tinha o mesmo conteúdo e programa de uma faculdade de medicina, mas o curso podia ser concluído em dois anos em vez dos tradicionais quatro. Ela já tinha ouvido histórias horríveis sobre o que esperar: as aulas eram ensinadas e a informação era transmitida com toda a delicadeza de uma mangueira de bombeiros aberta na potência máxima. Quando ela visitou o *campus* das duas universidades, acabou se interessando pelo programa da Eastern Virginia; por alguma razão, parecia se sentir mais confortável ali — um lugar onde ela podia se concentrar no que precisava fazer.

Então, qual cidade ela iria escolher?

Ela estava pensando em sua escolha naquela noite de inverno quando o vento havia lhe arrancado a boina e Kevin a recuperou. Depois de agradecê-lo, imediatamente se esqueceu dele até vê-lo novamente no gramado da universidade. Embora houvesse se esquecido dele, ele se lembrou dela. O seu jeito tranquilo contrastava intensamente com o comportamento arrogante dos vários rapazes que eram membros de fraternidades que ela havia conhecido até aquele ponto. A maioria deles tinha tendência a beber muito mais do que podia e pintava letras em seus peitos nus sempre que o time dos Tarheels jogava contra o time da Universidade de Duke. A conversa entre eles progrediu para um café, o café evoluiu para um jantar, e, quando ela jogou o capelo ao ar no dia da sua formatura, percebeu que estava apaixonada. Naquele momento, fez a decisão sobre qual seria a escola médica que iria frequentar, e, como Kevin planejava morar em Morehead City, a poucas horas de distância de onde ela viveria nos próximos cinco anos, a escolha parecia quase predestinada.

Kevin ia até Norfolk para visitá-la; ela dirigia para Morehead City para vê-lo. Ele conheceu a família de Gabby, e ela conheceu a família dele. Brigaram e fizeram as pazes, terminaram o namoro e depois reataram, e ela até mesmo jogou algumas partidas de golfe com ele, embora não gostasse muito do jogo; e, com tudo aquilo, continuava sendo o cara tranquilo e gentil que sempre havia sido. Sua natureza parecia refletir a criação típica em uma pequena cidade, onde — sejamos honestos — as coisas sempre pareciam andar devagar. A lentidão parecia estar impregnada na personalidade dele. Nas ocasiões em que ela se preocupava, ele dava de ombros; quando ela tinha momentos de pessimismo, ele continuava despreocupado. Ela pensava que aquela era a razão pela qual eles se davam tão bem. Um equilibrava o outro. Um era bom para o outro. Se ela tivesse de escolher entre Kevin e Travis, a decisão seria fácil.

Tendo alcançado a solução para a questão, ela decidiu que não importava se Travis estivesse flertando. Ele podia flertar tanto quanto quisesse; no fim, ela sabia exatamente o que queria para a sua vida. Tinha certeza.

Como Travis havia garantido, Molly estava melhor do que Gabby imaginara. Seu rabo balançava com entusiasmo e, apesar da presença dos filhotes — que se pareciam com pequenas bolas peludas e que, em sua maioria, estavam dormindo —, ela se levantou sem esforço quando Gabby entrou e foi até ela, aplicando-lhe em seguida algumas lambidas molhadas. O focinho de Molly estava gelado e ela ganiu e agitou-se enquanto andava ao redor de Gabby — não com seu ânimo tradicional, mas o bastante para dizer a ela que estava bem, e, depois de receber os carinhos, sentou-se ao lado de Gabby.

— Estou tão feliz por você estar melhor — sussurrou Gabby, alisando seu pelo.

— Eu também — a voz de Travis ecoou por trás dela, vinda da porta. — Ela é uma guerreira e tem uma bela disposição também.

Gabby se virou e viu que ele estava apoiado no batente da porta.

— Acho que eu estava errado — disse ele, indo na direção de Gabby, com uma maçã na mão. — Provavelmente ela vai poder ir para casa esta noite, se você quiser vir pegá-la depois do trabalho. Não estou dizendo que precisa fazer isso. Ficaria feliz de mantê-la aqui se isso for melhor para você. Mas Molly está melhor do que eu imaginava. — Ele se agachou e estalou os dedos, desviando sua atenção de Gabby. — Eu disse que você era uma boa menina — disse ele, com o tipo de voz que poderia ser descrita como “eu adoro cães, venha aqui para eu lhe fazer um carinho”. Para a surpresa de Gabby, Molly saiu de perto dela e foi em direção a Travis, fazendo com que Gabby se sentisse como uma intrusa.

— E os filhotes estão muito bem também — continuou ele. — Se você for levá-los para casa, não se esqueça de que precisa fazer uma espécie de cercado para mantê-los confinados. Caso contrário, sua casa vai ficar bem suja. Não precisa ser nada muito elaborado, apenas algumas tábuas cercadas por caixas, e não se esqueça de forrar tudo com jornal.

Ela mal conseguiu ouvi-lo, pois, apesar de não querer, observou novamente o quanto ele era bonito. O fato de não conseguir evitar olhá-lo daquele jeito sempre que ela o via a irritava. Era como se a aparência dele constantemente fizesse disparar sirenes dentro dela, e, por mais que tentasse descobrir a razão daquilo, não conseguia encontrar uma resposta. Ele era alto e esguio, mas ela já havia visto vários homens assim. Sorria bastante, mas aquilo não era tão estranho. Os dentes dele eram bem brancos, talvez um pouco demais — definitivamente, ele havia feito algum tratamento para clareá-los, ela pensava —, mas, mesmo que ela soubesse que aquela cor não era natural, aquilo ainda lhe causava certo efeito. Ele estava em forma também, mas homens com aquele tipo físico podiam ser encontrados em todas as academias de ginástica dos Estados Unidos — homens que malhavam religiosamente, homens que nunca comiam nada além de peito de frango e cereal, homens que corriam 15 quilômetros todos os dias — e nenhum deles havia causado o mesmo efeito nela.

Por que as coisas eram diferentes com ele?

Seria muito mais fácil se ele fosse feio. Tudo, desde a discussão inicial entre eles até a inquietação atual que ela sentia, teria sido diferente simplesmente porque ela não teria se sentido tão abalada. Mas o que estava feito, estava feito, decidiu ela. Não seria mais pega desprevenida. Não, senhor. Não aquela garota. Depois que Molly estivesse em casa, ela acenaria para ele de vez em quando no futuro, num gesto de boa vizinhança, e voltaria a viver sua vida sem distrações.

— Você está bem? — disse ele, observando-a cuidadosamente. — Parece estar distraída.

— Só um pouco cansada — mentiu ela. Gabby apontou para Molly. — Acho que ela gostou de você.

— Ah, sim — confirmou ele. — Estamos nos dando muito bem. Eu acho que foi por causa dos petiscos de carne-seca que dei a ela de manhã. Esses petiscos são a maneira certa de conquistar o coração dos cães. É o que digo a todos os carteiros e entregadores de encomendas quando perguntam o que devem fazer com cães que não gostam deles.

— Vou me lembrar disso no futuro — disse ela, rapidamente recuperando sua compostura.

Quando um dos filhotes começou a chorar, Molly se levantou e voltou para a gaiola que estava aberta, subitamente esquecendo-se de Travis e Gabby. Travis continuou de pé e esfregou a maçã em seu *jeans* para que ela brilhasse. — Então, o que você acha? — perguntou ele.

— Sobre o quê?

— Sobre Molly.

— O que tem Molly?

Ele assumiu uma expressão séria. Quando falou, as palavras foram pronunciadas lentamente. — Você quer levá-la para casa esta noite ou não?

— Ah — disse ela, atarantada como uma estudante do primeiro ano do ensino médio que se encontra com o capitão do time de futebol americano. Ela sentiu vontade de se estapear, mas, em vez disso, simplesmente limpou a garganta. — Acho que vou levá-la para casa. Se você tiver certeza de que isso não fará mal a ela.

— Ela vai ficar ótima — garantiu ele. — É jovem e saudável. Mesmo com aquela situação horrível ontem, poderia ter sido bem pior. Molly é uma cadela de sorte.

Gabby cruzou os braços. — Ela é sim.

Pela primeira vez, ela percebeu que a camiseta que ele usava tinha a estampa de um lugar localizado em Key West, chamado de Dog's Saloon. Ele deu uma mordida em sua maçã, e depois apontou a fruta para ela. — Sabe, achei que você ficaria mais feliz com a notícia de que ela está bem.

— Eu estou feliz.

— Não parece.

— O que você quer dizer com isso?

— Não sei — disse ele. Ele deu mais uma mordida na maçã. — Estou me lembrando de como você bateu na minha porta ontem, e achei que você iria demonstrar um pouco mais de emoção. Não somente a respeito de Molly, mas também por eu ter estado por perto para ajudar.

— E eu já lhe disse que sou grata por isso — disse ela. — Quantas vezes vou ter de agradecê-lo?

— Não sei. Quantas vezes você acha ser um bom número?

— Não fui eu que perguntei.

Ele levantou a sobrancelha. — Para falar a verdade, foi você, sim.

Ah, sim, pensou ela. — Está bem, então — disse, jogando as mãos para cima. — Obrigada mais uma vez. Por tudo o que você fez. — Ela pronunciou as palavras cuidadosamente, como se ele tivesse algum problema de audição.

Ele riu. — Você é assim com todos os seus pacientes?

— Assim como?

— Tão séria.

— Para ser honesta, não.

— E com seus amigos?

— Não… — ela balançou a cabeça, confusa. — O que isso tem a ver?

Ele mordeu mais uma vez a maçã, deixando a pergunta no ar. — Só estou curioso — disse ele, finalmente.

— Sobre o quê?

— Sobre a sua personalidade ser assim, ou se você só fica séria quando estou por perto. Se esse for o caso, eu me sinto lisonjeado.

Ela sentiu uma onda de calor subindo-lhe pelo rosto. — Não sei do que você está falando.

Ele lhe deu um sorriso torto. — Tudo bem, então.

Ela abriu a boca, querendo dizer alguma coisa inteligente e inesperada, algo que o colocasse em seu devido lugar. Mas, antes que qualquer coisa lhe viesse à mente, ele jogou o miolo da maçã no lixo e se virou para lavar as mãos antes de continuar.

— Escute. Há outra razão que me deixa contente por você estar aqui — disse ele, por cima do ombro. — Meus amigos virão até a minha casa amanhã para passar a tarde, e eu queria convidá-la para ir até lá.

Ela piscou, sem ter certeza de que havia escutado corretamente. — Na sua casa?

— É esse o plano.

— Como se fosse um encontro?

— Não, uma reunião de amigos. — Ele fechou a torneira e começou a secar as mãos. — Vai ser a primeira vez no ano que eu vou amarrar o parapente na lancha. Um estouro!

— A maioria é casal?

— Exceto por mim e a minha irmã, todos são casados.

Ela balançou a cabeça. — Acho que nem todos. Eu tenho um namorado.

— Ótimo. Traga-o também.

— Estamos namorando há quatro anos.

— Como eu disse, ele será muito bem-vindo.

Ela imaginou se havia ouvido aquilo mesmo e olhou fixamente para ele, tentando perceber se ele estava falando sério. — Tem certeza?

— Claro que tenho. Por que não?

— Oh, bem... ele não vai poder ir. Ele vai ficar fora da cidade durante alguns dias.

— Então, se você não estiver ocupada, apareça por lá.

— Não sei se é uma boa ideia.

— Por que não?

— Estou apaixonada por ele.

— E...?

— E o quê?

— E... você pode continuar apaixonada por ele na minha casa. Como eu disse, vai ser divertido. A temperatura vai ficar por volta dos 25 graus. Você já andou de parapente?

— Não. Mas a questão não é essa.

— Você acha que ele não vai gostar se você vier até a minha casa.

— Exatamente.

— Então ele é o tipo de cara que prefere que você fique trancada em casa enquanto ele viaja.

— Não, claro que não.

— Ele não quer que você faça novas amizades.

— Claro que quer!

— Está resolvido, então — disse ele. Ele foi em direção à porta antes de parar. — As pessoas vão começar a chegar por volta das 10 ou 11 horas. Você só precisa levar um traje de banho. Vai ter cerveja, vinho e refrigerantes, mas, se você tiver alguma preferência por alguma bebida, é só levar o que for beber.

— Eu apenas não acho que…

Ele levantou as mãos. — Vamos fazer assim. Você será bem-vinda se quiser aparecer. Mas não se sinta pressionada, está bem? — ele deu de ombros. — Achei apenas que seria uma boa oportunidade de nos conhecermos.

Gabby sabia que devia ter dito não. Mas, em vez disso, engoliu em seco. — Talvez eu apareça — disse ela.

Capítulo 7

A manhã de sábado começou bem — quando o sol começou a brilhar por entre as frestas da persiana, Gabby encontrou suas sandálias felpudas cor-de-rosa e foi até a cozinha tomar uma xícara de café, na expectativa de ter uma manhã tranquila. As coisas só começaram a dar errado mais tarde. Mesmo antes de tomar o primeiro gole, ela se lembrou de que não havia verificado como Molly estava, e ficou feliz ao perceber que ela já estava quase de volta ao normal. Os filhotes pareciam saudáveis também — mesmo que ela não fizesse a menor ideia dos indícios que deveria procurar para se certificar disso. Além de ficarem grudados em Molly como um bando de carrapatos peludos, eles tentavam ficar em pé, caíam, ganiam e choravam, o que parecia ser a maneira encontrada pela natureza de fazer com que eles fossem especialmente fofos e adoráveis, de modo que sua mãe não os comesse. Não que Gabby estivesse deixando aquilo tomar conta dela. Com certeza, eles não eram tão feios quanto ela pensou que poderiam ser, mas eles também não eram tão belos quanto Molly, e ainda estava preocupada com o fato de que poderia não conseguir encontrar um lar para eles. E ela tinha de encontrar um lar para eles; aquilo era quase uma obrigação. O fedor na garagem era suficiente para convencê-la daquilo.

O lugar não estava apenas cheirando mal — o odor a agredia como a força em um filme da série *Guerra nas Estrelas*. Sentindo o início de uma ânsia de vômito, ela se lembrava vagamente da sugestão de Travis para que construísse um cercado de algum tipo para manter os filhotes confinados. Quem, em nome de Deus, poderia saber que os filhotes eram capazes de fazer tanto cocô? Havia montes daquilo por todos os lados. O cheiro parecia ter infestado até as paredes; nem mesmo abrir a porta da garagem fez com que a situação melhorasse. Ela passou a próxima meia hora prendendo a respiração, tentando não vomitar enquanto limpava a garagem.

Quando terminou, já havia se convencido de que eles eram parte de algum tipo de plano maligno criado para arruinar seu fim de semana. De verdade. Era a única explicação razoável para o fato de que os filhotes pareciam gostar da longa rachadura no piso da garagem, e a pontaria deles era tão certeira que ela teve de usar uma escova de dentes para conseguir limpar aquilo. Era simplesmente nojento.

E quanto a Travis... não vamos deixá-lo fora disso. Ele tinha tanta culpa quanto os filhotes. Com certeza, ele havia mencionado rapidamente que ela devia tê-los mantido confinados, mas não tinha enfatizado a situação o bastante, não é mesmo? Ele não havia explicado o que iria acontecer se ela não lhe desse ouvidos, não foi?

Mas ele já sabia o que iria acontecer. Ela tinha certeza disso. Foi um truque sujo.

E agora que ela pensava no caso, percebeu que aquele não foi o único truque sujo que ele usou. A maneira como ele a pressionou a responder toda aquela situação de "devo ir andar de barco com meu vizinho, que é um bonitão flertador?". Ela decidiu que não queria ir, especialmente porque ele havia tentado manipulá-la, forçando-a a aceitar o convite. Todas aquelas perguntas ridículas insinuando que Kevin a mantinha trancada em casa. Como se ela fosse propriedade de Kevin ou coisa do tipo! Como se ela não conseguisse pensar por si mesma! E aqui estava ela agora, limpando milhares de pilhas de cocô...

Que jeito de começar o fim de semana! Para deixar as coisas ainda piores, seu café estava frio, seu jornal estava encharcado por causa de algum *sprinkler* mal regulado no jardim, e a água quente havia acabado antes que ela tivesse terminado de tomar banho.

Ótimo. Simplesmente ótimo.

Onde estava a diversão naquilo tudo? Era o que ela resmungava consigo mesma enquanto se vestia. O fim de semana havia chegado e Kevin não estava por perto. Mesmo quando ele estava na cidade, os fins de semana não eram nem um pouco parecidos com aqueles que eles tinham quando ela viajava para visitá-lo durante as férias da faculdade. Naquela época, parecia que cada visita era divertida, cheia de novas experiências e pessoas. Agora ele passava pelo menos uma parte de cada fim de semana no campo de golfe.

Ela preparou outra xícara de café. Sabia que Kevin sempre fora do tipo pacato e sabia que ele precisava relaxar depois de uma semana difícil no trabalho. Mas não podia negar que, desde que viera morar ali, seu relacionamento havia mudado. A culpa não era toda dele, é claro. Ela tinha sua parcela de responsabilidade. Ela queria morar com ele e se acomodar, por assim dizer. O que realmente aconteceu. Então, qual era o problema?

"O problema", ela ouviu uma voz que vinha do fundo da sua cabeça lhe dizer, "é que parece que devia haver… mais". Ela não tinha certeza do que aquilo significava, mas sabia que o conceito de "espontaneidade" deveria fazer parte daquilo.

Balançou a cabeça pensando estar exagerando sobre tudo aquilo. Seu relacionamento estava apenas passando por um pouco de turbulência. Saindo para o quintal e indo até o seu deque, viu que aquele dia havia começado com uma manhã esplendorosa. A temperatura estava perfeita, havia uma leve brisa no ar e nenhuma nuvem no céu. Ao longe, ela viu uma garça se levantar da margem alagadiça e alçar voo por cima da água do rio. Ao olhar naquela direção, avistou Travis caminhando rumo ao cais, usando apenas uma bermuda xadrez de cós baixo que lhe caía até os joelhos. Do ponto onde estava, ela conseguiu ver o contorno dos músculos em seus braços e costas enquanto ele caminhava, e deu um passo para trás em direção à porta, esperando que ele não a visse. No momento seguinte, entretanto, ela o ouviu chamar seu nome.

— Oi, Gabby! — ele acenou, parecendo um garoto em seu primeiro dia de férias. — Dá para acreditar no quanto o dia está bonito?

Ele começou a vir em sua direção, e ela saiu debaixo da sombra da casa enquanto ele passava pela cerca viva. Ela respirou fundo.

— Oi, Travis.

— Esta é a minha época preferida do ano — ele abriu bem os braços, para admirar o sol e as árvores. — Nem tão quente, nem tão frio, e céu azul por todos os lados.

Ela sorriu, recusando-se a olhar para os músculos sensuais dos quadris dele, os quais ela sempre pensou serem os músculos mais sensuais do corpo dos homens, sem comparação.

— E como está Molly? — disse ele, puxando conversa. — Eu imagino que ela tenha passado a noite sem muitos problemas.

Gabby limpou a garganta. — Ela está bem. Obrigada.

— E os filhotes?

— Eles parecem estar bem também. Mas fizeram a maior sujeira.

— Filhotes são assim mesmo. Por isso, é bom mantê-los em uma área menor.

Ele mostrou aqueles dentes brancos em meio a um sorriso familiar, talvez um pouco familiar demais, mesmo sendo ele o gostosão que salvou sua cadela.

Ela cruzou os braços, lembrando-se do quanto ele havia jogado sujo no dia anterior. — Bem, não cheguei a fazer isso ontem.

— Por que não?

Porque fiquei distraída olhando para você, pensou ela. — Acho que esqueci.

— Aposto que sua garagem está com um cheiro maravilhoso.

Ela deu de ombros sem responder, não querendo dar aquela satisfação a ele.

Travis pareceu não notar a resposta cuidadosamente ensaiada que ela lhe deu. — Bem, não precisa ser nada muito complicado. Os filhotes fazem bastante cocô nos primeiros dias. É como se o leite passasse direto pelo aparelho digestivo deles. Mas você já montou o cercado para eles, não é?

Ela tentou manter uma expressão impassível, típica de um jogador de pôquer, mas obviamente não conseguiu.

— Você não montou?

Gabby hesitou. — Não exatamente — admitiu ela.

— Por que não?

Porque você está sempre desviando a minha atenção, ela pensou. — Acho que não preciso montar um cercado.

Travis coçou o pescoço. — Você gosta de limpar toda a sujeira que eles fazem?

— Não é tão ruim assim — balbuciou ela.

— Quer dizer que vai deixá-los tomar conta da sua garagem inteira?

— Por que não? — disse ela, sabendo que a primeira coisa que faria ao voltar para casa seria construir o menor cercado que conseguisse.

Ele olhou para ela, obviamente confuso com aquela resposta. — Para sua informação, como seu veterinário, preciso dizer que acho que você não tomou uma boa decisão.

— Obrigada por sua opinião — ela esbravejou.

Ele continuou a observá-la. — Tudo bem, então. Faça como quiser. Você vai vir à minha casa por volta das dez?

— Acho que não.

— Por quê?

— Porque não acho que seja uma boa ideia.

— Por que não?

— Porque não.

— Entendo — disse ele, falando da mesma forma que a mãe dela falaria.

— Ótimo.

— Tem alguma coisa que lhe aborrece?

— Não.

— Fiz alguma coisa que você não gostou?

"Sim", disse a voz no fundo da cabeça dela. "Você e esses malditos músculos dos seus quadris". — Não.

— Então, qual é o problema?

— Não há nenhum problema.

— Então por que você está agindo desse jeito?

— Não estou fazendo nada.

O sorriso que mostrava os dentes havia desparecido, assim como toda a cordialidade que ele havia lhe demonstrado anteriormente. — Está sim. Eu deixo uma cesta para lhe dar as boas-vindas à vizinhança, salvo a sua cadela e fico a noite inteira acordado ao lado dela para ter certeza de que ela está bem, lhe convido para se divertir no meu barco hoje — tudo isso depois de você ter gritado comigo sem nenhum motivo, lembre-se — e agora você está me tratando como se eu tivesse alguma doença contagiosa. Desde que você se mudou para cá, tentei ser legal, mas toda vez que eu a vejo, você parece estar zangada comigo. Só queria saber o porquê.

— Por quê? — repetiu ela, como um papagaio.

— É — disse ele, com a voz firme. — Por quê.

— Porque sim — disse ela, sabendo que estava se comportando como uma menina de 11 anos. Ela simplesmente não conseguia pensar em mais nada para dizer.

Ele estudou o rosto dela atentamente. — Porque sim o quê?

— Nada que seja da sua conta.

Ele deixou a resposta dela ecoar no silêncio.

— Que seja, então — desistiu ele, finalmente. Ele se virou sobre os calcanhares, balançando a cabeça enquanto ia em direção aos degraus. Já estava andando sobre a grama quando Gabby deu um passo à frente.

— Espere! — chamou ela.

Travis diminuiu o passo, mas ainda andou mais um pouco, e depois parou completamente. Ele se virou para olhar para ela. — O que foi?

— Desculpe — ela disse.

— O que foi? — exclamou ele novamente. — Desculpar o quê?

Ela hesitou. — Não sei o que você quer dizer.

— Achei que você não saberia, mesmo — resmungou ele. Quando ela percebeu que ele estava a ponto de lhe dar as costas novamente — e que Gabby sabia que significaria o fim das relações cordiais entre eles —, ela deu um passo à frente, quase contra a sua vontade.

— Me desculpe por tudo. — Aos seus ouvidos, sua própria voz parecia tensa e estrangulada. — Pelo jeito como venho tratando você. Por ter feito você pensar que não sou grata pelas coisas que você fez.

— E o que mais?

Ela se sentiu encolher, algo que parecia acontecer somente quando se via na presença dele.

— E também — continuou, com a voz ficando mais suave — porque eu estava errada.

Ele parou, com uma mão na cintura. — Em relação a quê?

"Droga, por onde eu devo começar?" Respondeu a voz no fundo da sua cabeça. "Talvez eu não estivesse errada. Talvez minha intuição estivesse tentando me alertar de alguma coisa que eu ainda não consigo entender completamente, mas que não deve ser subestimada..."

— Em relação a você — disse ela, ignorando aquela voz. — E você está certo. Eu não venho tratando você da maneira como deveria, mas, para ser honesta, prefiro não falar sobre as razões que me levaram a fazer isso.

Ela forçou um sorriso, que não foi retribuído. — Será que poderíamos começar de novo?

Ele pareceu pensar um pouco naquilo. — Não sei.

— O quê?

— Você me ouviu — insistiu ele. — A última coisa que preciso em minha vida agora é uma vizinha louca. Não quero ofendê-la, mas eu aprendi há muito tempo a identificar as pessoas de acordo com a maneira que as vejo.

— Isso não é justo.

— Não é? — ele nem se incomodou em esconder seu ceticismo. — Acho que estou sendo mais do que justo. Mas vou lhe dizer uma coisa: se você está disposta a começar de novo, também estou disposto a começar de novo. Mas somente se você tiver certeza de que é isso que quer.

— Tenho certeza.

— Tudo bem, então — disse ele. Ele voltou para perto do deque. — Oi — disse ele, estendendo a mão. — Meu nome é Travis Parker e eu gostaria de lhe dar as boas-vindas à vizinhança.

Ela olhou para a mão dele. Depois de um instante, apertou-a e disse:

— Eu sou Gabby Holland. É um prazer conhecê-lo.

— O que você faz da vida?

— Sou assistente médica — respondeu ela, sentindo-se ligeiramente ridícula. — E você?

— Eu sou veterinário — disse ele. — De onde você vem?

— Savannah, na Geórgia — respondeu ela. — E você?

— Daqui mesmo. Sou nascido e criado aqui.

— Você gosta daqui?

— O que há para não se gostar? O clima é ótimo e não há trânsito. — Ele fez uma pausa. — E, geralmente, os vizinhos são ótimos também.

— Ouvi dizer — comentou ela. — Na verdade, sei que o veterinário da cidade pode até mesmo atender a uma chamada de emergência em domicílio de vez em quando. É difícil encontrar isso em uma cidade maior.

— Realmente, é bem difícil — ele fez um movimento com a mão por cima do seu ombro. — Ah, por falar nisso, meus amigos e eu vamos pegar o barco para navegar no rio hoje. Quer se juntar a nós?

Ela apertou os olhos. — Eu gostaria, mas preciso construir um cercado para os filhotes que a minha cadela, Molly, teve há duas noites. Não quero atrasar a diversão de vocês.

— Precisa de ajuda? Eu tenho algumas tábuas e caixas na minha garagem. Não deve demorar muito.

Ela hesitou e depois olhou para ele com um sorriso. — Neste caso, eu adoraria ir com vocês.

Travis cumpriu com sua palavra. Ele chegou — e continuava quase seminu, para desespero dela — trazendo quatro longas tábuas debaixo dos braços. Depois de largá-las no chão, voltou para sua garagem. Ele retornou com as caixas, um martelo e um punhado de pregos.

Embora ele fingisse não perceber o cheiro, ela percebeu que ele construiu o cercado bem mais rápido do que ela havia imaginado ser possível.

— É melhor forrar esta área com jornais. Você tem bastante?

Quando ela assentiu, ele apontou para sua casa novamente. — Eu ainda tenho de cuidar de algumas coisas, então a gente se vê daqui a pouco, certo?

Gabby fez que sim com a cabeça novamente, sentindo uma sensação incômoda em seu estômago, parecida com nervosismo. Era por isso que, depois de observá-lo até que ele entrasse em casa e de ter forrado o cercado, ela se viu de pé no quarto, avaliando as qualidades dos seus trajes de banho. Mais especificamente, se ela deveria usar um biquíni ou um maiô.

Cada um deles tinha seus prós e contras. Normalmente ela usaria seu biquíni. Afinal de contas, ela tinha 26 anos e era solteira, e mesmo que não fosse uma supermodelo, era honesta o bastante para admitir que gostava de sua aparência quando usava um biquíni. Kevin também gostava, com certeza — se ela ousasse sugerir que iria usar um maiô, Kevin ficava emburrado até que ela mudasse de ideia. Por outro lado, Kevin não estava por perto, e ela estaria com um vizinho, e, considerando o tamanho do seu biquíni, poderia até mesmo estar usando um conjunto de calcinha e sutiã, e nada daquilo faria com que ela se sentisse confortável, o que fazia o maiô marcar mais alguns pontos.

Mesmo assim, seu maiô era um pouco antiquado e estava desbotado pelo cloro e pelo sol. Sua mãe havia comprado aquela peça para ela há alguns anos, para as tardes que ela passaria no clube de campo (Deus lhe guarde de se exibir como se fosse uma prostituta qualquer!). O maiô não era do tipo que valorizava seu corpo. Em vez de ser mais cavado nas coxas, a peça tinha um ângulo mais baixo nas laterais, que fazia com que suas pernas parecessem mais curtas e atarracadas.

Ela não queria que suas pernas parecessem ser mais curtas e atarracadas. Por outro lado, será que aquilo realmente tinha importância? Claro que não, pensou. Ao mesmo tempo, ponderou: claro que sim.

Seria o maiô, decidiu ela. Pelo menos ela não causaria uma impressão errada em ninguém. E haveria crianças no barco também. Era melhor pecar pelo excesso do que pela falta, preferindo ser mais conservadora do que... se expor. Ela estendeu a mão para pegar o maiô e imediatamente pôde ouvir a voz da sua mãe lhe dizendo que ela havia tomado a decisão certa.

Jogando-o de volta sobre a cama, pegou o biquíni.

Capítulo 8

— Você convidou a vizinha para vir aqui, não é? — perguntou Stephanie. — Qual é o nome dela mesmo?

— Gabby — respondeu Travis, puxando o barco para perto do cais. — Ela vai chegar aqui a qualquer momento. — A corda se esticou e depois afrouxou, conforme o barco era manobrado até o seu devido lugar. Eles tinham colocado o barco na água e o estavam amarrando à doca para carregá-lo com as caixas térmicas.

— Ela é solteira, não é?

— Tecnicamente, sim. Mas tem um namorado.

— E daí? — Stephanie deu um sorriso malandro. — Desde quando isso é um problema para você?

— Não há nada de mais entre nós. O namorado dela está fora da cidade e ela não tinha nada para fazer, então, como bom vizinho, eu a convidei para vir conosco.

— Claro, claro — concordou Stephanie. — É bem a sua cara, fazer algo tão altruísta.

— Eu sou altruísta — protestou ele.

— Foi o que eu acabei de dizer.

Travis terminou a amarração do barco. — Não me parece que você esteja sendo sincera.

— Não? Que estranho.

— Não se faça de desentendida.

Travis pegou a caixa térmica nos braços.

— Hummm… ela é bonita, você não acha?

Travis colocou a caixa no barco. — Acho que sim.

— Você acha que sim?

— O que você quer que eu diga?

— Nada.

Travis olhou para a sua irmã. — Por que é que eu tenho a sensação de que este vai ser um longo dia?

— Não faço ideia.

— Me faça um favor. Não force a barra com ela.

— Como assim?

— Você sabe o que eu quero dizer. Apenas… deixe que ela se acostume com as pessoas antes de você começar a espetá-la.

Stephanie riu. — Está querendo me dizer o que eu devo ou não devo fazer?

— Estou só dizendo que talvez ela não entenda o seu senso de humor.

— Prometo me comportar então.

— E então, está pronta para nadar pelada? — perguntou Stephanie.

Gabby piscou, sem saber se tinha realmente ouvido aquilo. — Como é?

Um pouco antes daquilo, Stephanie viera até onde ela estava, usando uma camiseta longa e carregando duas cervejas na mão. Ao entregar uma delas a Gabby, ela se apresentou como a irmã de Travis e a levou a algumas cadeiras que estavam no deque enquanto Travis terminava os preparativos.

— Ah, mas não vai ser agora — disse Stephanie, minimizando a situação. — Geralmente as pessoas precisam de algumas cervejas antes de se soltar o bastante para tirar a roupa.

— As pessoas vão nadar sem roupa?

— Você sabe que Travis pratica nudismo, não é? — ela olhou para a lona que Travis havia estendido em uma parte inclinada do terreno. — E depois, nós geralmente usamos aquela lona como tobogã.

Embora sentisse que sua cabeça estava girando, Gabby assentiu de forma quase imperceptível, sentindo que as coisas começavam a se encaixar:

o fato de que Travis geralmente parecia estar com uma única peça de roupa, sua completa desinibição ao conversar enquanto estava sem camisa, o motivo pelo qual ele se exercitava tanto.

Seus pensamentos foram interrompidos pelo som da gargalhada de Stephanie.

— Eu estava brincando! — disse ela, em voz alta. — Você realmente acha que eu iria nadar pelada se meu irmão estivesse por perto? Eca! Isso é nojento!

Gabby sentiu uma onda de calor subir pelo pescoço e aquecer seu rosto. — Eu sabia que você estava brincando.

Stephanie observou Gabby enquanto bebia a sua cerveja. — Você pensou que eu estava falando sério, isso sim! Que comédia! Mas me desculpe. Meu irmão pediu para eu ir com calma quando conversasse com você. Por alguma razão, ele parece achar que as pessoas demoram um pouco para se acostumar com meu senso de humor.

"Eu nem imagino o motivo." — É mesmo? — disse Gabby, em vez daquilo.

— Sim, mas, se você quer saber, nós somos bem parecidos. Com quem você acha que eu aprendi a ser assim? — Stephanie se recostou em sua cadeira e ajustou seus óculos de sol. — Travis me disse que você é assistente médica.

— Sim, eu trabalho na clínica pediátrica.

— E o que acha de lá?

— Eu gosto do que faço — disse ela, preferindo não mencionar seu chefe pervertido ou alguma mãe ou pai mais exaltado. — E você, o que faz?

— Eu estudo — disse ela, tomando mais um gole da sua cerveja. — Estou pensando em transformar isso na minha carreira.

Pela primeira vez, Gabby riu e sentiu que estava começando a relaxar. — Você sabe quem mais vai vir?

— Ah, provavelmente o mesmo pessoal de sempre. Travis tem esses três amigos que ele conhece desde sempre, e eu tenho certeza de que eles logo chegarão aqui com suas esposas e filhos. Travis não usa mais o barco do parapente com tanta frequência, e é por isso que ele o deixa ancorado na marina. Geralmente ele usa a lancha menor, porque fazer esqui aquático ou *wakeboarding* é bem mais fácil. É só entrar no barco, ligar o motor e pronto. Dá para praticar esqui aquático, *wakeboarding* ou *skurf* em praticamente qualquer lugar. Mas voar de parapente é uma delícia. Por que você acha que estou aqui? Eu devia estar na faculdade estudando. Cheguei até mesmo a adiar a entrega de alguns testes de laboratório que deveriam ficar prontos neste fim de semana. Você já voou de parapente?

— Não.

— Você vai adorar. E Travis sabe o que faz. Foi assim que ele conseguiu ganhar dinheiro enquanto estava na faculdade. Ou, pelo menos, é o que ele diz. Na verdade, tenho certeza de que todo o dinheiro que ele ganhou foi usado na compra do barco. Ele é fabricado especialmente para ser usado com os parapentes, e são bem caros. Mesmo que Joe, Matt e Laird sejam amigos dele, eles insistiam em receber uma porcentagem quando levavam turistas para voar de parapente quando eram estudantes. Tenho certeza de que Travis nunca ganhou um centavo de lucro.

— Estou percebendo que ele é um ótimo empresário, não é mesmo? — ironizou Gabby.

Stephanie riu. — Pois é, meu próprio irmão. O próximo Donald Trump, sabe? Na verdade, ele nunca se importou muito com o dinheiro. Quero dizer, claro, ele trabalha e paga suas contas, mas tudo que sobra é gasto em novos barcos, ou *jet skis*, ou viagens aqui e ali. Parece que ele já viajou pelo mundo inteiro. Europa, América do Sul e Central, Austrália, África, Bali, China, Nepal…

— Sério?

— Você parece estar surpresa.

— Acho que estou, sim.

— Por quê?

— Não sei dizer. Acho que é porque…

— Porque ele parece ser um irresponsável? Como se a vida fosse uma grande festa?

— Não!

— Tem certeza disso?

— Bem... — Gabby deixou a resposta no ar, e Stephanie riu novamente.

— Ele é meio irresponsável sim, e também um cara que gosta dos prazeres mundanos... mas, no fundo, na verdade é só um garoto de cidade pequena como os outros. Se não fosse, não estaria morando aqui, não acha?

— Sim — disse Gabby, sem ter certeza de que aquela resposta era necessária.

— Você vai adorar, não se preocupe. Você não tem medo de altura, tem?

— Não. Quero dizer, não é que eu adore ficar pendurada longe do chão, mas tenho certeza de que consigo me virar bem.

— Não se preocupe. Lembre-se de que você estará com um paraquedas.

— Vou tentar me lembrar disso.

Ao longe, uma porta de carro bateu, e Stephanie se endireitou na cadeira.

— Aí vem a Família Buscapé — disse Stephanie. — Ou, se você preferir, o *Brady Bunch*[1]. Prepare-se. Nossa manhã tranquila está para terminar.

Gabby se virou e avistou um grupo barulhento de pessoas vindo pela lateral da casa. Os sons de vozes e gritos ficavam cada vez mais altos, conforme as crianças corriam na frente dos adultos, movendo-se daquela maneira cambaleante típica que fazia com que eles sempre parecessem estar a ponto de cair.

Stephanie se inclinou na direção de Gabby. — É fácil saber quem é quem, acredite. Megan e Joe são os que têm cabelo loiro. Laird e Allison são os mais altos. E Matt e Liz são... menos magros que os outros.

Os cantos da boca de Gabby se curvaram levemente para cima. — Menos magros?

— Eu não quis chamá-los de gordos. Mas eu só estava tentando facilitar as coisas para você. Em teoria, detestaria ser apresentada a um grupo de pessoas e esquecer os nomes de todos eles um minuto depois.

— Em teoria?

---

[1] Nome de um seriado de TV estadunidense que retratava as aventuras da família Brady, exibido de 1969 a 1974. (N. T.)

— Eu nunca esqueço nomes. Sei que parece estranho, mas nunca esqueço.

— Por que você acha que eu esqueceria os nomes deles?

Stephanie deu de ombros. — Porque você e eu somos pessoas diferentes.

Gabby riu novamente, gostando mais de Stephanie a cada minuto. — E as crianças?

— Tina, Josie e Ben. É fácil ver quem é Ben. Lembre-se que Josie é a menina de trancinhas.

— E se ela não estiver com trancinhas no cabelo da próxima vez em que eu a vir?

Stephanie sorriu. — Por quê? Você está querendo começar a frequentar a casa? O que o seu namorado vai achar?

Gabby balançou a cabeça. — Não, você não entendeu o que eu quis dizer…

— Eu estava só lhe provocando! Minha nossa, você se preocupa demais com isso.

— Não sei se vou conseguir me lembrar de todos esses nomes.

— Certo. Tente se lembrar dos nomes por associação. Para Tina, pense em Tina Louise, de *Gilligan's Island*[2]. Lembra-se? Ela era atriz de cinema e tinha cabelo avermelhado. Tina também é ruiva.

Gabby fez que sim com a cabeça.

— Certo. Para Josie, pense no seriado *Josie e as Gatinhas.* E para Ben, que é um pouco grande e alto para a sua idade, pense no Big Ben, aquele relógio gigante da Inglaterra.

— Acho que não é necessário…

— Estou falando sério. Isso vai ajudar. Agora, para Joe e Megan, os loiros, pense em um boneco *G. I. Joe*[3] lutando contra um megalodonte — você sabe, um daqueles tubarões gigantescos da Pré-História. Tente imaginar, de verdade, certo?

---

[2] Seriado de TV estadunidense que mostrava as aventuras de sete náufragos que tentavam escapar de uma ilha no oceano Pacífico, exibido entre 1964 e 1967. (N. T.)

[3] Linha de desenhos animados e brinquedos que retrata soldados americanos das unidades das forças especiais do exército. No Brasil, receberam o nome de Comandos em Ação. (N. T.)

Gabby assentiu novamente.

— Para Laird e Allison, imagine um alossauro muito alto, preso na caverna que é o seu lar. E, finalmente, para Matt e Liz… — Stephanie fez uma pausa antes de continuar. — Ah, já sei. Imagine Elizabeth Taylor em sua sacada, tomando uma enorme xícara de chá-mate. Está conseguindo visualizar?

Gabby demorou um pouco para conseguir visualizar tudo aquilo, e Stephanie teve de repetir aquelas descrições, mas, quando ela disse estar pronta, Stephanie testou a memória de Gabby para ter certeza de que ela se lembrava corretamente dos nomes de cada um. Era impressionante como aquela técnica funcionava, e Gabby não conseguiu esconder sua surpresa.

— Legal, não é?

— Muito — admitiu Gabby.

— É uma das áreas que eu estudo na Universidade da Carolina do Norte.

— Você usa essa técnica com todas as pessoas que conhece?

— Não especificamente. Ou, melhor dizendo, não conscientemente. Para mim, é natural. Mas tenho certeza de que você irá impressioná-los.

— Eu preciso impressioná-los?

— Não. Mas é divertido impressionar as pessoas mesmo assim — Stephanie deu de ombros novamente. — Pense no que eu acabei de fazer por você. Mas eu tenho mais uma pergunta.

— Pode fazê-la.

— Qual é o meu nome?

— Eu sei qual é o seu nome.

— Qual é, então?

— É… — a boca de Gabby se abriu, sem fazer nenhum som, e ela sentiu que sua mente havia ficado paralisada.

— Stephanie. Somente Stephanie.

— O quê? Não tem nenhum truque mental?

— Não. Este é um nome que você vai ter de se lembrar — disse ela, levantando-se da sua cadeira. — Vamos, agora que você sabe os nomes, deixe-me apresentá-la a eles. Finja que você ainda não sabe quem é quem, e dessa forma você vai conseguir impressioná-los também.

Gabby foi apresentada a Megan, Allison e Liz enquanto elas olhavam seus filhos correndo e brincando uns com os outros; Joe, Laird e Matt, por sua vez, haviam ido até o deque para cumprimentar Travis, levando toalhas e caixas térmicas com eles.

Stephanie abraçou cada uma delas, e a conversa girou em torno dos estudos e dos progressos que ela estava fazendo na faculdade. As associações mentais continuavam a funcionar, para o espanto de Gabby. Ela imaginou se deveria tentar usar aqueles truques com alguns de seus pacientes antes de lembrar que bastava ler os nomes deles nos prontuários antecipadamente.

Porém, com alguns dos colegas de trabalho de Kevin…

— Ei! Estão todos prontos? — chamou Travis. — Estamos preparados para zarpar aqui!

Gabby seguiu o grupo, ajustando a camiseta que havia vestido por cima do biquíni. Por fim, decidiu que, dependendo do que as outras mulheres estivessem usando, ela poderia tirar a camiseta ou seu *short* — ou talvez nenhuma daquelas peças — e se convencer de que ela não havia ouvido a voz da sua mãe.

Os homens já haviam subido no barco quando elas chegaram à doca. As crianças estavam usando coletes salva-vidas e foram entregues a Joe; Laird estendeu a mão para ajudar as mulheres a embarcar. Gabby subiu, concentrando-se em manter o equilíbro em meio ao balanço e às ondulações, surpresa com o tamanho do barco. Era quase um metro e meio mais longo do que a lancha que Travis usava para praticar esqui aquático, com assentos que contornavam as duas amuradas, o local onde a maioria das crianças e adultos parecia se reunir. Stephanie e Allison (o alossauro muito alto) sentaram-se na parte da frente do barco. Na… proa? Popa? Gabby não sabia o nome náutico daquela parte do barco. Enfim, seja qual fosse. Na traseira do barco havia uma plataforma grande e uma manivela, com Travis, que estava atrás do timão. Joe *(Loiro, G. I.)* estava desamarrando a corda que prendia o barco à doca, enquanto Laird (o lar do alossauro) a recolhia. Um momento depois, Joe ficou ao lado de Travis, enquanto Laird foi para perto de Josie *(e as Gatinhas).*

Gabby balançou a cabeça, ainda achando aquilo inacreditável.

— Sente-se aqui comigo — disse-lhe Stephanie, apontando para o espaço ao seu lado.

Gabby se sentou e, com o canto do olho, viu Travis pegando um boné de beisebol que ele havia deixado em um armário no canto. Ela sempre achou que bonés davam um ar infantil a homens crescidos, mas, no caso de Travis, aquilo parecia ser adequado ao seu comportamento despreocupado.

— Todos prontos? — gritou ele.

Ele não esperou que lhe respondessem, e o barco começou a se movimentar com um ronco forte do motor, navegando por entre as ondulações tranquilas. Eles chegaram à foz do rio e guinaram para o sul, entrando nas águas da baía de Back Sound. A praia de Shackleford apareceu diante do barco, com suas dunas cobertas por grama.

Gabby se aproximou de Stephanie. — Para onde vamos?

— Provavelmente para Cape Lookout. A menos que a baía esteja com poucos barcos, provavelmente iremos pegar um dos canais, e depois iremos até a baía de Onslow. Depois, provavelmente faremos um piquenique no barco, ou na praia de Shackleford, ou em Cape Lookout. Vai depender de onde estivermos e do humor do pessoal do barco. Depende muito do humor das crianças. Espere um segundo… — ela se virou para Travis. — Ei, Travis! Posso pilotar o barco?

Ele levantou a cabeça. — Desde quando você quer pilotar?

— Já faz algum tempo. Deixe-me assumir o leme.

— Mais tarde.

— Acho que eu devia pilotar.

— Por quê?

Stephanie balançou a cabeça, como se estivesse espantada com a estupidez dos homens. Ela se levantou do lugar onde estava e tirou a camiseta, sem um pingo de timidez. — Eu volto logo. Tenho de conversar com aquela besta do meu irmão.

Enquanto Stephanie foi até a parte traseira do barco, Allison fez um gesto com a cabeça em sua direção.

— Não deixe que ela lhe assuste. Ela e Travis sempre conversam desse jeito.

— Imagino que eles sejam bem próximos.

— Um é o melhor amigo do outro, mesmo que ambos neguem. Travis provavelmente diria que Laird é seu melhor amigo. Ou Joe ou Matt. Ou qualquer outra pessoa, exceto Stephanie. Mas eu sei qual é a verdade.

— Laird é seu marido, não é? Aquele que está segurando Josie?

Allison não conseguiu esconder sua surpresa. — Você se lembra? Mas você acabou de nos conhecer!

— Eu tenho facilidade para me lembrar de nomes.

— Deve ser mesmo. Você já sabe os nomes de todo mundo?

— Aham — Gabby recitou os nomes de cada um dos passageiros, sentindo-se cheia de si.

— Uau. Você é igualzinha a Stephanie. Não me admira que vocês tenham se dado tão bem.

— Ela é ótima.

— Com certeza, depois que você a conhece melhor. Mas demora um pouco para se acostumar com o jeito dela. — Ela observava Stephanie passando um sermão em Travis, com uma mão apoiada na amurada do barco e a outra gesticulando.

— Como você e Travis se conheceram? Stephanie disse que você mora perto da casa dele.

— Somos vizinhos, para ser exata.

— E o que mais?

— Bem… é uma história meio longa. Mas, para resumir, a minha cadela, Molly, teve complicações quando deu à luz seus filhotes, e Travis fez a gentileza de ir até a minha casa para cuidar dela. Depois, ele me convidou para estar aqui.

— Ele tem jeito para lidar com animais. E com crianças também.

— Há quanto tempo você o conhece?

— Há um bom tempo. Laird e eu nos conhecemos na faculdade, e Laird me apresentou a ele. Eles são amigos desde que eram crianças. Travis foi padrinho do nosso casamento. E, falando no diabo… Oi, Travis.

— Oi — disse ele. — Hoje o dia vai ser divertido, não acha? — Por trás dele, Stephanie estava ao timão, pilotando o barco e fingindo não observá-los.

— Espero que não haja muito vento.

Allison olhou em volta. — Acho que não vai haver.

— Por quê? — perguntou Gabby. — O que acontece se houver vento?

— Não é bom para voar de parapente — respondeu Travis. — Basicamente, a lona pode acabar se enrolando ou desinflando, as cordas podem se emaranhar, e isso é uma das piores coisas que podem acontecer quando você está no parapente.

Gabby visualizou uma imagem em que estava girando fora de controle enquanto caía na água.

— Não se preocupe — assegurou-lhe Travis. — Se eu tiver qualquer suspeita de algum problema, ninguém decola.

— Espero que não — disse Allison. — Mas gostaria de propor que Laird seja o primeiro a subir.

— Por quê?

— Porque ele devia ter pintado o quarto de Josie esta semana. Ele passou os dias me prometendo que faria a pintura, mas quer saber se o quarto está pintado? Claro que não. Vai ser um bom castigo para ele.

— Ele vai ter de entrar na fila. Megan já ofereceu Joe para ser o primeiro. Parece que tem algo a ver com não passar tempo suficiente com a família após o trabalho.

Ao escutar as conversas sobre assuntos que não lhe eram familiares, Gabby sentiu-se como se fosse apenas uma espectadora. Ela desejou que Stephanie não tivesse saído do seu lado; estranhamente, ela percebeu, parecia que Stephanie já era a coisa mais próxima de uma amiga que ela tinha em Beaufort.

— Segurem-se! — gritou Stephanie, girando o timão.

Travis instintivamente agarrou a lateral do barco quando ele atingiu uma marola alta, e a proa se levantou e caiu, chocando-se com um estrondo na água. A atenção de Allison se voltou para as crianças, e ela correu em direção a Josie, que havia caído no piso do barco e estava começando a chorar. Laird a colocou de pé com um braço.

— Você devia estar segurando Josie! — Allison repreendeu Laird, enquanto estendia os braços para a filha. — Venha aqui, meu bem. A mamãe está aqui.

— Eu estava segurando! — protestou Laird. — Talvez se aquela metida a Dale Earnhardt[4] estivesse olhando aonde ia…

— Não me coloque no meio dos seus problemas — disse Stephanie, inclinando a cabeça. — Eu disse que vocês deviam se segurar, mas acho que você não me deu ouvidos. Não tenho o poder de controlar as ondas.

— Mas você poderia ir um pouco mais devagar.

Travis balançou a cabeça e sentou-se ao lado de Gabby.

— Eles sempre discutem desse jeito? — perguntou ela.

— Sempre — disse ele. — Pelo menos, desde que seus filhos nasceram. Pode ter certeza de que cada uma das crianças vai ter alguns momentos de choro hoje. Mas é isso que deixa as coisas interessantes.

Ele se reclinou, colocando os pés no chão. — Gostou da minha irmã?

Com o sol atrás dela, era difícil observar as feições de Travis. — Eu gosto dela. Ela é uma pessoa… única.

— Parece que ela gostou de você também. Se ela não fosse com a sua cara, pode ter certeza de que me diria. Mesmo sendo tão inteligente, ela não consegue deixar de expressar suas opiniões. Se você quer saber, acho que meus pais a encontraram e a adotaram.

— Não acho. Se você deixar seu cabelo crescer um pouco mais, as pessoas achariam que vocês são duas irmãs.

---

4. Piloto da categoria Nascar de corridas de automóveis, morto em um acidente em alta velocidade em 2001 enquanto disputava as 500 milhas de Daytona. (N. T.)

Ele riu. — Você está falando igualzinho a ela.

— Acho que o jeito dela é contagioso.

— Já conseguiu conhecer os outros?

— Conversei com Allison por alguns momentos, mas foi só.

— Eles são as melhores pessoas do mundo — disse Travis. — Mais família do que amigos.

Ela estudou Travis enquanto ele tirou o boné de beisebol da cabeça, repentinamente entendendo o que havia acontecido. — Foi Stephanie que mandou você vir aqui para conversar comigo, não foi?

— Foi, sim — admitiu ele. — Ela foi lá me lembrar que você era minha convidada, e que seria uma falta de cortesia da minha parte se eu não fizesse de tudo para que você se sentisse à vontade.

— Eu estou bem — disse ela, com um gesto. — Se você quiser ir pilotar o barco novamente, não se incomode comigo. Posso me entreter com a paisagem.

— Você já foi até Cape Lookout? — perguntou ele.

— Não.

— É um parque nacional e tem uma enseada que é ótima para crianças pequenas, porque as ondas não arrebentam ali. E no lado mais distante, o lado do Atlântico, há uma praia de areias brancas que está praticamente intocada, coisa quase impossível de encontrar hoje em dia.

Quando ele terminou de falar, Gabby o observou enquanto ele desviava sua atenção para Beaufort. Os contornos da cidade estavam visíveis; logo depois da marina onde os mastros dos veleiros apontavam para o céu como dedos em riste, ela conseguiu ver os restaurantes que coalhavam a avenida da orla. Por toda parte havia barcos e *jet skis* passando rapidamente, deixando rastros de espuma branca para trás. Ela percebeu a maneira suave que o corpo dele tinha de se apoiar contra o dela conforme o barco deslizava por sobre a água.

— É uma bela cidade — disse ela, finalmente.

— Eu sempre amei este lugar — concordou ele. — Quando era mais novo, sonhava em me mudar para uma cidade grande, mas, no fim, meu lar é aqui mesmo.

O barco virou em direção ao canal. Por trás deles, Beaufort ficou menor; adiante, as águas da baía de Onslow abraçavam o Atlântico. Uma nuvem solitária passava acima, leve e extensa, como se tivesse sido moldada em neve. O céu, de um azul profundo, se estendia por sobre águas pontilhadas por minúsculos prismas dourados da luz do sol. Após algum tempo, a atividade frenética em Back Sound deu lugar a uma sensação de isolamento, quebrada apenas pela presença ocasional de algum barco que ancorava nos baixios da praia de Shackleford. Os três casais na proa do barco estavam tão encantados com aquela visão quanto ela, e até mesmo as crianças pareciam ter sossegado. Elas estavam sentadas tranquilamente no colo dos pais, com o corpo relaxado, como se estivessem prontas para tirar uma soneca. Gabby podia sentir o vento soprando entre seus cabelos e o calor do sol do verão.

— Ei, Travis — chamou Stephanie. — Aqui está bom?

Travis acordou do seu devaneio e deu uma olhada em volta.

— Vamos um pouco mais adiante. Quero ter certeza de que temos bastante espaço. Temos uma novata a bordo.

Stephanie assentiu, e o barco acelerou novamente.

Gabby se inclinou em direção a ele. — Por falar nisso, como esse negócio funciona?

— É fácil — disse ele. — Primeiro, eu inflo o parapente e ajusto a cadeira de voo e o equipamento de segurança, usando aquela barra ali — disse ele, apontando para o canto do barco. — Depois, você e o seu parceiro colocam os cintos de segurança, e eu os prendo naquela barra maior, e você se senta na plataforma. Solto a manivela e vocês decolam. Leva alguns minutos para alcançar a altura certa, e depois... bem, você plana no ar. Você vai ter uma bela visão de Beaufort e do farol, e como o tempo está limpo você pode ver alguns golfinhos, arraias, tubarões, até mesmo tartarugas marinhas. Eu já cheguei a ver baleias algumas vezes. Podemos também diminuir a velocidade do barco, deixar que você encoste os pés na água, e depois subir de novo. É muito divertido.

— Tubarões?

— Claro. Estamos no oceano.

— Eles mordem?

— Alguns mordem. Tubarões-touro podem ser bem agressivos.

— Então prefiro não fazer essa manobra de encostar os pés na água, obrigada.

— Não precisa ter medo. Eles não vão incomodá-la.

— Falar é fácil.

— Em todos os anos que faço isso, nunca ouvi falar de ninguém que tenha sido mordido por um tubarão enquanto voava de parapente. Você fica na água por dois ou três segundos, no máximo. E geralmente os tubarões se alimentam no fim da tarde.

— Não sei…

— E se eu estivesse com você? Você tentaria? Não deixe essa oportunidade passar.

Ela hesitou, e depois concordou, inclinando ligeiramente a cabeça.

— Vou pensar no caso — disse ela. — Mas não prometo nada.

— Acho justo.

— Claro, você está presumindo que eu vou subir nesse treco com você.

Ele piscou um olho e lhe deu aquele sorriso. — É claro que estou.

Gabby tentou ignorar o frio na barriga que estava sentindo. Em vez disso, ela apanhou sua bolsa e tirou um frasco de loção. Depois de colocar um pouco nas mãos, ela começou a aplicá-la nervosamente em seu rosto, tentando recuperar o controle e aumentar a distância.

— Stephanie me disse que você viajou por várias partes do mundo.

— Já dei umas voltas por aí.

— Do jeito que ela falou, parece ser mais do que isso. Como se você já tivesse andado pelo mundo inteiro.

Ele balançou a cabeça. — Não é bem assim. Pode acreditar que há vários lugares em que nunca estive.

— E qual foi o lugar que você mais gostou de ter visitado?

Ele demorou um pouco para responder, com uma expressão saudosa em seu rosto. — Não sei.

— Bem… que lugar você sugeriria para que eu visitasse?

— Não é assim que funciona — disse ele.

— Como assim?

— Viagens não se resumem somente a ver coisas. É mais importante vivenciá-las… — ele olhou a água cuidadosamente, organizando seus pensamentos. — Deixe-me colocar as coisas deste modo. Quando terminei a faculdade, eu não sabia o que queria fazer, então decidi tirar um ano e conhecer o mundo. Eu tinha um pouco de dinheiro guardado — não tanto quanto achei que fosse precisar —, fiz as malas, peguei a minha bicicleta e embarquei num voo para a Europa. Passei os primeiros três meses lá, simplesmente… fazendo qualquer coisa que tivesse vontade, e aquilo raramente tinha alguma coisa a ver com as coisas que eu esperava ver. Eu nem mesmo tinha um roteiro planejado. Não me entenda mal — eu vi várias coisas. Mas, quando penso naqueles meses, me lembro mais das amizades que fiz ao longo do caminho e do tempo que passamos juntos. Como na Itália, por exemplo. Eu visitei o Coliseu em Roma e os canais de Veneza, mas a melhor lembrança que eu tenho é de um fim de semana que passei em Bari — uma cidade no sul do país, fora das rotas turísticas, que provavelmente você nunca ouviu falar — com alguns estudantes italianos que conheci. Eles me levaram para um barzinho onde havia uma banda da cidade tocando, e, mesmo que a maioria deles não soubesse falar inglês e o meu conhecimento da língua italiana se resumisse aos nomes dos pratos nos cardápios, passamos a noite inteira rindo. Depois daquilo, eles me levaram a Lecce e Matera, e, pouco a pouco, nos tornamos bons amigos. A mesma coisa aconteceu na França, na Noruega e na Alemanha. Fiquei em albergues quando precisei, mas, na maioria das vezes, eu chegava a uma cidade e conhecia alguém que se oferecia para me receber em sua casa por algum tempo. Eu encontrava algum emprego aqui e ali para ganhar um dinheiro a mais e, quando estava preparado para ir a outro lugar, simplesmente botava o pé na estrada. No começo pensei que seria fácil, porque a Europa e a América são bem parecidas. Mas a mesma coisa aconteceu quando fui para a Síria,

Etiópia, África do Sul, Japão e China. Às vezes, parecia até mesmo que fazer aquela viagem era o meu destino, como se todas as pessoas que conheci de alguma forma estivessem esperando por mim. Mas…

Ele fez uma pausa, olhando diretamente para ela.

— Mas eu sou uma pessoa diferente hoje, em relação a quem eu era naquela época. Assim como eu era uma pessoa diferente no final da viagem em relação a quem eu era no começo. E serei uma pessoa diferente amanhã em relação a hoje. E isso significa que nunca poderei repetir aquela viagem. Mesmo se eu fosse para os mesmos lugares e encontrasse as mesmas pessoas, não seria a mesma coisa. A minha experiência não seria a mesma. Para mim, é isso que as viagens representam. Conhecer pessoas, aprender não somente a apreciar uma cultura diferente, mas a realmente desfrutar dessa cultura como se eu fosse uma pessoa daquele lugar, seguindo qualquer impulso que eu sinta. Assim, como eu poderia recomendar uma viagem para alguém se eu nem sei o que devo esperar? Meu conselho seria anotar nomes de lugares em pedaços de papel, embaralhá-los e escolher cinco ao acaso. Depois, simplesmente… vá até lá e veja o que acontece. Se você tiver a mentalidade certa, não importa onde esteja ou quanto dinheiro tem com você. Vai ser algo de que você irá se lembrar para sempre.

Gabby ficou em silêncio enquanto assimilava tudo aquilo. — Uau — disse ela, finalmente.

— O que foi?

— Você faz isso parecer tão… romântico.

No silêncio que surgiu a seguir, Stephanie começou a diminuir a velocidade do barco, e Travis se endireitou no assento. Quando sua irmã olhou para ele, Travis fez um sinal afirmativo com a cabeça e se levantou. Stephanie diminuiu a potência do motor, fazendo com que a velocidade do barco diminuísse ainda mais.

— Estamos prontos — disse ele, indo até um caixote. Retirando o parapente dali, perguntou: — Está preparada para uma experiência nova?

Gabby engoliu em seco. — Mal posso esperar.

Capítulo 9

Com o paraquedas inflado e os cintos de segurança e cadeiras de voo presos a ele, Joe e Megan foram os primeiros a decolar, seguidos por Allison e Laird, e depois por Matt e Liz. Um a um, os casais se sentavam na plataforma e eram levantados no ar, com a corda que ligava o paraquedas ao barco se desenrolando até que eles estivessem a 30 metros de altura. Do lugar onde Gabby estava no barco, eles pareciam pequenos e despreocupados enquanto voavam sobre a água. Travis, que havia substituído Stephanie no timão, mantinha o barco em uma velocidade constante, fazendo curvas amplas e abertas, até finalmente diminuir gradualmente a velocidade do barco e a embarcação quase parar, permitindo que o parapente baixasse até bem próximo da água. No momento em que os pés dos casais tocavam a água, ele empurrava a alavanca do motor até a potência máxima, e o paraquedas era impulsionado para cima novamente, como uma pipa sendo puxada por uma criança correndo no parque.

Todos voltavam à plataforma conversando, falando sobre os peixes ou golfinhos que haviam visto, mas, mesmo assim, Gabby sentia-se cada vez mais nervosa à medida que sua vez se aproximava. Stephanie estava deitada ao sol para melhorar seu bronzeado, na parte da frente do barco, e segurava uma cerveja. Ela levantou a cerveja em um brinde.

— Esta é em homenagem a tê-la conhecido, garota.

Travis tirou seu boné de beisebol. — Vamos lá — ele disse a Gabby. — Eu a ajudo com o cinto de segurança e a cadeira de voo.

Ao sair da plataforma, Liz entregou seu colete salva-vidas a Gabby.

— É divertido demais — comentou ela. — Você vai adorar.

Travis conduziu Gabby até a plataforma. Após subir nela, ele lhe estendeu a mão, curvando-se. Ela pôde sentir o calor do toque dele enquanto a ajudava a subir. A cadeira de voo estava no chão, e Travis apontou em direção a duas aberturas.

— Coloque as pernas naquelas aberturas e puxe as tiras de segurança para cima. Eu vou prendê-las para você.

Ela ficou firme onde estava, sentindo os puxões que Travis dava no aparato, prendendo-o firmemente ao seu corpo. — É só isso?

— Quase. Quando você se sentar na plataforma, lembre-se de manter a tira maior sob as suas coxas. Não é bom que ela fique embaixo do seu traseiro, porque a distribuição de peso fica comprometida. E talvez você queira tirar sua camiseta, a menos que não se importe se ela ficar molhada.

Gabby tirou a camiseta, tentando não se sentir nervosa.

Travis não deu nenhum sinal de ter percebido sua timidez. Em vez disso, ele prendeu as tiras da cadeira de voo dela na barra, e depois a sua própria, e fez um sinal para que ela se sentasse.

— Está embaixo das suas coxas, certo? — perguntou Travis. Quando ela assentiu com a cabeça, ele sorriu. — É só relaxar e curtir o passeio.

Um segundo depois, Joe empurrou a alavanca do motor, a lona do paraquedas se inflou, e Gabby e Travis foram levantados no ar. Olhando para o barco, ela sentiu os olhares de todas as pessoas enquanto eles decolavam diagonalmente em direção ao céu. Gabby segurou-se com tanta força nas tiras de tecido que a prendiam ao parapente que as articulações de seus dedos ficaram brancas com o esforço, enquanto o barco ficava cada vez menor. Após algum tempo, a corda que prendia o parapente ao barco capturou sua atenção, como um pêndulo manipulado por um hipnotizador. Ela teve a sensação de que estava voando bem mais alto do que qualquer outra pessoa já tinha subido naquele dia, e estava a ponto de dizer alguma coisa quando sentiu o toque de Travis no seu ombro.

— Olhe ali! — disse ele, apontando. — Uma arraia! Consegue vê-la?

Ela avistou o animal, negro e lustroso, se movendo abaixo da superfície da água como uma borboleta em câmera lenta.

— E um grupo de golfinhos! Daquele lado! Perto dos baixios!

Enquanto ela se maravilhava com aquela visão, seu nervosismo começou a arrefecer. Em vez disso, ela começou a se entreter com tudo o que via abaixo de si — a cidade, as famílias relaxando na praia, os barcos, a água. Sentindo-se relaxar, ela pensou que poderia provavelmente passar uma hora lá no alto sem ficar entediada. Era extraordinário poder planar naquela altitude, voando com a corrente de vento como se ela fosse um pássaro. Apesar do calor, a brisa a mantinha refrescada e, ao balançar as pernas por baixo de si, ela sentiu o cinto de segurança balançar.

— Está a fim de fazer um daqueles mergulhos? — perguntou ele. — Eu garanto que vai ser divertido.

— Vamos — concordou ela. Para seus ouvidos, sua voz parecia estranhamente carregada de confiança.

Travis fez uma série de sinais para Joe e, abaixo dela, o barulho do motor do barco repentinamente diminuiu. O parapente começou a descer. Olhando fixamente para a água que se aproximava rapidamente, ela esquadrinhou a superfície para se certificar de que não havia nenhuma criatura com dentes grandes na água esperando por ela.

O parapente desceu mais e mais, e, embora ela tivesse levantado as pernas, sentiu a água fria bater contra seu corpo. Quando ela pensou que teria de começar a nadar, o barco acelerou e eles subiram novamente em direção ao céu. Gabby sentiu a adrenalina correr pelo seu corpo e nem tentou esconder seu sorriso.

Travis se encostou nela. — Viu? Não foi tão ruim.

— Podemos fazer isso de novo? — perguntou ela.

Travis e Gabby voaram por mais quinze minutos, mergulhando para tocar na água mais duas ou três vezes. Quando foram trazidos de volta ao barco, cada casal deu mais um passeio no parapente. No fim dos passeios, o sol já estava alto no céu e as crianças estavam começando a ficar inquietas. Travis levou o barco em direção à enseada de Cape Lookout. A água ficou mais rasa, e Travis parou o motor do barco; Joe lançou a âncora, tirou sua camisa e pulou na água. A água batia na sua cintura e, com pontaria certeira, melhorada por anos de prática, Matt lhe jogou uma caixa térmica. Matt tirou sua camisa e pulou na água também; Joe lhe deu uma caixa térmica e seguiu-o na água enquanto Travis tomou seu lugar. Quando Travis pulou do barco, ele estava levando uma churrasqueira portátil e um saco de carvões. Simultaneamente, as mães pularam na água e pegaram as crianças. Em poucos minutos, apenas Stephanie e Gabby continuavam no barco. Gabby estava na parte de trás do barco, pensando que deveria ter ajudado com alguma coisa, enquanto Stephanie, aparentemente ignorando a movimentação, estava deitada sobre os assentos na parte da frente do barco, bronzeando-se.

— Estou de férias, então não vejo necessidade de me oferecer para trabalhar — anunciou Stephanie, com seu corpo tão imóvel quanto o barco. — E eles são tão bons nisso que eu nem me sinto culpada por ser preguiçosa.

— Você não é preguiçosa.

— Claro que sou. Todos deveriam se dar ao luxo de ser preguiçosos de vez em quando. Como disse Confúcio uma vez: "Aquele que não faz nada é aquele que não faz nada".

Gabby pensou naquelas palavras, e depois franziu a testa. — Confúcio realmente disse isso?

Com os óculos de sol lhe cobrindo os olhos, Stephanie fez um ligeiro movimento, dando de ombros. — Não, mas quem se importa? A questão é que eles conseguiram fazer tudo e provavelmente encontram algum tipo de satisfação ao se esforçarem. Quem sou eu para tirar isso deles?

Gabby colocou as mãos nos quadris. — Ou talvez você simplesmente quisesse ficar de papo para o ar.

Stephanie sorriu. — Como o próprio Jesus dizia: "Bem-aventurados os preguiçosos que ficam deitados em barcos, pois eles herdarão um bronzeado".

— Jesus não disse isso.

— É verdade — concordou Stephanie, erguendo-se. Ela tirou os óculos, olhou para as lentes e depois limpou-as com uma toalha. — Mesmo assim, quem se importa? — ela olhou para Gabby, apertando os olhos por causa da claridade. — Você realmente sentiu vontade de carregar caixas térmicas ou barracas até a praia? Confie em mim, não há nada de divertido nisso. — Depois de ajustar a parte de cima do seu biquíni, ela se levantou de onde estava sentada. — Bem, a costa está limpa. Podemos ir. Ela pegou sua bolsa de praia e colocou-a sobre o ombro. — É preciso conhecer os momentos propícios para desfrutar da sua preguiça. Quando se faz do jeito certo, é uma forma de arte que faz bem a todos.

Gabby hesitou. — Não sei por quê, mas gosto do seu jeito de pensar.

Stephanie riu. — Claro que você gosta — disse ela. — A preguiça faz parte da natureza humana. Mas é bom saber que não sou a única que entende dessa verdade universal.

Assim que Gabby começou a contestar aquela frase, Stephanie pulou na água, que respingou por cima da amurada. — Venha — disse ela, sem deixar Gabby terminar de falar. — Estou brincando. E, além disso, não fique remoendo as coisas que você fez ou deixou de fazer. Como eu disse, aquelas pessoas gostam de fazer essas coisas pequenas. Faz com que os homens se sintam mais viris e as mulheres mais maternais, e é assim que o mundo deveria funcionar. Como somos solteiras, tudo o que temos de fazer é ter certeza de que estamos curtindo a vida.

A preparação do acampamento — assim como desembarcar e descarregar o barco — era uma atividade informalmente ritualizada, onde todos aparentemente sabiam exatamente o que deviam fazer. Uma tenda foi armada e erguida, cobertores foram estendidos no chão e o carvão foi aceso. Continuando a exibir a mesma inatividade que demonstrou no barco, Stephanie simplesmente pegou uma cerveja e uma toalha, escolheu um lugar e voltou a tomar sol. Gabby, sem ter certeza do que devia fazer, abriu sua toalha e fez exatamente a mesma coisa. Ela sentiu os efeitos do sol quase imediatamente e se deitou, tentando ignorar o fato de que todos — com exceção de Stephanie — pareciam estar ocupados com alguma tarefa.

— Você precisa de protetor solar — disse Stephanie. Sem levantar a cabeça, ela apontou para a bolsa que havia trazido. — Pegue o tubo com o fator de proteção 50. Com essa pele branca, você vai virar uma lagosta em meia hora se não se cuidar. O protetor é enriquecido com zinco.

Gabby apanhou a bolsa de Stephanie. Ela levou alguns minutos para espalhar o protetor solar; o sol tinha uma maneira implacável de puni-la caso ela se esquecesse de cobrir algum ponto do corpo com aquela loção. Diferente das irmãs ou da mãe, ela havia herdado a pele irlandesa do pai. Era uma das pequenas mazelas da vida.

Ao terminar, ela se deitou sobre a toalha, ainda se sentindo culpada pelo fato de não estar fazendo nada para ajudar a organizar o local ou a preparação do almoço.

— Como foi o voo com Travis?

— Foi bem — disse Gabby.

— Quero lembrá-la de que ele é meu irmão, você sabe.

Gabby se virou para encarar Stephanie com um olhar questionador.

— Ei — disse Stephanie. — Eu só disse isso para que você se dê conta do quanto eu o conheço.

— E o que isso importa?

— Eu acho que ele gosta de você.

— E eu acho que você acredita que ainda estamos na sétima série.

— O quê? Você não se importa?

— Não.

— Por que você tem um namorado?

— Entre outros motivos.

Stephanie riu. — Ah, que ótimo. Se eu não conhecesse você, podia até mesmo acreditar no que está dizendo.

— Você não me conhece!

— Oh, eu conheço você. Acredite ou não, eu sei exatamente quem você é.

— É mesmo? Então de onde eu venho?

— Não sei.

— Me fale sobre a minha família então.

— Não tenho como fazer isso.

— Então você não me conhece de verdade, não é?

Depois de um momento, Stephanie se virou para encará-la. — Sim — disse ela. — Eu conheço. — Ela não conseguiu esconder seu tom de voz desafiador. — Que tal isso? Você é uma boa garota, e sempre foi assim, mas, no fundo, você acha que a vida é muito mais do que simplesmente viver de acordo com as regras, e há uma parte dentro de você que anseia pelo desconhecido. Se você estiver disposta a ser honesta consigo mesma, Travis é uma parte desse anseio. Em relação ao sexo, você é uma mulher seletiva, mas, quando se compromete com alguém, os padrões de comportamento que você geralmente segue são jogados pela janela. Você acha que vai se casar com seu namorado, mas não consegue evitar imaginar por que ainda não tem um anel de noivado no dedo. Você ama sua família, mas queria tomar as próprias decisões sobre sua vida, e é por isso que você mora aqui. Mesmo assim, você tem medo de que sua família não aprove suas escolhas. Como estou indo até aqui?

Enquanto ela falava, Gabby se sentiu empalidecer. Interpretando um golpe direto, Stephanie se apoiou em um dos cotovelos. — Quer que eu continue?

— Não — disse Gabby.

— Eu estava certa, não é?

Gabby soltou o ar. — Não totalmente.

— Não?

— Não.

— O que foi que eu errei?

Em vez de responder, Gabby balançou a cabeça e voltou a apoiar as costas na toalha. — Não quero falar sobre isso.

Gabby esperava que Stephanie fosse persistir no assunto, mas, em vez disso, ela simplesmente deu de ombros e voltou a se deitar sobre sua toalha, como se não tivesse dito nada.

Gabby ouvia os sons de crianças brincando na beira da praia e fragmentos ininteligíveis de diálogos ao longe. Sua cabeça não conseguia se livrar do comentário de Stephanie; era como se aquela mulher a conhecesse desde que nasceu, e que soubesse até mesmo de seus segredos mais sombrios.

— Ah, caso você esteja entrando em pânico com o que eu disse, acho que preciso lhe dizer que tenho alguns poderes psíquicos — comentou Stephanie. — Eu sei que é estranho, mas é verdade. Herdei de minha avó, até onde sei. Ela era famosa por conseguir fazer a previsão do tempo.

Gabby se sentou, sentindo uma onda de alívio percorrer seu corpo, mesmo sabendo que aquele conceito era ridículo. — Verdade?

Stephanie riu novamente. — Não, é claro que não! Minha avó assistiu ao *Let's make a deal*[5] durante anos e nunca conseguiu se dar melhor do que os participantes do programa. Mas seja honesta: eu acertei tudo, não foi?

Os pensamentos de Gabby voltaram ao início da sua conversa com Stephanie deixando-a quase desorientada. — Mas como?

— É fácil — disse Stephanie, voltando a se deitar. — Eu simplesmente inseri as suas "maravilhosas experiências pessoais" na vida de praticamente todas as mulheres que já existiram. Bem, exceto a parte sobre Travis. Eu adivinhei essa parte. Mas é espantoso, não é? Eu estudo isso também. Eu já participei de alguns estudos e sempre fico impressionada ao perceber que, abaixo da superfície, as pessoas são muito parecidas. Especialmente durante a adolescência e o início da idade adulta. Na maioria das vezes, as pessoas passam pelas mesmas experiências e pensam nas mesmas coisas, mas, de algum modo, ninguém escapa da crença de que sua experiência de vida é única e diferente de todas as outras experiências de vida das outras pessoas.

---

[5] Programa de TV estadunidense em que os competidores devem considerar a possibilidade de fazer uma oferta para a concessão de um prêmio valioso ou algum objeto indesejável. (N. T.)

Gabby se espreguiçou sobre a toalha, decidindo que seria melhor simplesmente ignorar Stephanie por algum tempo. Por mais que gostasse dela, aquela mulher confundia a sua cabeça com muita frequência.

— Ah, e caso você esteja curiosa a respeito — comentou Stephanie —, Travis não está namorando. Ele não somente está solteiro, como, além disso, está disponível.

— Não estou curiosa a respeito disso.

— Porque você tem um namorado, não é?

— Sim. Mas, mesmo que eu não tivesse um namorado, eu não estaria curiosa a respeito.

Stephanie riu. — Claro, claro. Como eu pude me enganar tanto? Acho que foi pelo fato de você ficar olhando tanto para ele.

— Eu não fico olhando para ele.

— Ah, não seja tão defensiva. Afinal de contas, ele também passa uma boa parte do tempo olhando para você.

Capítulo 10

Do lugar onde havia estendido sua toalha, Gabby sentia o aroma do carvão, cachorros-quentes, hambúrgueres e frango misturados com uma brisa suave. Apesar da brisa — e do protetor solar —, a pele de Gabby parecia que estava começando a crepitar. Às vezes ela pensava ser irônico que seus ancestrais, vindos da Escócia e da Irlanda, haviam passado por regiões mais ao norte com o mesmo tempo nublado de suas terras natais para vir a um lugar onde a exposição prolongada ao sol era praticamente uma garantia de que pessoas como eles desenvolveriam melanomas ou, pelo menos, rugas, que eram o motivo de sua mãe sempre usar chapéus, mesmo que o tempo que ela passasse a céu aberto fosse limitado a ir e voltar do seu carro. O fato de que Gabby estava se sujeitando a queimaduras ou outros danos causados pelo sol era algo em que ela não queria pensar, porque a verdade era que ela gostava de estar bronzeada, e se bronzear fazia com que ela se sentisse bem. Além disso, dentro de pouco tempo ela vestiria sua camiseta novamente e se forçaria a sentar debaixo de alguma sombra.

Stephanie estava estranhamente quieta desde seu último comentário. Em algumas pessoas, Gabby pensaria que aquilo era devido a algum desconforto ou timidez. No caso de Stephanie, parecia mais com uma aura de autoconfiança, algo que Gabby sempre desejou secretamente ter. Como Stephanie se sentia muito à vontade consigo mesma, fez com que Gabby se sentisse confortável quando ela estava por perto, o que, tinha de admitir, era algo que ela não vinha sentindo ultimamente. Já havia um bom tempo que não se sentia confortável em casa; ainda não se sentia à vontade no seu local de trabalho, e tinha ainda menos confiança em relação à situação do seu relacionamento com Kevin.

Em relação a Travis — aquele homem definitivamente fazia com que ela se sentisse desconfortável. Bem, pelo menos quando ele estava sem camiseta, de qualquer forma. Olhando-o disfarçadamente, ela o viu sentado na areia perto de onde o mar batia na praia, construindo castelos de areia molhada com as três crianças. Quando a atenção delas parecia se dispersar, ele se levantava de onde estava e corria atrás das crianças, perseguindo-as até onde a água batia nos tornozelos, e o som de seus gritos de alegria ecoava pelo ar. Travis parecia estar se divertindo tanto quanto elas, e aquela visão fez com que ela quisesse sorrir. Ela se obrigou a não fazê-lo, preocupada com a possibilidade de que ele pudesse notá-la e ter uma impressão errada.

O aroma finalmente forçou Gabby a se sentar. Ela não conseguia afastar a sensação de estar de férias em uma ilha exótica, em vez de estar a apenas alguns minutos de Beaufort. As ondas chegavam à praia num ritmo suave, e as poucas casas desocupadas do outro lado de onde eles estavam pareciam ter caído do céu. Por cima do ombro, ela viu uma trilha por entre as dunas, serpenteando em direção ao farol preto e branco que havia sobrevivido a milhares de tempestades.

Surpreendentemente, ninguém mais havia chegado àquela enseada, e isso fazia com que o lugar parecesse ainda mais agradável. Em um dos lados, ela avistou Laird, ao lado da churrasqueira portátil, manipulando um par de tenazes para carne. Megan estava organizando os sacos de batatas fritas e pães de hambúrguer e também abrindo recipientes em uma pequena mesa portátil, enquanto Liz cuidava dos condimentos, dos pratos de papel e talheres de plástico. Joe e Matt estavam atrás dela, jogando uma bola de futebol americano de um lado para o outro. Ela não se lembrava de um único fim de semana de sua infância onde um grupo de famílias havia se reunido para desfrutar daquele tipo de companhia e amizade em um lugar lindo simplesmente porque era... sábado. Ela se perguntou se era assim que a maioria das pessoas vivia, ou se aquilo tinha mais a ver com a vida em uma cidade pequena, ou se era simplesmente um hábito que aqueles amigos haviam adquirido há tempos. Seja lá qual fosse a razão, ela suspeitava de que conseguiria se acostumar com aquilo.

— A comida está pronta! — gritou Laird.

Gabby vestiu sua camiseta e foi até a mesa onde a comida estava sendo servida, surpresa com a fome que estava sentindo até se lembrar de que ela nem conseguira tomar o café da manhã. Por cima do ombro, ela enxergou Travis fazendo o melhor que podia para arrebanhar as crianças, perseguindo--as como um cão pastor faria com suas ovelhas. As três correram em direção à churrasqueira, onde Megan estava montando guarda.

— Sentem-se no cobertor, em fila — ordenou ela, e as crianças, obviamente bem treinadas para aquilo, fizeram exatamente o que lhes foi mandado.

— Megan tem poderes mágicos sobre as crianças — observou Travis por cima do ombro de Gabby. Ele estava com a respiração pesada e com as mãos nos quadris. — Gostaria que elas me escutassem dessa maneira quando eu falo com elas. Como isso não acontece, preciso correr atrás delas até quase desmaiar.

— Mas você parece ter um talento natural para lidar com elas.

— Eu gosto de brincar com elas, não de arrebanhá-las para o almoço. — Ele se inclinou em direção a ela de forma conspiratória. — Mas, cá entre nós, eu aprendi uma coisa em relação a casais que têm filhos: quanto mais você brincar com as crianças, mais os pais vão gostar de você. Quando eles percebem que alguém adora os filhos deles — verdadeiramente se encantando e se divertindo com eles, os pais se sentem assim em relação às crianças —, bem, aquela pessoa se torna o miado do gato aos olhos dos pais.

— O... miado do gato?

— Eu sou veterinário. Eu gosto de expressões que vêm do mundo animal.

Ela não conseguiu esconder um sorriso. — Acho que você tem razão sobre brincar com as crianças. Meu parente favorito era uma tia que subia nas árvores comigo e minhas irmãs enquanto todos os outros adultos ficavam conversando na sala de estar.

— E mesmo assim... — ele disse, apontando para Stephanie

— você ficou ali, esparramada na toalha com a minha irmã, em vez de aproveitar a oportunidade de mostrar a estas pessoas que você acha os filhos deles irresistíveis.

— Eu…

— Estou brincando — disse ele, piscando o olho. — O fato é que eu queria passar um tempo com eles. E eles logo vão começar a ficar entediados. É o momento em que eu finalmente vou poder me jogar em uma cadeira de praia, esfregar o suor da minha testa e deixar que os pais deles entrem em cena.

— Em outras palavras, você come a carne, mas não rói o osso.

— Eu acho que… quando chegar a hora, vou oferecer seus serviços.

— Ah, obrigada.

— Sem problemas. Ei, está com fome?

— Faminta.

Quando eles chegaram à mesa onde o almoço estava servido, as crianças estavam sentadas no cobertor com seus cachorros-quentes, salada de batata e algumas frutas cortadas em cubos. Liz, Megan e Allison estavam sentadas por perto para poder vigiá-las, mas distantes o bastante para conseguir conversar. Gabby percebeu que as três comiam frango, com vários acompanhamentos. Joe, Matt e Laird haviam se sentado sobre as caixas térmicas, apoiando os pratos sobre os joelhos, e suas garrafas de cerveja estavam fincadas na areia.

— Hambúrguer ou frango?

— Eu gosto de frango. Mas imagino que os hambúrgueres estejam deliciosos. Eu simplesmente nunca consegui me acostumar com o gosto da carne vermelha.

— Achei que todos os homens comessem hambúrgueres.

— Então eu acho que não sou um homem. — ele se endireitou na cadeira. — Acho que isso vai deixar meus pais surpresos e decepcionados. Até mesmo porque eles me deram um nome masculino.

Ela riu, apontando para a churrasqueira com a cabeça. — Bem… parece que elas deixaram o último pedaço de frango para você.

— Somente porque chegamos aqui antes de Stephanie. Ela teria pegado o frango, mesmo que preferisse comer um hambúrguer, porque ela sabe que eu ficaria sem comer.

— Eu sabia que havia uma razão para eu gostar dela.

Eles pegaram seus pratos enquanto olhavam a apetitosa variedade de acompanhamentos sobre a mesa — feijões, legumes cozidos, batatas, pepinos e salada de frutas — todos com um aroma delicioso. Gabby pegou um pão de hambúrguer, passou mostarda e *ketchup* nele, acrescentou-lhe picles e estendeu o prato. Travis colocou o pedaço de frango no próprio prato e pegou um dos hambúrgueres que estavam assando sobre a grelha, colocando-o no pão de Gabby.

Ele despejou uma concha de salada de frutas no seu prato; Gabby adicionou um pouco de tudo que havia na mesa. Ao terminar, ela olhou para ambos os pratos com uma expressão que quase denotava culpa, a qual, por sorte, Travis não pareceu perceber.

— Quer uma cerveja? — perguntou ele.

— Adoraria.

Ele pôs a mão em uma das caixas térmicas e puxou uma Coors Light, e uma garrafa de água para si mesmo.

— Preciso pilotar o barco na volta — explicou ele. Levantou seu prato na direção das dunas. — Que tal ali?

— Não quer comer perto dos seus amigos?

— Eles vão ficar bem — disse ele.

— Mostre o caminho então.

Eles andaram em direção à duna baixa, um local sob a sombra de uma árvore débil e que sofria com a ação da contaminação pelo sal marinho, com todos os galhos apontando na mesma direção, curvados por vários anos de brisas oceânicas. Gabby sentia a areia deslizando pelos seus pés. Travis sentou-se perto da duna, abaixando-se e cruzando as pernas com um único movimento. Gabby se sentou ao lado dele com movimentos bem menos graciosos, certificando-se de deixar um bom espaço entre eles para que não se tocassem acidentalmente. Mesmo sentada sob a sombra da árvore, a areia e a água estavam tão brilhantes que ela não conseguiu evitar apertar os olhos.

Travis começou a cortar seu pedaço de frango, e os talheres de plástico se dobravam com a pressão.

— Vir aqui me faz lembrar o ensino médio — comentou ele. — Passávamos inúmeros fins de semana por aqui naquela época. — Ele deu de ombros. — Com outras garotas e nenhuma criança por perto, é claro.

— Aposto que era divertido.

— Era sim — disse ele. — Eu me lembro de uma noite em que eu estava aqui com Joe, Laird, Matt e algumas garotas que estávamos tentando impressionar. Estávamos sentados em volta de uma fogueira, bebendo cerveja, contando piadas e rindo… e eu me lembro de pensar que a vida não tinha como ficar melhor.

— Parece o roteiro de um comercial da Budweiser. Tirando o fato de que vocês todos eram menores de idade e que tudo aquilo era ilegal.

— E você nunca fez nada assim, não é?

— Na verdade, não — disse ela.

— Sério? Nunca mesmo?

— Por que você está tão surpreso?

— Não sei. Eu acho que… bem, eu não vejo você como uma pessoa que cresceu seguindo todas as regras. — Ao ver a expressão no rosto dela, Travis se explicou. — Não me entenda mal. Eu não quis dizer isso de maneira ofensiva. Só quis dizer que você me parece uma pessoa independente, alguém que está sempre disposta a novas aventuras.

— Você não sabe nada a meu respeito.

No momento em que disse aquilo, ela se lembrou de ter dito a mesma coisa a Stephanie. Ela se preparou para o que poderia vir a seguir.

Ele mexeu distraidamente em suas frutas com o garfo. — Eu sei que você saiu de casa, que comprou sua casa própria e que está pagando suas contas. Para mim, isso é sinônimo de independência. E, a respeito de ser aventureira, você está aqui com um bando de desconhecidos, não é? Você andou de parapente e até mesmo conseguiu superar o medo de tubarões para encostar os pés na água quando o parapente mergulhou. Foram novos desafios. Isso é algo a se admirar.

Ela sentiu seu rosto corar, gostando muito mais da resposta de Travis do que da de Stephanie. — Talvez — ela admitiu —, mas não é como viajar ao redor do mundo sem um roteiro preestabelecido.

— Não deixe isso lhe enganar. Você acha que eu não fiquei nervoso durante aquela viagem? Eu estava aterrorizado. Dizer aos seus amigos o que você vai fazer é uma coisa; entrar em um avião e aterrissar em um país onde quase ninguém fala inglês é outra completamente diferente. Você já viajou para algum outro país?

— Só uma vez, quando passei as férias de primavera nas Bahamas. Mas, pensando bem, ficando perto do hotel, como eu fiquei — cercada por estudantes americanos —, eu até poderia imaginar que aquilo era a Flórida. — Ela fez uma pausa. — Para onde vai ser a sua próxima viagem? Sua próxima aventura?

— Nada tão extravagante desta vez. Vou para Grand Tetons[6]. Acampar, fazer trilhas pelas montanhas, canoagem, coisas do tipo. Ouvi dizer que é de tirar o fôlego. Nunca estive lá.

— Você vai sozinho?

— Não — disse ele. — Vou com meu pai. Mal posso esperar.

Gabby fez uma careta. — Não consigo me imaginar embarcando em uma viagem com minha mãe ou com meu pai.

— Por que não?

— Meus pais? Você teria de conhecê-los para poder entender.

Ele aguardou. Em silêncio, ela colocou seu prato de lado e esfregou as mãos.

— Certo — disse ela, com um suspiro. — Em primeiro lugar, minha mãe é o tipo de senhora que acredita que ficar em qualquer coisa que não seja um hotel cinco-estrelas, no mínimo, é o equivalente a dormir ao relento. E meu pai? Acho que consigo imaginá-lo fazendo algo um pouco mais ousado, exceto

[6] Cadeia montanhosa na região das Montanhas Rochosas, no noroeste do estado americano de Wyoming, próximo da divisa com o estado de Idaho. (N. T.)

pelo fato de que ele nunca se interessou por nada além de sair para pescar. Além disso, ele não vai a lugar nenhum sem minha mãe, e, como ela é bem exigente, isso significa que a única atividade que eles fazem ao ar livre são jantares no terraço. Com uma bela carta de vinhos e garçons de terno e gravata, claro.

— Parece que eles realmente se amam.

— Você percebeu isso pelo que eu acabei de dizer?

— Sim, e também pela ideia de que sua mãe não é uma grande fã de atividades ao ar livre.

Aquilo provocou uma risada.

— Eles devem se orgulhar muito de você.

— Por que você diz isso?

Realmente... por quê? Era o que Gabby se perguntava. Então, ela listou as razões. — Digamos que eu tenho certeza de que minha mãe prefere minhas irmãs. Pode acreditar no que eu digo, minhas irmãs não se parecem nem um pouco com Stephanie.

— Quer dizer que elas sempre se comportam e dizem as coisas da maneira apropriada?

— Não. Eu quis dizer que elas são iguaizinhas à minha mãe.

— E isso quer dizer que ela não pode sentir orgulho de você?

Ela deu uma mordida em seu hambúrguer, ganhando tempo antes de responder. — É meio complicado — disse ela.

— Como assim? — insistiu ele.

— Para começar, sou ruiva. Minhas irmãs são todas loiras, como a minha mãe.

— E daí?

— E eu tenho 26 anos e ainda estou solteira.

— E daí?

— Eu quero ter uma carreira.

— E daí?

— Nada disso se encaixa na imagem de filha que a minha mãe quer. Ela tem ideias predefinidas sobre o papel das mulheres, especialmente mulheres sulistas de certo *status* social.

— Estou percebendo que você e sua mãe não se dão muito bem.

— Você acha?

Ao olhar por cima do ombro, Gabby viu Allison e Laird de mãos dadas, andando pela trilha que levava até o farol.

— Talvez ela tenha um pouco de inveja — disse ele. — Aqui está você, levando a própria vida, com os próprios objetivos e sonhos, sonhos independentes do mundo onde você cresceu, o mundo que ela esperava que você habitasse, simplesmente porque ela o habita. É necessário ter coragem para fazer algo diferente, e talvez o que você acha ser a razão da decepção da sua mãe em relação a você é, de uma maneira mais profunda, uma decepção dela em relação a si mesma.

Ele comeu um pedaço de frango e esperou pela reação dela. Gabby estava desconcertada. Aquilo era algo que ela nunca havia considerado.

— Não é assim — ela se forçou a dizer.

— Talvez não. Já perguntou a ela?

— Se ela se sentia decepcionada consigo mesma? Acho que não. E não me diga que você confrontaria seus pais dessa maneira também. Porque eu…

— Eu não faria isso — disse ele, balançando a cabeça. — Sem chance. Mas tenho uma sensação de que seus pais têm muito orgulho de você, mesmo que eles não saibam como demonstrar.

Gabby não esperava aquele comentário estranho e um pouco comovente. Ela se inclinou um pouco em direção a ele. — Não sei se você está certo, mas obrigada assim mesmo. Não quero que você tenha uma impressão errada. Quero dizer, nós conversamos ao telefone toda semana e somos corteses. Mas às vezes eu queria que as coisas fossem diferentes. Eu adoraria ter um tipo de relacionamento em que nós realmente gostássemos de passar o tempo em família.

Travis não disse nada, e Gabby percebeu, para seu alívio, que ele não tentou produzir uma solução ou um conselho. Quando ela externava aquele tipo de sentimento para Kevin, o primeiro instinto dele era criar um plano para mudar as coisas. Trazendo os joelhos para perto do tronco, ela abraçou suas pernas. — Me diga… qual a melhor coisa que existe na profissão de veterinário?

— Os animais — disse ele. — E as pessoas. Mas acho que provavelmente é isso que você esperava que eu dissesse, não é?

Ela pensou em Eva Bronson. — Eu entendo o que você quer dizer em relação aos animais...

Ele levantou as mãos. — Não me entenda mal. Tenho certeza de que algumas das pessoas que vêm até a minha clínica são bem parecidas com algumas das pessoas com as quais você precisa lidar.

— Pessoas mandonas? Neuróticas? Com tendência à hipocondria? Em outras palavras, pessoas loucas?

— Claro que sim. Pessoas são pessoas, e muitas delas consideram seus animais de estimação como membros da família. O que, é claro, significa que, se elas tiverem a mais leve suspeita de que algo está errado com seu animal, exigem um exame completo. E isso quer dizer que o trazem até a clínica pelo menos uma vez por semana, e às vezes mais. Quase nunca há algo de errado, mas eu e meu pai temos um sistema para lidar com isso.

— O que vocês fazem?

— Colocamos uma etiqueta amarela no interior da aba do envelope do prontuário do animal. Assim, se a "senhora preocupada" traz o Totó ou Bichano, nós vemos a etiqueta, fazemos um exame rápido, e lhe dizemos que gostaríamos de ver o animal novamente dentro de uma semana, só para ter certeza de que não há nada de errado. Como eles vão trazer seus animais de qualquer maneira, isso faz com que entrem e saiam da clínica rapidamente. E todos ficam felizes. Nós somos os veterinários que se importam com os bichos, seus donos ficam satisfeitos por eles estarem bem, mas eles tinham razão em se preocupar, pois nós vamos querer examinar os bichos novamente.

— Eu fico imaginando como os médicos da minha clínica reagiriam se eu começasse a colocar etiquetas amarelas em alguns prontuários.

— A situação é tão ruim assim?

— Às vezes. Toda vez que sai uma nova edição da *Seleções do Reader's Digest*, ou quando há alguma notícia na mídia identificando uma doença rara com sintomas específicos, a sala de espera fica cheia de crianças que, naturalmente, apresentam todos aqueles sintomas.

— Acho que eu agiria da mesma forma em relação a meus filhos.

Ela negou com a cabeça. — Duvido. Você me parece mais o tipo de pessoa que vai andar ou dormir até os sintomas desaparecerem. E, como pai, eu não acho que você seria tão diferente.

— Talvez você esteja certa — ele admitiu.

— Oh, eu estou certa.

— Porque você me conhece?

— Ei — disse ela. — Você e sua irmã começaram com isso.

Durante a meia hora seguinte, eles ficaram sentados lado a lado, conversando de um jeito que parecia ser muito familiar. Eles conversaram mais sobre a mãe e o pai de Gabby e suas personalidades opostas; ela lhe contou um pouco sobre suas irmãs e como foi crescer com tanta pressão para se conformar com as regras impostas. Falou sobre a faculdade e a escola específica para assistentes médicos, e dividiu algumas das suas memórias das noites que havia passado em Beaufort antes de se mudar definitivamente para a cidade. Ela mencionou Kevin brevemente, o que a surpreendeu. Mesmo sendo uma parte importante da sua vida atualmente, a situação nem sempre foi assim. De algum modo, conversar com Travis a fazia se lembrar que havia se tornado a mulher que era muito antes de conhecer Kevin.

Quando o longo diálogo começou a se aproximar do fim, ela percebeu que estava confessando sua frustração ocasional com o trabalho, e que as palavras às vezes saíam de sua boca de um modo que não era exatamente o que ela pretendia que fosse. Embora não houvesse mencionado o Dr. Melton, ela contou histórias de alguns dos pais que conheceu durante seu tempo na clínica. Não citou nomes, mas ocasionalmente Travis sorria de uma maneira que sugeria que ele sabia exatamente de quem ela estava falando.

Ao lado da churrasqueira e da mesa dobrável, Megan e Liz já haviam guardado a maior parte da comida de volta nas caixas térmicas. Laird e Allison haviam saído para caminhar. Matt, por outro lado, havia deixado as crianças enterrar metade do seu corpo na areia. E elas não tinham coordenação motora suficiente para impedir que a areia que estavam jogando sobre Matt lhe invadisse os olhos, o nariz, a boca e os ouvidos.

Naquele instante, um *frisbee* aterrisou perto dos pés de Gabby, e ela percebeu Joe se aproximando.

— Acho que é hora de irmos resgatar Matt — disse ele, enquanto andava em direção a eles. Ele apontou para o *frisbee*. — Querem jogar?

— Está dizendo que eles precisam de diversão?

Joe sorriu. — Acho que não temos escolha.

Travis olhou para ela. — Você se importa?

— Não, vá em frente.

— Preciso avisá-la de que a situação não vai ser nada agradável. — Ele se levantou e gritou na direção das crianças. — Ei, garotos! Estão prontos para ver o campeão mundial de *frisbee* em ação?

— Eeeeee!!! — disseram as crianças, em coro. Elas largaram suas pás de areia e correram em direção à água.

— Preciso ir — disse Travis. — Minha plateia aguarda.

Enquanto ele corria em direção ao lugar onde o mar molhava a areia, Gabby percebeu que estava seguindo os movimentos dele com os olhos e sentindo algo que era vagamente parecido com afeição.

Passar o tempo com Travis não era como ela imaginava que fosse ser. Não havia fingimento, poucas tentativas de impressionar, e ele parecia ter uma noção intuitiva sobre quando deveria ficar em silêncio ou quando deveria responder. Era aquela sensação de envolvimento que a levou a embarcar em um relacionamento com Kevin. Não era somente a atração física que ela sentiu nas noites que passaram juntos; mais do que isso, ela ansiava pelo conforto que vivenciou durante aqueles momentos tranquilos que eles passaram conversando ou quando ele pegava suavemente em sua mão quando eles caminhavam por um estacionamento a caminho de um restaurante. Naqueles momentos era fácil pensar que ele era a pessoa que ela gostaria de ter ao seu lado pelo resto da vida; momentos que ultimamente pareciam ser cada vez mais raros.

Gabby refletiu sobre isso enquanto observava Travis mergulhar para pegar o *frisbee*. Ele deixou que o *frisbee* lhe atingisse no peito e pousou na água, fazendo uma grande onda. As crianças riram, encantadas, como se fosse a coisa mais engraçada que já haviam visto. Quando eles gritaram "Faz de novo, tio Travis!", ele se levantou com um pulo, com os mesmos movimentos exagerados. Deu três passos longos e lentos, e lançou o *frisbee* de volta para Joe. Com uma expressão de quem estava jogando um esporte sério, ele se agachou como um jogador de beisebol, preparando-se para receber o próximo lançamento. Piscando o olho para as crianças, prometeu: — Da próxima vez, nem vou me molhar! — e aquele comentário foi seguido por mais um salto fracassado em busca do *frisbee*, que arrancou ainda mais risadas das crianças. Ele realmente parecia gostar de se apresentar para as crianças, o que apenas fazia aumentar a sensação de carinho que Gabby sentia em relação a ele. Ela ainda estava tentando entender o que sentia por Travis quando ele finalmente emergiu do oceano e veio andando em sua direção, agitando a água dos cabelos. Um momento depois, ele se sentou na areia ao lado dela e, quando eles acidentalmente tocaram um no outro, Gabby visualizou, por um breve momento, que os dois estariam sentados lado a lado, como agora, em mais de 100 fins de semanas diferentes no futuro.

Capítulo 11

O resto da tarde pareceu ser uma repetição dos eventos da manhã em ordem inversa. Eles passaram mais uma hora na praia antes de recarregar o barco; no caminho de volta, cada casal voou mais uma vez no parapente, embora Gabby tenha voado com Stephanie em seu segundo passeio. No final da tarde, o barco estava navegando pelo canal, e Travis parou para comprar camarões de um pescador local que ele obviamente conhecia bem. Quando finalmente atracaram no cais próximo à casa de Travis, as três crianças já estavam dormindo profundamente. Os adultos estavam despenteados e contentes, e seus rostos estavam bronzeados pelas horas que haviam passado ao sol.

Quando o barco estava descarregado, os casais partiram um a um, até restarem apenas Gabby, Stephanie e Travis. Travis estava no ancoradouro com Moby; ele já havia estendido o parapente para que pudesse secar e lavava o barco com uma mangueira de jardim.

Stephanie espreguiçou-se, esticando os braços acima da cabeça. — Acho que vou colocar o pé na estrada também. Tenho um jantar com meus pais esta noite. Eles ficam magoados se eu venho para Beaufort e não passo tempo suficiente com eles. Você sabe como é. Vou lá me despedir de Travis.

Gabby assentiu, observando letargicamente enquanto Stephanie se curvava por cima do corrimão do deque.

— Ei, Travis — gritou ela. — Estou indo embora. Obrigada por tudo!

— Obrigado por ter vindo — gritou ele, com um aceno.

— Acho que seria melhor acender a churrasqueira de novo. Gabby me disse que está morrendo de fome!

A letargia de Gabby desapareceu imediatamente, mas, antes que ela pudesse dizer qualquer coisa, viu Travis fazer um sinal afirmativo com o polegar.

— Chego aí em 1 minuto para acender a churrasqueira — disse ele. — Deixe só eu acabar com a limpeza aqui.

Stephanie passou rapidamente por Gabby, obviamente contente com sua engenharia social.

— Por que você disse aquilo? — sibilou Gabby.

— Porque eu vou para a casa dos meus pais e não quero que meu pobre irmão tenha de passar o resto da noite sozinho. Ele gosta de ter pessoas por perto.

— Bem, e se eu quiser ir para casa?

— É só dizer que você mudou de ideia quando ele chegar aqui. Ele não vai se importar. Tudo que fiz foi ganhar tempo para que você pensasse no caso, pois garanto que ele iria lhe perguntar, de qualquer jeito. E depois, se você dissesse não, ele perguntaria mais uma vez. — Ela colocou sua bolsa por cima do ombro. — Foi muito bom conhecê-la. Fico feliz pelo fato de a oportunidade ter surgido. Você costuma ir até a região de Raleigh?

— Às vezes — disse Gabby, ainda impressionada com o que havia acabado de acontecer, e sem saber se devia se sentir alegre ou furiosa com Stephanie.

— Que bom. Podemos almoçar um dia desses. Eu a convidaria para um *brunch* amanhã, mas realmente preciso ficar com meus pais. — Ela tirou os óculos de sol e os limpou em sua camiseta. — Vou vê-la de novo?

— Claro — afirmou Gabby.

Stephanie foi até a porta do terraço, abriu-a e depois sumiu por dentro da casa, cortando caminho até chegar à porta da frente. Naquele momento, Travis já havia se afastado da doca e Moby vinha trotando alegremente ao seu lado. Pela primeira vez no dia, ele havia vestido uma camisa de mangas curtas, mas a havia deixado desabotoada.

— Me dê um segundo para acender as brasas. Que tal uns espetinhos de camarão?

Ela debateu durante um instante antes de perceber que era aquilo ou ir para casa jantar comida congelada aquecida no micro-ondas e assitir a algum programa entediante na televisão, e não conseguia evitar a lembrança do que sentiu enquanto observava Travis brincando na praia com as crianças.

— Me dê alguns minutos para trocar de roupa, pode ser?

Enquanto Travis cuidava da churrasqueira, Gabby foi ver como Molly estava, e viu que a cadela estava dormindo profundamente ao lado dos filhotes.

Ela tomou uma chuveirada rápida antes de vestir uma saia leve de algodão e uma blusa. Depois de secar os cabelos, ela debateu consigo mesma se devia aplicar sua maquiagem, e decidiu que usaria apenas um pouco de delineador ao redor dos olhos. O sol havia deixado seu rosto com um pouco de cor, e, quando ela se afastou do espelho, percebeu que fazia alguns anos que havia jantado com um homem que não fosse Kevin.

Seria possível argumentar que aquilo era simplesmente uma continuação do dia, ou que Stephanie a havia forçado a aceitar aquele jantar, mas sabia que nada daquilo era totalmente verdadeiro.

Ainda assim, seria sua decisão de jantar com Travis algo de que ela devia se sentir culpada, ou até mesmo esconder de Kevin? Seu primeiro impulso foi insistir consigo mesma que ela não teria motivo para não contar a Kevin. O dia havia sido inofensivo — tecnicamente, ela havia passado mais tempo com Stephanie do que com Travis. Então, qual era o problema?

"Você vai jantar sozinha esta noite", é claro, soou uma voz distante no fundo da sua cabeça.

Mas será que aquilo era realmente um problema? Stephanie estava certa — estava com fome novamente, e seu vizinho tinha comida. Uma necessidade humana básica. Não iria dormir com ele. Não tinha nem mesmo a intenção de beijá-lo. Eles eram amigos, e isso era tudo. E, se Kevin estivesse ali, tinha certeza de que Travis iria convidá-lo também.

"Mas ele não está aqui", insistiu aquela voz. "Você vai contar a Kevin sobre seu pequeno jantar a dois?"

"Com certeza. Com certeza eu vou contar a ele", murmurou ela, tentando silenciar aquela voz. Havia vezes em que ela absolutamente detestava aquela voz. Pois a voz se parecia com a da sua mãe.

Decidida, ela se olhou no espelho uma última vez e, contente com o que viu, saiu pela porta da varanda e caminhou sobre a grama.

Quando Gabby passou por entre a cerca viva e apareceu no gramado de Travis, ele notou os movimentos dela com o canto do olho e percebeu que estava olhando fixamente enquanto ela se aproximava. Quando ela subiu ao deque, ele sentiu uma estranha mudança na atmosfera, que o pegou um pouco desprevenido.

— Oi — disse ela, simplesmente. — Quanto tempo até o jantar ser servido?

— Alguns minutos — respondeu ele. — Você chegou bem na hora.

Ela olhou para os espetos de camarão com pimentões coloridos e cebolas. Sentiu seu estômago roncar apenas com o cheiro e a visão daquilo tudo. — Uau — disse ela, esperando que ele não conseguisse ouvi-la. — Parece estar ótimo.

— Quer beber alguma coisa? — ele apontou para o outro lado do deque. — Acho que ainda tem cerveja e refrigerantes na caixa térmica.

Enquanto ela andava pelo deque, Travis tentou ignorar o balanço suave dos quadris de Gabby, perguntando-se que diabos havia dado nele. Ele a observou enquanto ela abriu a tampa, remexeu o conteúdo da caixa térmica e retirou duas cervejas. Quando ela voltou para lhe entregar uma, ele sentiu os dedos dela tocarem os seus. Ele tirou a tampa da garrafa e tomou um longo gole, olhando para ela por cima da garrafa. Em silêncio, ela olhava em direção à água. O sol pairando por cima do horizonte arborizado ainda brilhava, mas seu calor havia diminuído e as sombras estavam gradualmente ficando maiores por cima do gramado.

— Foi por isso que comprei a minha casa — disse ela, finalmente. — Para poder ver paisagens como esta.

— É lindo, não é mesmo? — ele percebeu que estava com os olhos grudados nela e afastou as implicações subconscientes daquele ato. Limpou a garganta. — E como está Molly?

— Parece estar bem. Estava dormindo quando eu fui dar uma olhada nela.

Ela olhou em volta. — E onde está Moby?

— Acho que foi para a frente da casa. Ele ficou chateado comigo quando percebeu que eu não ia lhe dar alguns pedaços.

— Ele come camarão?

— Ele come de tudo.

— Bem típico — disse ela, piscando o olho. — Tem algo que eu possa fazer para ajudar?

— Acho que não. A menos que você queira pegar alguns pratos na cozinha.

— Deixe comigo — disse ela, concordando. — Onde você os guarda exatamente?

— No armário à esquerda da pia. Ah, traga o abacaxi também. Está em cima do balcão. E a faca. Deve estar por perto.

— Volto em um minuto.

— Se importa de trazer também alguns talheres? Estão na gaveta perto da lavadora de louças.

Quando ela se virou para entrar na casa, Travis percebeu que a estava estudando. Havia definitivamente alguma coisa em Gabby que o interessava. Não era simplesmente o fato de ser atraente; havia mulheres bonitas por toda parte. Mas havia algo na inteligência franca e no humor natural que sugeriam um discernimento firme entre o que é certo e o que é errado. Beleza e bom senso eram uma combinação rara, e mesmo assim ele duvidava que ela soubesse que possuía aquele dom.

Quando ela apareceu na porta da cozinha, os espetos estavam prontos. Ele colocou dois em cada prato, junto com algumas fatias de abacaxi, e eles se sentaram à mesa. Mais adiante, o riacho de águas lentas refletia o céu como um espelho, e a tranquilidade só foi perturbada por uma revoada de estorninhos que passou por cima deles.

— Isto está uma delícia — comentou ela.

— Obrigado.

Ela tomou um gole de cerveja e apontou para o barco. — Você vai sair para navegar amanhã novamente?

— Acho que não. Amanhã, provavelmente, eu vou sair para dar umas voltas.

— Vai andar a cavalo?

Ele balançou a cabeça. — Não, vou com a minha moto. Quando estava na faculdade, comprei uma Honda Shadow 1983, que já estava bem maltratada, com o objetivo de restaurá-la e vendê-la para ganhar algum dinheiro rápido. Digamos que a coisa não foi tão rápida, e duvido que algum dia ganharei algum dinheiro com ela. Mas posso dizer que fiz todo o trabalho sozinho.

— Deve ser reconfortante.

— Inútil talvez seja uma palavra melhor. Não é uma coisa muito prática, pois ela tem uma tendência a quebrar no meio do caminho, e é quase impossível achar peças originais. Mas esse é o preço que se paga quando queremos ter um clássico.

A cerveja estava descendo com facilidade, e ela tomou outro gole.

— Nem imaginava que fosse assim. Eu nem sei trocar o óleo do meu carro.

— Já andou de moto?

— Não. É perigoso demais.

— O perigo depende mais do piloto e das condições da estrada do que da motocicleta.

— Mas a sua sempre quebra.

— É verdade. Mas eu gosto de viver no limite.

— Percebi que a sua personalidade é assim.

— E isso é bom ou ruim?

— Nem um, nem outro. Mas, definitivamente, é imprevisível. Especialmente quando tento associar isso ao fato de que você é veterinário. Parece ser uma profissão bem estável. Quando penso em veterinários, automaticamente penso em homens de família completos, com uma esposa que usa avental e que leva os filhos ao ortodontista.

— Em outras palavras, bem entediante. Como se a coisa mais emocionante que eu pudesse fazer fosse sair para jogar golfe.

Ela pensou em Kevin. — Existem coisas piores.

— Para que você saiba, eu sou um homem de família — afirmou Travis. — Exceto pela parte da família.

— É meio que um pré-requisito, você não acha?

— Acho que ser um homem de família é algo mais próximo de ter uma visão de mundo adequada, em vez da condição real de ter uma família.

— Boa tentativa — ela apertou os olhos ao olhar para ele, sentindo os efeitos da cerveja. — Não sei se consigo imaginá-lo casado. De algum modo, parece não combinar com você. Você me parece mais o tipo solteirão eterno, que sai com várias mulheres.

— Você não é a primeira pessoa que diz isso. Inclusive, se eu não tivesse visto você na praia, diria que você passou muito tempo escutando o que meus amigos diziam hoje.

— Eles falam coisas muito boas a seu respeito.

— É por isso que eu os levo para passear de barco.

— E Stephanie?

— Ela é um enigma. Mas também é minha irmã. Então, o que é que eu posso fazer? Como eu disse, sou ligado à família.

— Por que é que estou com a sensação de que você está tentando me impressionar?

— Talvez eu esteja. Me fale sobre o seu namorado. Ele também é um cara ligado à família?

— Não é da sua conta — disse ela.

— Certo, então não me conte a respeito dele. Me fale sobre como foi crescer em Savannah.

— Eu já lhe falei sobre a minha família. O que mais você quer que eu lhe diga?

— Me diga qualquer coisa.

Ela hesitou. — Era quente no verão. Bem quente. E úmido também.

— Você é sempre assim, tão vaga?

— Eu acho que um pouco de mistério deixa as coisas mais interessantes.

— Seu namorado também acha isso?

— Meu namorado me conhece.

— Ele é alto?

— Que importância isso tem?

— Nenhuma. Estou só tentando puxar assunto.

— Então vamos falar sobre outra coisa.

— Tudo bem. Você já surfou alguma vez?

— Não.

— Já mergulhou?

— Não.

— Que pena.

— Por quê? Porque eu não sei o que estou perdendo?

— Não — respondeu ele. — Porque, agora que meus amigos estão casados e têm filhos, preciso encontrar alguém que queira fazer essas coisas regularmente.

— Até onde percebi, você parece encontrar maneiras de se divertir sozinho. Você sai para praticar *wakeboarding* ou para andar de *jet ski* assim que sai do trabalho.

— A vida tem mais do que apenas esses dois esportes. Pense no parapente, por exemplo.

Os dois riram juntos, e ela percebeu que gostava do som da risada dele.

— Tenho uma pergunta sobre a faculdade de veterinária — disse ela, tentando mudar de assunto, mas sem se importar tanto com o rumo que a conversa deles estava tomando. Era bom poder simplesmente relaxar, desfrutar da agradável companhia de Travis. Aquilo fazia com que ela se sentisse bem à vontade. — Eu sei que é uma pergunta boba, mas sempre imaginei o quanto de anatomia você precisa estudar. Por exemplo, quantos tipos diferentes de animais?

— Só os principais — disse ele. — Vacas, cavalos, porcos, cães, gatos e galinhas.

— E você tem de saber praticamente tudo a respeito deles?

— Em relação à anatomia, sim.

Ela pensou naquela resposta. — Nossa. Achei que estudar pessoas fosse difícil o bastante.

— Sim, mas lembre-se, a maioria das pessoas não vai me processar se a galinha deles morrer. Sua responsabilidade é muito maior, especialmente por cuidar de crianças. — Ele parou por um momento. — E aposto que você é ótima com eles.

— Por que você diz isso?

— Você tem uma aura de gentileza e paciência.

— Ah, certo, claro que tenho. Acho que você tomou muito sol na cabeça hoje.

— Provavelmente — disse ele. Ele apontou para a garrafa que ela tinha nas mãos ao se levantar. — Quer mais uma?

Ela nem havia percebido que tinha bebido toda a sua cerveja. — É melhor não.

— Prometo não contar a ninguém.

— Não é isso. Eu não quero lhe dar a impressão errada a meu respeito.

— Duvido que isso seja possível.

— Acho que meu namorado não vai gostar.

— Como ele não está aqui, não há problemas, não é? Além disso, estamos começando a nos conhecer. Que mal há nisso?

— Tudo bem — disse ela, com um suspiro. — Mas esta é a última.

Ele trouxe duas garrafas e as abriu. Assim que ela tomou um gole e sentiu a ação do álcool em seu corpo, ouviu a voz dentro de sua cabeça sussurrar: “Você não deveria estar fazendo isso”.

— Acho que você iria gostar dele — disse ela, tentando restabelecer alguns limites. — Ele é um cara muito legal.

— Tenho certeza de que é.

— E, sim, em relação à pergunta que você fez, ele é alto.

— Achei que você não quisesse falar sobre ele.

— Não quero. Só quero que você saiba que eu o amo.

— O amor é uma coisa maravilhosa. Faz a vida valer a pena. Eu amo amar.

— Você fala como se tivesse bastante experiência. Mas mantenha em mente que o verdadeiro amor dura para sempre.

— Os poetas diriam que o verdadeiro amor sempre acaba em tragédia.

— E você é poeta?

— Não. Estou só lhe contando o que eles disseram. Não estou dizendo que concordo com eles. Como você, prefiro finais felizes românticos. Meus pais são casados há um bom tempo, e é isso que quero para mim no futuro, também.

Gabby não conseguiu evitar o pensamento de que ele era muito bom nesse tipo de conversa com nuances de flerte, e ela fez questão de se lembrar que aquilo era assim porque ele tinha bastante prática. Ainda assim, ela tinha de admitir que havia algo lisonjeiro na atenção que ele lhe dava, mesmo sabendo que Kevin não gostaria nada daquilo.

— Você sabia que eu quase comprei a sua casa?

Ela balançou a cabeça, surpresa.

— Ela foi posta à venda na mesma época que esta aqui. Eu achei que a divisão dos cômodos da sua casa era melhor do que a da minha, mas esta já tinha o deque, a garagem para o barco e o elevador. Foi uma escolha difícil.

— E agora você tem uma banheira de hidromassagem no deque também.

— Você gosta disso? — disse ele, levantando uma sobrancelha. — Podemos entrar nela mais tarde, depois que o sol se puser.

— Deixei meu biquíni em casa.

— Trajes de banho são totalmente opcionais, claro.

Ela revirou os olhos, forçando-se a ignorar o calafrio que havia percorrido seu corpo. — Acho que não são, não.

Ele se espreguiçou, parecendo satisfeito consigo mesmo. — Que tal apenas molharmos os pés então?

— Acho que dou conta de fazer isso.

— É um começo.

— E também um fim.

— É claro.

Na outra margem do rio, o sol poente estava mudando o azul do céu para uma paleta de cores douradas que se estendia até o horizonte. Travis puxou outra cadeira para perto de si e colocou seus pés sobre ela. Gabby olhou por sobre a água, com uma sensação de bem-estar que ela não se lembrava de sentir há muito tempo.

— Me fale sobre a África — sugeriu ela. — É tão diferente quanto parece?

— Para mim, foi bem diferente — disse ele. — Eu não parava de pensar em voltar para lá. Como se algo nos meus genes reconhecesse aquele lugar como um lar, mesmo que ali haja tão pouca coisa que me lembre do mundo de onde eu vim.

— Você viu algum leão ou elefante?

— Um monte.

— Foi uma experiência surpreendente?

— Algo que nunca vou esquecer.

Ela ficou em silêncio por um momento. — Estou com inveja.

— Então viaje para lá. E, se você for mesmo, não se esqueça de visitar as cachoeiras de Victoria Falls. É o lugar mais maravilhoso que já vi. O arco-íris, a névoa, o rugido incrível das águas... é como se você estivesse na beirada do mundo.

Ela sorriu, pensando naquilo. — Quanto tempo você ficou lá?

— Em qual das viagens?

— Quantas vezes você esteve lá?

— Três.

Ela tentou se imaginar vivendo uma vida tão livre, mas não conseguiu. — Me fale sobre todas elas então.

Eles conversaram tranquilamente durante um longo tempo, e o crepúsculo deu lugar à escuridão. Suas descrições detalhadas das pessoas e lugares eram vívidas e palpáveis, fazendo com que Gabby se sentisse como se tivesse viajado com ele, e ela se perguntava quantas vezes, e com quantas outras mulheres ele havia dividido aquelas histórias. Em meio aos relatos, entretanto, ele se levantou da mesa e trouxe duas garrafas de água da cozinha, respeitando o comentário que ela havia feito anteriormente, e a apreciação que ela sentiu foi somada ao seu sentimento crescente de afeição por Travis. Embora soubesse que era errado, ela era incapaz de impedir aquilo.

Quando eles se levantaram para levar os pratos para dentro da casa, as estrelas já estavam brilhando no céu. Enquanto Travis lavava os pratos, Gabby examinava a sala de estar, pensando que não era tão desorganizada quanto ela esperava que fosse para a casa de um solteirão. A mobília era confortável e estilosa, com sofás de couro marrom, mesas de canto em madeira nobre e luminárias de latão. Embora a sala fosse limpa, não era de forma alguma uma limpeza obsessiva. Havia revistas empilhadas sobre a televisão, e ela percebeu que havia uma fina camada de poeira sobre o aparelho de som, que, de algum modo, parecia caber bem ali. Em vez de quadros artísticos enfeitando as paredes, havia pôsteres de cinema que refletiam o gosto eclético de Travis: *Casablanca* em uma das paredes, *Duro de Matar* em outra, bem ao lado de *Esqueceram de Mim.* Por trás dela, Gabby ouviu quando a torneira se fechou, e, um momento depois, Travis entrou na sala.

Ela sorriu. — Está pronta para molhar os pés na banheira?

— Desde que você não exagere no traje de banho.

Eles voltaram para o lado de fora da casa e foram até a banheira ao ar livre. Travis retirou a lona que a cobria e colocou-a de lado enquanto Gabby removia suas sandálias; um momento depois, eles estavam sentados lado a lado, com os pés balançando para a frente e para trás na água da banheira. Gabby olhou para cima, traçando imagens no céu.

— No que está pensando? — perguntou Travis.

— Nas estrelas — disse ela. — Eu comprei um livro sobre astronomia, e estou vendo se consigo me lembrar de alguma coisa.

— E consegue?

— Só as maiores constelações. As mais óbvias — ela apontou para a casa. — Na direção da chaminé, cerca de dois palmos para cima, está o cinturão de Órion. Betelgeuse está no ombro esquerdo de Órion, e Rigel é o nome do seu pé. Ele tem dois cães de caça. A estrela brilhante daquele lado é Sirius, e ela é uma parte da constelação do Cão Maior, e Procyon é uma parte da constelação do Cão Menor.

Travis avistou o cinturão de Órion e, embora tentasse seguir as instruções que ela lhe dava, não conseguia identificar as outras estrelas. — Acho que não consigo ver as outras duas.

— Eu também não. Mas eu sei que elas estão lá.

Ele apontou por cima do seu ombro. — Eu consigo ver a Ursa Maior, bem ali. Mas é a única constelação que eu consigo identificar.

— Você sabia que a figura do urso está associada a essa constelação desde a era glacial?

— Não sabia.

— Eu adoro os nomes das constelações, mesmo que não consiga identificar todas elas ainda. Os Cães de Caça, a Cabeleira de Berenice, as Plêiades, Áquila, Cassiopeia… são nomes que parecem música aos meus ouvidos.

— Imagino que seja um de seus novos *hobbies*.

— É mais como uma boa intenção escondida nos detritos da vida diária. Mas, por alguns dias, eu fiquei realmente interessada no assunto.

Ele riu. — Pelo menos você é honesta a respeito.

— Eu conheço minhas limitações. Mesmo assim, gostaria de saber mais. Quando eu estava na sétima série, tive um professor que adorava astronomia. Ele tinha uma maneira muito particular de falar sobre as estrelas e fazia com que você se lembrasse delas para sempre.

— O que ele dizia?

— Que olhar para as estrelas era como olhar para o passado, pois algumas estrelas estão tão longe que sua luz demora milhões de anos apenas para chegar até nós. Que nós vemos estrelas não como elas são agora, mas como elas eram quando os dinossauros andavam pelo planeta. Todo aquele conceito me pareceu... espantoso, de algum modo.

— Ele parece ser um excelente professor.

— Ele era. E nós aprendemos muito, embora eu já tenha esquecido a maior parte, como você pode ver. Mas a sensação de admiração ainda está lá. Quando olho para o céu, sei que alguém estava fazendo exatamente a mesma coisa há milhares de anos.

Travis a observou, encantado com o som da voz dela em meio à escuridão.

— E o que é mais estranho — continuou ela — é que, mesmo sabendo muito mais a respeito do Universo, as pessoas comuns hoje sabem menos sobre o céu do que os nossos ancestrais, mesmo sem telescópios ou matemática, ou mesmo sem saber que o mundo era redondo, eles usavam as estrelas para se orientar, examinavam o céu em busca de constelações específicas para saber quando deviam semear seus campos, usavam as estrelas quando erguiam suas estruturas, aprenderam a prever eclipses... tudo isso me faz imaginar como era possível viver de maneira tão fiel, apenas seguindo as estrelas.

Perdida em pensamentos, ela ficou em silêncio por um longo momento. — Desculpe. Provavelmente estou lhe chateando com essa conversa.

— De modo algum. Na verdade, nunca mais vou pensar nas estrelas da mesma forma novamente.

— Você está zombando de mim.

— Não estou, absolutamente — disse ele, sério.

Ela sentiu que o olhar dele prendia sua atenção. Teve a súbita sensação de que ele estava a ponto de beijá-la, e ela rapidamente virou o rosto. Naquele momento, ela conseguia ouvir os sapos coaxando na grama molhada e os grilos cantando nas árvores. A lua havia alcançado o seu ápice, lançando um brilho prateado ao redor deles. Gabby moveu seus pés nervosamente na água, sabendo que deveria ir embora.

— Acho que meus pés estão ficando enrugados com a água — disse ela.

— Quer que eu vá pegar uma toalha?

— Não, está tudo bem. Mas é hora de eu ir embora. Está ficando tarde.

Ele se levantou e estendeu a mão para ela. Quando ela segurou na mão de Travis, sentiu o calor e a força dele. — Eu a levo até sua casa.

— Eu sei o caminho de volta.

— Pelo menos até a cerca viva, então.

Próximo à mesa, ela pegou suas sandálias e viu que Moby estava vindo em direção a eles. Ele trotou até onde eles estavam assim que eles pisaram na grama, com a língua balançando alegremente para fora da boca. Moby andou ao redor deles antes de sair em disparada em direção à água, como se quisesse se certificar de que não havia nada escondido ali. Ele parou com as patas dianteiras batendo na lama, e depois correu em outra direção.

— Moby tem um entusiasmo e curiosidade imensos — observou Travis.

— Assim como você.

— Mais ou menos. Tirando o fato de eu não rolar por cima de restos de peixe.

Ela sorriu. A grama estava macia por baixo de seus pés, e eles chegaram à cerca viva alguns momentos depois. — Eu me diverti muito hoje — disse ela.

— Eu também. E obrigado pela aula de astronomia.

— Vou fazer melhor da próxima vez. Vou impressionar você com meu conhecimento de proporções astronômicas.

Ele riu. — Boa piada. Você pensou nisso agora?

— Não, esta era uma das piadas do meu professor. É o que ele dizia quando a aula estava terminando.

Travis remexeu seus pés e depois voltou a olhar para Gabby. — O que você vai fazer amanhã?

— Nada de especial. Sei que preciso ir ao supermercado. Por quê?

— Quer dar uma volta comigo?

— Na sua moto?

— Quero lhe mostrar uma coisa. E vai ser divertido, garanto. Inclusive, vou fazer o almoço.

Ela hesitou. Era uma pergunta simples, e ela sabia qual devia ser a resposta, especialmente se ela quisesse evitar que sua vida se complicasse. "Acho que não é uma boa ideia", era tudo o que ela tinha a dizer, e aquilo estaria acabado.

Ela pensou em Kevin e na culpa que ela havia sentido alguns minutos antes em relação à escolha que ela havia feito quando se mudou para cá. Mesmo assim, apesar de todas essas coisas, ou até mesmo por causa delas, percebeu que estava começando a sorrir.

— Claro — disse ela. — Que horas?

Se ele pareceu surpreso com a resposta dela, não demonstrou.

— Que tal por volta das 11? Eu deixarei que você durma até mais tarde.

Ela levou uma das mãos até o seu cabelo. — Bem, obrigada novamente…

— De nada. Até amanhã.

Por um instante, ela pensou que iria simplesmente se virar e sair. Mas novamente os seus olhos se encontraram e ficaram fixos em Travis por um pouco mais de tempo, e, antes que ela se desse conta do que estava acontecendo, sentiu Travis colocar uma mão no seu quadril e puxá-la. Ele a beijou, seus lábios nem muito suaves nem muito agressivos contra os dela. Levou um instante para que o cérebro de Gabby registrasse o que estava acontecendo, e ela o empurrou.

— O que você está fazendo? — disse ela, tentando recobrar o fôlego.

— Não consegui evitar. — Ele deu de ombros, sem parecer que iria se desculpar por aquilo. — Simplesmente me pareceu a coisa certa a fazer.

— Você sabe que eu tenho namorado — ela repetiu, sabendo que, no fundo, não havia se importado em ser beijada, e se odiando por aquilo.

— Desculpe-me se eu fiz você se sentir mal — disse ele.

— Tudo bem — disse ela, com as mãos para cima, mantendo-o à distância. — Esqueça isso. Mas não vai acontecer de novo, entendeu?

— Certo.

— Certo — ela repetiu, subitamente querendo ir para casa. Não devia ter se deixado levar por aquilo. Ela sabia o que iria acontecer, havia até mesmo advertido a si mesma, e tinha razão sobre tudo aquilo.

Ela se virou e começou a atravessar a cerca viva, com a respiração rápida. Ele a havia beijado! Ela ainda não conseguia acreditar. Embora quisesse marchar diretamente para a sua porta, certificando-se de que ele percebia o quanto ela havia sido firme sobre não querer que aquilo voltasse a acontecer, ela deu uma olhada por cima do seu ombro e ficou mortificada ao perceber que ele a viu fazendo aquilo. Ele levantou uma das mãos em um aceno tranquilo.

— Vejo você amanhã — disse ele.

Ela não se incomodou em dar uma resposta, pois não havia realmente nenhum motivo para fazer aquilo. Pensar sobre o que poderia acontecer no dia seguinte a deixou com uma sensação de pavor. Por que ele tinha de arruinar as coisas? Por que eles não poderiam apenas ser vizinhos e amigos? Por que as coisas haviam terminado assim?

Ela fechou a porta por trás de si e foi até o quarto, fazendo o melhor que podia para alimentar a raiva que ela achava que aquela situação merecia. Deveria ter funcionado, não fosse por suas pernas bambas, o coração acelerado e a percepção constante de que Travis Parker a achava desejável o bastante para querer beijá-la.

Capítulo 12

Depois que Gabby foi embora, Travis esvaziou a caixa térmica. Querendo ficar um pouco com Moby, ele pegou a bola de tênis, mas, mesmo enquanto os dois se entretinham com o familiar jogo de buscar a bolinha, seus pensamentos continuavam girando em torno de Gabby. Mesmo com Moby correndo pelo quintal, não conseguia afastar a lembrança de como os olhos de Gabby pareciam se apertar quando ela sorria ou a admiração em sua voz enquanto ela citava os nomes das estrelas e constelações. Ele ainda se perguntava sobre o relacionamento que ela tinha com o namorado. Curiosamente, ela não havia dito muita coisa a respeito dele — quaisquer que fossem suas razões, Travis tinha a sensação de que aquela era uma maneira eficiente de mantê-lo em dúvida.

Não havia como negar que ele estava interessado nela. Era algo estranho, entretanto. Se pudesse tomar seu histórico como referência, ela realmente não fazia o seu tipo. Ela não parecia ser uma mulher particularmente delicada ou sensível, como uma flor de estufa — exatamente o tipo de mulher que ele costumava atrair às pencas. Quando ele a provocava, ela lhe devolvia a provocação; quando forçava os limites, ela não demorava a colocá-lo de volta em seu lugar. Gostava da natureza espirituosa que ela tinha, seu autocontrole e sua autoconfiança, e ele especialmente gostava do fato de que ela parecia não ter consciência de que tinha essas qualidades. Todo aquele dia lhe pareceu ser uma dança tentadora, na qual cada um deles havia se alternado no papel de condutor, um empurrando, o outro puxando, e vice-versa. Ele imaginava se uma dança como aquela poderia durar para sempre.

Aquilo havia sido a ruína de seus relacionamentos anteriores. Até mesmo nos estágios iniciais, tudo sempre havia sido unilateral. Geralmente, era ele quem fazia a maioria das decisões sobre o que fazer, onde comer, em qual casa ficar ou a qual filme assistir. Essa parte não o incomodava; o que o incomodava era que, com o passar do tempo, essa unilateralidade começava a definir tudo o que havia no relacionamento, o que inevitavelmente fazia com que ele se sentisse como se estivesse namorando com uma funcionária em vez de uma parceira. Francamente, aquilo o deixava enfastiado.

Era estranho. Ele nunca havia pensado muito sobre seus relacionamentos anteriores daquela maneira. Geralmente nem pensava sobre eles. De algum modo, passar o dia com Gabby o fez pensar no que ele estava perdendo. Relembrou das conversas que teve durante o dia e percebeu que queria mais daquelas conversas e queria mais dela. Não devia tê-la beijado. Travis sentiu uma explosão inconveniente de ansiedade — ele havia passado dos limites. Mas agora tudo o que ele podia fazer era esperar e ver, e esperar que ela não mudasse de ideia sobre o passeio do dia seguinte. O que ele podia fazer? Nada, percebeu. Absolutamente nada.

— Como foram as coisas? — perguntou Stephanie.

Sentindo-se um pouco desorientado na manhã seguinte, Travis mal conseguiu abrir os olhos. — Que horas são?

— Não sei, mas é cedo.

— Por que você está me ligando?

— Porque eu quero saber como foram as coisas com Gabby.

— O sol já nasceu, pelo menos?

— Não mude de assunto. Vamos, conte tudo.

— Você está sendo muito enxerida.

— Eu sou uma garota enxerida. Mas não se preocupe. Você já respondeu ao que eu queria saber.

— Eu não respondi nada.

— Exatamente. Presumo que vocês vão se ver hoje também.

Travis olhou para o telefone, imaginando como sua irmã sempre parecia saber de tudo.

— Steph…

— Diga a ela que eu mandei um "oi". Preciso ir agora. Obrigada por me manter informada.

Ela desligou o telefone antes que Travis tivesse tempo de responder.

O primeiro pensamento que Gabby teve ao acordar na manhã seguinte foi o de que gostava de pensar que era uma boa pessoa. Enquanto crescia, ela sempre havia tentado seguir as regras. Mantinha seu quarto limpo, estudava para as provas e fazia o melhor que podia para se comportar quando seus pais estivessem por perto.

Não foi o beijo da noite passada que a deixou em dúvida sobre sua integridade. Ela não teve nada a ver com aquilo — foi tudo culpa de Travis. E o dia havia sido inocente o bastante — ela ficaria perfeitamente contente ao contar tudo para Kevin. Não, a culpa que ela sentia tinha mais a ver com o fato de que ela havia retornado de livre e espontânea vontade para jantar com Travis. Sendo honesta consigo mesma, ela poderia ter adivinhado as intenções de Travis e se esquivado da situação. Especialmente no final. Onde ela estava com a cabeça?

Em relação a Kevin… falar com ele não havia ajudado a apagar aquela lembrança.

Ela havia ligado para ele na noite anterior, depois de voltar para casa. Enquanto o celular dele tocava, ela rezava para que ele não percebesse o tom de culpa em sua voz. Mas não havia com o que se preocupar, como ela logo percebeu, pois ele atendeu o telefone dentro de uma danceteria.

— Oi, querido — disse ela. — Eu só liguei para…

— Ei, Gabby! — disse ele, interrompendo-a. — A música está muito alta aqui, fale mais alto.

Ele gritou com tanta força que ela teve de segurar o telefone longe do ouvido. — Estou percebendo.

— O quê?

— Eu disse que estou percebendo que a música está alta! — ela gritou de volta. — Está se divertindo, então?

— Hein? Não consigo ouvir você! O que você disse?

Ao fundo, ela ouviu uma voz de mulher perguntando se ele queria outra vodca com tônica; a resposta de Kevin se perdeu em meio ao barulho.

— Onde você está?

— Não lembro o nome. Em alguma danceteria!

— Que tipo de danceteria?

— Um lugar onde o pessoal da convenção queria ir! Nada de mais!

— Fico feliz por você estar se divertindo.

— Fale mais alto!

Ela colocou uma mão em concha ao lado da boca. — Eu só queria conversar. Estou com saudades.

— Sim, estou com saudades também, mas voltarei para casa em alguns dias! Olhe, eu…

— Eu sei, eu sei, você precisa ir.

— Eu ligo amanhã, tudo bem?

— Claro.

— Te amo!

— Te amo também.

Gabby desligou o telefone, irritada. Ela só queria conversar com ele, mas já devia saber o que iria acontecer. Convenções conseguem transformar homens adultos em adolescentes — ela havia testemunhado aquilo em primeira mão em um congresso de medicina do qual ela havia participado em Birmingham, há alguns meses. Durante o dia, as palestras estavam lotadas com médicos sérios e profissionais; à noite, ela observava pela janela do seu quarto enquanto eles andavam em bandos, se embriagavam e faziam papel de idiotas. Não que isso fosse um problema. Ela não acreditava, nem por um momento, que Kevin havia se envolvido em alguma confusão ou feito alguma coisa de que pudesse se arrepender. Como beijar outra pessoa?

Ela jogou os lençóis para longe, realmente querendo ser capaz de parar de pensar naquilo. Ela não queria pensar no peso da mão de Travis em seu quadril quando ele a puxou para beijá-la, e ela definitivamente não queria pensar na sensação de ter os lábios dele tocando os seus ou na sensação de que uma corrente elétrica correu pelo seu corpo por causa daquilo. Ainda assim, enquanto ia para o chuveiro, alguma outra coisa a incomodava, algo que ela não conseguia identificar com clareza. Ligando a água, ela começou a pensar se, no breve instante em que tudo aconteceu, havia correspondido o beijo.

Sem conseguir voltar a dormir depois da ligação de Stephanie, Travis saiu para correr. Ao voltar, ele colocou sua prancha de surfe na traseira da caminhonete e dirigiu até a praia Bogue, do outro lado da ponte. Depois de parar o carro no estacionamento do Sheraton Hotel, ele pegou a prancha e foi até a água. Ele não estava sozinho; havia uma dúzia de outras pessoas que acordaram com a mesma ideia. Assim como Travis, a maioria não ficaria ali por muito tempo; as melhores ondas vinham no começo da manhã e diminuiriam de intensidade assim que a maré mudasse. Mas, ainda assim, era o jeito perfeito de começar o dia.

A água estava agitada — em mais um mês ela estaria quase perfeita, e ele nadou sobre as ondas, tentando acertar o ritmo. Ele não era um grande surfista — quando estava em Bali, estudou algumas das ondas-monstro e balançou a cabeça, sabendo que, se atrevesse a tentar surfá-las, provavelmente seria morto — mas ele era bom o bastante para conseguir se divertir.

Ele estava acostumado a ficar sozinho. Laird era o outro surfista em seu grupo de amigos, mas ele não saía para surfar com Travis há anos. Ashley e Melinda, duas ex-namoradas, haviam saído para surfar com ele algumas vezes no passado — mas nenhuma das duas parecia conseguir encontrá-lo quando surgia alguma oportunidade inesperada de pegar umas ondas e, normalmente, quando elas chegavam, ele já estava se preparando para ir embora, o que acabava com os planos para as manhãs. E, como sempre, havia sido ele quem sugerira a atividade em primeiro lugar.

Travis percebeu que estava um pouco decepcionado consigo mesmo por escolher sempre o mesmo tipo de mulher. Não era de se espantar que Allison e Megan gostassem tanto de pegar no seu pé. Devia ser como assistir à mesma peça de teatro com atores diferentes a cada encenação, e o final era sempre o mesmo. Deitado em sua prancha de surfe, observando as ondas se aproximarem, ele percebeu que a mesma coisa que fazia as mulheres parecerem atraentes à primeira vista — a necessidade de serem cuidadas — era o que inevitavelmente assinalava o fim do relacionamento. Como era mesmo aquele ditado? Se você se divorciou uma vez, pode estar certo ao pensar que a sua ex era o problema. Se você se divorciou três vezes… bem, o problema definitivamente está em você. Com certeza, ele nunca havia se casado para poder se divorciar, mas a situação não era tão diferente.

O que o deixava admirado era que toda aquela reflexão havia sido causada por Gabby. Gabby, a mulher que o havia acusado erroneamente, aquela que consistentemente o evitava e que antagonizava com ele explicitamente, e que não se cansava de repetir que estava apaixonada por outra pessoa. Vai saber.

Por trás dele, uma onda pareceu promissora, e Travis começou a dar braçadas com força, manobrando sua prancha até ficar na melhor posição possível. Apesar da beleza daquele dia e dos prazeres do oceano, ele não conseguia escapar da verdade. O que realmente queria fazer era passar tanto tempo com Gabby quanto fosse possível.

— Bom dia — disse Kevin ao telefone, assim que Gabby estava se preparando para sair. Gabby apoiou o telefone entre o rosto e o ombro.

— Oi — respondeu ela. — Como está?

— Estou bem. Escute, eu queria lhe dizer que lamento pela ligação de ontem à noite. Eu queria ligar para você quando voltei ao meu quarto para me desculpar, mas já estava bem tarde.

— Não tem problema. Pela sua voz, me pareceu que você estava se divertindo.

— Não foi tão legal quanto você provavelmente está pensando que foi. A música estava muito alta e meus ouvidos ainda estão zumbindo. Nem sei por que concordei em sair com aqueles caras. Eu devia ter percebido que as coisas não iam acabar bem quando eles começaram a beber logo depois do jantar, mas alguém tinha de ficar de olho neles.

— E eu tenho certeza de que você foi um modelo de sobriedade.

— É claro que fui — disse ele. — Você sabe que eu não bebo muito. O que significa, é claro, que provavelmente vou ganhar fácil o torneio de golfe de hoje. Eles estarão com uma ressaca tão forte que nem vão conseguir acertar a bola.

— Com quem você saiu?

— Alguns corretores de Charlotte e Columbia. Pelo jeito como estavam agindo, parecia que não saíam de casa há anos.

— É possível.

— Sim, pois é… — ela ouviu alguns ruídos e presumiu que ele estivesse se vestindo. — E você? O que você fez de bom?

Ela hesitou. — Nada de mais.

— Eu queria que você pudesse estar aqui. As coisas seriam bem mais divertidas com você por perto.

— Você sabe que eu não consegui tirar folga do trabalho.

— Eu sei. Mas eu queria dizer isso assim mesmo. Vou tentar ligar mais tarde, tudo bem?

— Claro. Talvez eu saia para dar uma volta.

— Ah, e como está Molly?

— Ela está bem.

— Acho que vou querer um daqueles filhotes. Eles são muito fofos.

— Você só está dizendo isso para me alegrar.

— É o que faz a minha vida valer a pena. Ei, eu estava pensando em uma coisa. Talvez eu e você possamos passar alguns dias em Miami no outono. Um dos caras com quem saí ontem voltou recentemente de South Beach e ele disse que há ótimos campos de golfe por lá.

Ela pensou por um momento. — Você já pensou em viajar para a África?

— África?

— Sim. Simplesmente viajar por algum tempo, participar de um safári, ou ver as cachoeiras de Victoria Falls? Ou, se não a África, que tal algum lugar na Europa? Como a Grécia?

— Acho que nunca pensei no caso. Mas, mesmo que eu quisesse, acho que não ia conseguir me afastar da empresa por tanto tempo. Por que você pensou nesses lugares?

— Nenhum motivo em especial — disse ela.

Enquanto Gabby estava ao telefone, Travis veio até a varanda de Gabby e bateu à porta. Um momento depois, ela apareceu, com o telefone ainda ao ouvido. Apontando para o telefone, gesticulou para que ele entrasse. Ele entrou na sala de estar, esperando que ela desse alguma desculpa para a pessoa com quem estava conversando, mas, em vez disso, ela apontou para o sofá e desapareceu pela porta da cozinha, fechando a porta atrás de si.

Ele se sentou e esperou. E esperou. E esperou. Ele se sentiu ridículo, como se ela o estivesse tratando como uma criança. Ele podia ouvi-la conversando em voz baixa e não tinha a menor noção de com quem ela estava conversando, e chegou a considerar a hipótese de se levantar e sair pela porta da frente. Mesmo assim, continuou no sofá, perguntando-se por que ela exercia uma atração tão forte sobre ele.

Finalmente, abrindo a porta novamente, ela voltou para a sala de estar.

— Desculpe. Eu sei que estou um pouco atrasada, mas meu telefone não parou de tocar a manhã inteira.

Travis se levantou, pensando que Gabby havia se tornado ainda mais bonita durante a noite, o que não fazia nenhum sentido. — Não tem problema — respondeu ele.

A ligação de Kevin fez com que ela voltasse a pensar no que estava fazendo, e tentou se forçar a parar de pensar naquilo. — Deixe-me pegar minhas coisas e podemos ir. — Ela deu um passo em direção à porta. — Ah, e eu quero dar uma olhada em Molly. Ela estava bem hoje de manhã, mas quero ter certeza de que ela tem bastante água.

Um momento depois, com a bolsa jogada por cima do ombro, ela foi até a garagem e encheu a vasilha até a água começar a escorrer.

— Por falar nisso, para onde vamos? — ela perguntou enquanto eles saíam da casa. — Não vai me levar para algum bar de motoqueiros no meio do mato, não é?

— O que há de errado com bares de motoqueiros?

— Eu ia me sentir deslocada. Não tenho tantas tatuagens como os clientes habituais.

— Não acha que está generalizando?

— Provavelmente. Mas você ainda não respondeu à minha pergunta.

— Só um passeio — disse ele. — Passar pela ponte, ir até a praia Bogue e Emerald Isle, de volta pela ponte, e depois iremos a um lugar que eu quero lhe mostrar.

— Onde?

— É uma surpresa.

— É um lugar elegante?

— De jeito nenhum.

— Podemos comer lá?

Ele pensou um pouco naquela pergunta. — Talvez.

— É um lugar coberto ou ao ar livre?

— É uma surpresa — disse ele. — Não quero estragar as coisas.

— Parece bem legal.

— Não se anime tanto. É apenas um lugar aonde eu gosto de ir. Nada espetacular.

Naquele momento, eles já haviam chegado até a garagem de Travis. Ele apontou para a moto. — É esta aqui.

As superfícies cromadas da moto refletiam a claridade nos olhos de Gabby, e ela colocou seus óculos de sol.

— O orgulho da sua vida?

— A frustração da minha vida.

— Você não vai começar a choramingar sobre a dificuldade de conseguir peças para ela, não é?

Ele fez uma careta e depois riu. — Vou tentar me controlar.

Ela olhou para a cesta que ele havia prendido à garupa da moto com cordames elásticos. — O que teremos para o almoço?

— O de sempre.

— Filé-mignon, sorvete com merengue, carneiro assado, peixe gratinado?

— Não exatamente.

— Bolachas recheadas, então?

Ele ignorou o sarcasmo dela. — Se estiver pronta, podemos ir. Tenho certeza de que o capacete vai servir em você, mas, se não servir, tenho mais na garagem.

Ela levantou uma sobrancelha desafiadora. — E esse lugar especial de que você falou? Você já levou várias mulheres diferentes até lá?

— Não — disse ele. — Você vai ser a primeira.

Esperou para ver se ele diria mais alguma coisa, mas, pelo menos uma vez, ele parecia estar falando sério. Ela assentiu ligeiramente com a cabeça e foi até a moto. Colocou o capacete, prendeu-o por baixo do queixo e jogou uma das pernas por cima do assento. — E onde eu apoio os pés?

Travis soltou os pedais traseiros. — Há um de cada lado. Tente não encostar a perna no escapamento. Ele fica bem quente e você pode acabar com uma queimadura feia.

— Bom saber. E as minhas mãos?

— Ao redor do meu corpo, é claro.

— Você é um conquistador mesmo — disse ela. — Porque, se não tivesse me avisado, eu não teria coragem de segurar em você, certo?

Ele colocou seu capacete e, em um único movimento gracioso, subiu e deu a partida no motor, permitindo que ele esquentasse. Não era tão barulhenta quanto algumas outras motos, mas ela podia sentir uma leve vibração através do assento. Ela sentia uma ponta de emoção, como se estivesse sentada em uma montanha-russa que estava a ponto de começar seu percurso. Mas, desta vez, sem cinto de segurança.

Travis acelerou a motocicleta cuidadosamente, saindo da garagem, passando pelo gramado e chegando à rua. Gabby estendeu as mãos para segurar nos quadris dele, mas, assim que o tocou, ela se lembrou daqueles músculos que ele tinha nos quadris, e isso fez com que seu estômago virasse de cabeça para baixo. Não tinha muita escolha; era fazer aquilo ou abraçá-lo ao redor da cintura, e ela não se sentia pronta para fazer aquilo. Quando a moto começou a acelerar, ela disse a si mesma que não devia apertá-lo e nem mover suas mãos, e simplesmente mantê-las firmes, como se fosse uma estátua.

— O que é isso? — perguntou Travis, virando o pescoço.

— O quê?

— Você falou alguma coisa sobre mãos e uma estátua?

Sem perceber que havia falado em voz alta, ela apertou os quadris de Travis, dizendo a si mesma que estava fazendo aquilo apenas para disfarçar. — Eu disse para você manter suas mãos firmes, como uma estátua. Não quero bater.

— Não vamos bater. Eu não gosto de bater.

— Já bateu a moto alguma vez?

Ainda com o pescoço virado para trás, e deixando-a nervosa ao fazer aquilo, ele fez que sim com a cabeça. — Duas vezes. Passei duas noites no hospital em uma ocasião.

— E você não acha que teria sido importante mencionar isso quando me convidou para andar de moto?

— Eu não quis assustá-la.

— Fique com os olhos na estrada, está bem? E não faça nada engraçado.

— Você quer que eu faça algo engraçado?

— Não!

— Que bom, porque prefiro simplesmente curtir o passeio. — Ele virou o pescoço para trás de novo. Apesar do capacete, ela podia jurar que o viu piscar o olho. — A coisa mais importante é manter você em segurança, então mantenha suas mãos firmes, como uma estátua, está bem?

No assento traseiro, Gabby sentiu que estava ficando cada vez menor, da mesma forma que havia se sentido quando estava na clínica dele, horrorizada por ter dito aquilo em voz alta. E que, apesar do vento em seu rosto e do barulho do motor, Travis havia conseguido ouvi-la. Havia momentos em que o mundo inteiro parecia estar conspirando contra ela.

Como ele não voltou a tocar no assunto novamente durante os próximos minutos, ela se sentiu um pouco melhor. Com a motocicleta cruzando as ruas, eles saíram da tranquilidade do bairro onde moravam. Gabby lentamente aprendeu que deveria se inclinar quando Travis fazia uma curva, e, algumas curvas depois, eles estavam atravessando Beaufort e passando por cima da pequena ponte que os separava de Morehead City. A estrada se alargou em uma pista dupla, e estava congestionada com o trânsito das pessoas que queriam ir à praia no fim de semana. Gabby tentou ignorar a sensação de vulnerabilidade que sentia enquanto a moto passava ao lado de um imenso caminhão de lixo.

Eles foram em direção à ponte que cruzava a hidrovia intralitorânea, e o trânsito passou a se arrastar. Quando eles chegaram à estrada que dividia a praia de Bogue, o tráfego que ia em direção à Atlantic Beach desapareceu, e Travis gradualmente começou a acelerar novamente. Entre duas minivans, uma na frente e outra atrás, Gabby sentiu que estava relaxando. Ao passarem em frente a condomínios e casas escondidas em meio à floresta marítima, ela sentiu o calor do sol começando a atravessar suas roupas.

Ela se agarrou a Travis para se firmar sobre a moto, consciente dos inconfundíveis contornos dos músculos das costas dele contra o tecido fino da camisa que ele vestia. Apesar de ter as melhores intenções, ela estava começando a aceitar a realidade da atração que sentia por ele. Percebia que Travis era muito diferente dela e, mesmo assim, na presença dele, ela sentia a possibilidade de outro tipo de vida, uma vida que ela nunca havia imaginado que poderia ser sua. Uma vida sem as limitações rígidas que os outros sempre impunham a ela.

Eles se moviam em um silêncio quase etéreo, passando por uma cidade, depois por outra. Atlantic Beach, Pine Knoll Shores e Salter Path.

À esquerda, ocultos em meio a carvalhos curvados pelo vento incessante, havia alguns dos imóveis com vista para o mar mais desejados da Carolina do Norte. Alguns minutos depois, eles já haviam passado pelo Iron Steamer Pier. Embora castigado por anos de tempestades, hoje ele estava cheio de pessoas que foram até lá para pescar.

Em Emerald Isle, a cidade mais ocidental da ilha, Travis apertou os freios para diminuir a velocidade e deixar que um carro fizesse uma curva. Gabby sentiu que a inércia do movimento fez com que ela se encostasse nas costas de Travis. As mãos dela se moveram inadvertidamente dos quadris de Travis para o abdômen, e ela imaginou se ele percebeu a maneira como seus corpos se apertaram um contra o outro. Embora ela quisesse se afastar, não o fez.

Havia algo acontecendo ali, algo que ela não entendia totalmente. Ela amava Kevin e queria se casar com ele; nos últimos dois dias, aquele sentimento não havia mudado. E, mesmo assim, não podia negar que, de certa forma, ficar junto a Travis parecia algo muito agradável. Suave e natural, como as coisas deveriam ser. Parecia uma contradição impossível e, quando eles atravessaram a ponte no lado mais distante da ilha, pegando o caminho de volta para casa, ela desistiu de tentar solucionar o problema.

Surpreendendo-a, Travis diminuiu a velocidade da moto antes de entrar em uma via perpendicular à estrada principal, que adentrava uma pequena floresta. Quando ele parou a moto, Gabby olhou de um lado para o outro, confusa.

— Por que paramos? — perguntou ela. — Aqui é o lugar onde você queria me trazer?

Travis desceu da moto e tirou seu capacete, balançando a cabeça.

— Não, o lugar fica lá em Beaufort — disse ele. — Eu queria ver se você gostaria de tentar pilotar a moto.

— Nunca pilotei uma moto antes. — Gabby cruzou os braços, permanecendo sentada na garupa.

— Eu sei. Foi por isso que perguntei.

— Acho que não quero — disse ela, levantando o visor do capacete.

— Vamos lá, vai ser divertido. Vou estar logo atrás de você na moto, e não vou deixar você cair. Minhas mãos vão estar bem ao lado das suas, e eu vou cuidar das mudanças de marcha. Tudo que você terá de fazer é cuidar do guidão.

— Mas isso é ilegal.

— Um detalhe técnico. Além disso, estamos em uma estrada particular, que leva até a casa do meu tio. Fica um pouco mais adiante, quando essa via se torna uma estrada de terra. Foi onde eu aprendi a pilotar motos.

Ela hesitou, dividida entre o entusiasmo e o terror, espantada por estar considerando aquela possibilidade.

Travis levantou as mãos. — Pode confiar em mim. Não há nenhum carro na estrada, ninguém irá nos parar, e eu vou estar com você.

— É difícil?

— Não, mas demora algum tempo até você se acostumar.

— Como andar de bicicleta?

— Se a questão for o equilíbrio em duas rodas, sim. Mas não se preocupe. Eu estarei com você, então não há nada que possa dar errado. — Ele sorriu. — E aí, está disposta a tentar?

— Acho que não, mas…

— Ótimo! — disse ele. — Vamos começar pelo começo. Vá um pouco mais para a frente no assento. Na mão direita você tem o acelerador e o freio dianteiro. Na mão esquerda fica a embreagem. O acelerador é quem comanda a velocidade. Entendeu?

Ela fez que sim com a cabeça.

— Seu pé direito controla o freio traseiro. O pé esquerdo faz a mudança de marchas.

— Fácil.

— Achou mesmo?

— Não. Só estou tentando fazer com que você se sinta bem em relação às suas habilidades como professor.

Ela estava começando a falar como Stephanie, pensou ele. — Bem, as mudanças de marcha são bem parecidas com as de um carro com câmbio tradicional. Você solta o acelerador, aperta a embreagem, muda a marcha e depois acelera novamente. Mas vou mostrar como isso funciona, certo? Para fazer isso, nós vamos ter de ficar um pouco mais próximos. Meus braços e pernas não são longos o bastante para alcançar os comandos da moto quando eu estou no banco traseiro.

— Que desculpa conveniente — disse ela.

— Nada mais do que a pura verdade. Está pronta?

— Estou morrendo de medo, se quer saber.

— Vou entender isso como um "sim". Chegue mais perto do guidão.

Ela foi um pouco mais para a frente, e Travis subiu na moto. Após colocar seu capacete, ele se encostou nela, apoiando as mãos nas manoplas, e, apesar do aviso dele, ela sentiu algo pular dentro de si, uma leve sensação de choque elétrico que começava no seu estômago e se irradiava para fora, em todas as direções.

— Agora, coloque suas mãos em cima das minhas — instruiu ele. — E faça a mesma coisa com os seus pés. Eu quero apenas que você sinta o que está acontecendo. É uma coisa que envolve ritmo, mas, quando você perceber como tudo funciona, não vai mais esquecer.

— Foi assim que você aprendeu?

— Não. Um amigo meu ficou por perto gritando as instruções. Na minha primeira tentativa, apertei a embreagem em vez do freio, e acabei batendo em uma árvore. E é por isso que eu quero estar aqui na sua primeira tentativa.

Ele levantou o pé de apoio da moto, apertou a embreagem e deu a partida no motor; assim que percebeu a vibração, ela teve a mesma sensação de frio na barriga que havia sentido logo antes de o parapente decolar do barco. Ela colocou suas mãos sobre as de Travis, saboreando a sensação de ter o corpo dele contra o seu.

— Está pronta?

— Como nunca estive.

— Não se agarre com muita força, está bem?

Travis girou o acelerador e soltou a embreagem lentamente. No instante em que a motocicleta começou a avançar, ele levantou o pé do chão. Gabby pousou seu pé suavemente sobre o dele.

Eles começaram lentamente. Travis acelerava aos poucos, depois diminuía a pressão no acelerador, e depois acelerava novamente, até finalmente mudar para outra marcha antes de frear mais uma vez, até que a moto parasse. Depois eles repetiam o procedimento, e Travis explicava pacientemente o que estava fazendo — usando o freio ou se preparando para mudar a marcha, e lembrando-a de nunca usar o freio dianteiro em pânico, ou ela iria sair voando por cima do guidão. Pouco a pouco, conforme o processo continuava, Gabby começou a assimilar todas as informações. Os movimentos coreografados das mãos e dos pés de Travis eram similares aos que ela aprendeu nas aulas de piano, e, após alguns minutos, ela quase conseguia prever o que ele faria. Mesmo assim, ele continuou a orientá-la até que os movimentos se tornaram bem naturais.

Depois de algum tempo, eles trocaram de posição. As mãos e os pés dela agora estavam no controle; com as mãos e os pés de Travis por cima dos dela, eles repetiram o processo desde o começo. Não era tão fácil quanto ele fez parecer. Às vezes, a moto parecia ratear ou ela apertava o freio com muita força, mas ele era paciente e encorajador. Ele nunca levantava a voz, e ela se lembrou do jeito como ele lidou com as crianças na praia no dia anterior. Admitiu para si mesma que havia mais em Travis do que havia imaginado inicialmente.

Nos quinze minutos seguintes, enquanto ela continuava a treinar a pilotagem da moto, o toque dele ficou cada vez mais leve, até que ele finalmente deixou que ela tomasse o controle inteiramente. Embora não se sentisse totalmente confortável, ela começou a acelerar mais e de forma mais suave, e a frenagem também estava mais natural. Pela primeira vez, ela sentiu o poder e a liberdade que a moto oferecia.

— Você está indo muito bem — disse Travis.

— Isso é ótimo! — gritou ela, sentindo-se quase em êxtase.

— Está pronta para tentar pilotar sozinha?

— Você está brincando!

— De jeito nenhum.

Ela debateu aquilo por um instante. — Tudo bem — disse ela, com entusiasmo. — Acho que estou pronta.

Ela desacelerou a moto até parar, e Travis desceu. Depois que ele se afastou, ela respirou fundo, ignorou as batidas fortes do seu coração, e saiu pilotando a moto. Um momento depois, ela já estava correndo. Sem ajuda, ela parou e avançou várias vezes, gradualmente reduzindo as distâncias. Surpreendendo Travis, ela virou a moto na direção oposta em que estava vindo, fazendo um arco amplo e lento, e voltou acelerando para perto dele. Por um momento, ele achou que ela estava fora de controle, mas ela fez a moto parar com um movimento elegante, a poucos metros dele. Sem conseguir parar de sorrir, as palavras saíram atropeladamente, cheias de energia.

— Eu não acredito que estou fazendo isso!

— Você foi muito bem!

— Você viu quando eu fiz a curva? Eu sei que estava indo devagar demais, mas consegui.

— Eu vi.

— Isso é ótimo! Agora eu entendo porque você adora pilotar. É muito divertido.

— Fico feliz que tenha gostado.

— Posso tentar mais uma vez?

Ele apontou para a estrada. — Sinta-se livre.

Ela pilotou nos dois sentidos da estrada, durante um bom tempo. Travis observou a confiança dela crescer a cada parada e a cada avanço. Ela fazia as curvas com mais facilidade também — chegando até mesmo a pilotar em círculos — e, quando ela parou ao lado dele, estava com o rosto corado. Quando tirou o capacete, Travis teve a certeza de que nunca vira ninguém mais vivo e belo.

— Acho que estou satisfeita por hoje — anunciou ela. — Você pode pilotar agora.

— Tem certeza?

— Eu aprendi há muito tempo que é melhor parar quando estou no topo. Eu detestaria bater a moto ou cair, e arruinar essa sensação.

Ela voltou para o banco do carona e Travis subiu na moto, e logo sentiu Gabby colocando os braços ao seu redor. Ao percorrer o caminho de volta à rodovia, Travis se sentia eletrizado, como se seus sentidos estivessem na potência máxima, e ele estava totalmente consciente de cada curva do corpo dela contra o seu. Eles cruzaram a rodovia, fizeram uma curva, atravessaram Morehead City, passaram pela ponte que levava a Atlantic Beach e completaram o passeio com o retorno a Beaufort.

Minutos depois, eles estavam passando pelo distrito histórico, na frente dos restaurantes e da marina, a caminho da rua Front. Travis finalmente diminuiu a velocidade da moto, estacionando em um grande terreno gramado perto do fim do quarteirão. O terreno ficava entre uma casa em estilo georgiano que tinha pelo menos 100 anos de idade e outra em estilo vitoriano, da mesma idade. Ele desligou o motor e tirou o capacete.

— Chegamos — disse ele, indicando a ela que descesse da moto. — Este é o lugar que eu queria lhe mostrar.

Havia algo em sua voz que a impediu de fazer um comentário mais ácido a respeito do que parecia não ser nada além de um terreno baldio, e, por um momento, ela simplesmente observou Travis enquanto ele andou por alguns metros, em silêncio. Ele estava olhando por cima da estrada, em direção à praia de Shackleford, com as mãos nos bolsos. Removendo o capacete e passando a mão por entre seus cachos amassados, Gabby foi em direção a ele. Ao chegar ao lado de Travis, ela sentiu que ele iria lhe dizer o que aquilo tudo significava quando estivesse pronto para tal.

— Na minha opinião, este lugar tem um dos panoramas mais bonitos de todo o litoral — disse ele, finalmente. — Não é como uma vista para o mar, onde tudo o que você vê são ondas e água até o horizonte. Isso é ótimo, mas, depois de algum tempo, começa a ficar tedioso, porque o panorama é quase sempre o mesmo. Mas neste lugar há algo para ver. Sempre há veleiros e iates indo em direção à marina; se você vier até aqui à noite, pode ver as pessoas andando na calçada da orla e ouvir música. Eu vi golfinhos e arraias passando pelo canal, e adoro observar os cavalos selvagens na ilha. Não me importa quantas vezes eu os veja, sempre fico maravilhado.

— Você vem muito aqui?

— Duas vezes por semana, mais ou menos. É onde eu venho quando quero pensar.

— Tenho certeza de que os vizinhos adoram isso.

— Não há nada que eles possam fazer a respeito. Eu sou o dono deste terreno.

— Sério?

— Por que você parece tão surpresa?

— Não sei. Parece algo tão… doméstico.

— Eu já tenho uma casa.

— E uma vizinha que é excelente.

— Com certeza.

— Eu quis dizer que comprar um terreno faz você parecer o tipo de pessoa que tem planos para o futuro.

— E você acha que eu não sou esse tipo de pessoa?

— Bem…

— Se você está tentando me elogiar, preciso dizer que não está se saindo muito bem.

Ela riu. — E se eu disser assim: você não para de me surpreender.

— De um jeito bom?

— Sempre.

— Como naquela vez em que você trouxe Molly a minha clínica e descobriu que eu era veterinário?

— Prefiro não falar sobre isso.

Ele riu. — Vamos comer então.

Ela o seguiu de volta até a moto, de onde ele retirou a cesta e um cobertor. Depois de levá-la até uma pequena inclinação perto do fundo da propriedade, ele estendeu o cobertor no chão e fez um gesto para que ela se sentasse. Quando já estavam confortavelmente posicionados, ele começou a tirar os recipientes de plástico da cesta.

— Recipientes de plástico?

Ele piscou. — Meus amigos me chamam de “senhor doméstico”.

Ele pegou duas latas de chá gelado sabor morango. Depois de abri-las, entregou uma a ela.

— O que tem no menu? — perguntou ela.

Ele apontou para vários recipientes enquanto falava. — Tenho três tipos diferentes de queijo, biscoitos de água e sal, azeitonas Kalamata e uvas. É mais um lanche do que um almoço.

— Está perfeito para mim. — Ela pegou algumas bolachas e algumas fatias de queijo. — Havia uma casa aqui antigamente, não é? — Quando ela percebeu a surpresa de Travis, apontou para as casas em ambos os lados do terreno. — Não consigo imaginar que este lugar esteja vazio há mais de 150 anos.

— Você tem razão — disse ele. — A casa que existia aqui foi destruída em um incêndio quando eu era criança. Eu sei que você acha que Beaufort é uma cidade pequena, mas, quando eu era criança, ela quase nem aparecia nos mapas. A maioria dessas casas históricas estava precisando de reparos urgentes, e a casa que havia neste terreno ficou abandonada por vários anos. Era um imóvel imenso, com buracos no teto, e havia rumores de que a casa era mal-assombrada, o que a tornava muito mais atraente para nós quando éramos crianças. Costumávamos vir até aqui à noite, escondidos. Ela se tornava o nosso forte, e brincávamos de esconde-esconde durante horas nos quartos. Havia esconderijos excelentes por toda a casa. — Ele puxou alguns tufos de capim distraidamente, como se estivesse revivendo as memórias. — De qualquer forma, em uma noite de inverno, eu acho que alguns mendigos acenderam uma fogueira dentro da casa para se aquecer. O lugar se incendiou em minutos e, no dia seguinte, era apenas uma pilha de cinzas. O problema era que ninguém sabia como entrar em contato com o proprietário. Ele havia morrido e a deixou para seu filho. O filho morreu, e ele a deixou para outra pessoa, e assim por diante. Assim, aquela pilha de destroços ficou abandonada por cerca de um ano até que a prefeitura mandou escavadeiras aqui para limpar o terreno. O lugar ficou esquecido depois daquilo, até que eu finalmente localizei o proprietário no Novo México e fiz uma oferta baixa pelo terreno. Ele aceitou imediatamente. Duvido que ele tenha vindo até aqui alguma vez na vida, e ele não fazia ideia do que estava vendendo.

— E você pretende construir uma casa aqui?

— Isso faz parte dos meus planos em longo prazo, de qualquer maneira, já que sou uma pessoa tão doméstica. — Travis pegou uma azeitona e a colocou na boca. — Já está pronta para me contar sobre o seu namorado?

A mente de Gabby relembrou rapidamente da conversa que eles tiveram no começo da manhã. — O que você quer saber?

— Estou só tentando puxar assunto.

Gabby pegou uma azeitona também. — Então vamos falar sobre alguma das suas ex-namoradas.

— Qual delas?

— Qualquer uma.

— Tudo bem. Uma delas me deu alguns pôsteres de filmes.

— Ela era bonita?

Ele pensou antes de responder. — A maioria das pessoas diria que sim.

— E o que você diria?

— Eu diria… que você tem razão. Talvez não devêssemos falar sobre isso.

Ela riu e depois apontou para as azeitonas. — Essas azeitonas são ótimas. Tudo que você trouxe é perfeito.

Ele colocou uma fatia de queijo sobre outro biscoito. — Quando seu namorado vai voltar de viagem?

— Voltamos ao assunto de antes?

— Estou pensando no seu relacionamento. Não quero que você tenha problemas.

— Agradeço a sua preocupação, mas já sou uma garota crescida. E, não que isso importe, mas ele voltará para Beaufort na quarta-feira. Por quê?

— Porque eu gostei muito de estar com você nestes últimos dias.

— Eu também gostei.

— Mas você está triste por saber que isso vai chegar ao fim?

— Não precisa chegar ao fim. Ainda seremos vizinhos.

— E eu tenho certeza de que o seu namorado não vai se importar se eu levar você para outro passeio de moto, ou se convidá-la para um piquenique, ou se você se sentar na banheira de hidromassagem comigo, não é?

A resposta era óbvia, e a expressão dela ficou mais séria. — Provavelmente ele não ficaria muito feliz com isso.

— Então isso vai chegar ao fim.

— Ainda podemos ser amigos.

Ele olhou para ela por um momento e, de repente, agarrou seu peito, como se tivesse levado um tiro. — Você realmente sabe como magoar um homem.

— Do que você está falando?

Ele balançou a cabeça. — Não existe essa coisa de amizade. Especialmente com homens e mulheres solteiros da nossa idade. Simplesmente não funciona assim, a menos que você esteja falando sobre alguém que você conhece há muito tempo. Certamente não é o caso quando há estranhos envolvidos.

Gabby abriu a boca para responder, mas não havia realmente nada a dizer.

— Além disso — continuou ele —, eu não sei se quero ser seu amigo.

— Por que não?

— Porque eu provavelmente vou querer mais do que isso.

Novamente, ela não disse nada. Travis a observou, incapaz de ler sua expressão. Finalmente, ele deu de ombros.

— Eu não acho que queira ser minha amiga também. Não seria bom para o seu namoro, porque não há dúvida de que você provavelmente se apaixonaria por mim. E, no fim das contas, você acabaria fazendo algo de que provavelmente se arrependeria depois. Depois, você iria me culpar por isso, e, após algum tempo, você provavelmente iria se mudar para algum outro lugar, pois tudo isso seria muito desagradável para você.

— Você acha que a situação é assim?

— É uma maldição na minha vida ser tão charmoso assim como sou.

— Parece que você já sabe de tudo.

— Eu sei, sim.

— Exceto pela parte em que eu me apaixono por você.

— Você acha que isso não vai acontecer?

— Eu tenho namorado.

— E você vai se casar com ele?

— Assim que ele me pedir em casamento. Foi por isso que eu me mudei para cá.

— Por que ele ainda não pediu?

— Isso não é da sua conta.

— Eu o conheço?

— Por que você é tão curioso?

— Porque — disse ele, com os olhos fixados nos dela — se eu fosse o seu namorado, e se você tivesse se mudado para cá para ficar perto de mim, eu já teria pedido você em casamento.

Ela ouviu algo na voz dele que a fez perceber que ele estava dizendo a verdade, e ela desviou o olhar. Quando ela falou, foi com uma voz suave. — Não destrua tudo o que aconteceu. Pode ser?

— Destruir o quê?

— Isso. Hoje. Ontem. A noite passada. Tudo. Não destrua o que aconteceu.

— Não estou entendendo.

Ela respirou fundo. — Este fim de semana significou muito para mim, mesmo que seja a percepção de que eu finalmente fiz amizade com alguém. Com duas pessoas, para falar a verdade. Não percebi o quanto eu sentia falta de ter amigos em minha vida. Passar o tempo com você e com sua irmã me lembrou de quantas coisas eu deixei para trás quando me mudei para cá. Eu sabia o que estava fazendo e não me arrependo da decisão que tomei. Acredite ou não, eu realmente amo Kevin. — Ela fez uma pausa, lutando para organizar seus pensamentos. — Mas às vezes é difícil para mim. Fins de semana como este dificilmente voltarão a ocorrer, e já estou um pouco conformada com isso, por causa de Kevin. Mas há uma parte de mim que não quer aceitar que isso seja uma coisa que só vai acontecer uma vez, mesmo que nós dois saibamos que vai — ela hesitou. — Quando você diz coisas como essas que você disse, e eu sei que você não está falando sério, você apenas banaliza tudo o que estou passando.

Travis escutou com atenção enquanto ela falava, reconhecendo uma intensidade na voz de Gabby que ela não havia deixado transparecer anteriormente. E, embora ele soubesse que devia simplesmente ter concordado e se desculpado, não conseguiu evitar responder.

— Por que você acha que eu não estava falando sério? — disse ele, contra-atacando. — Eu fui sincero em cada palavra. Mas entendo que você não queira ouvir isso. Deixe-me então dizer que eu espero que o seu namorado perceba a sorte que tem por ter alguém como você em sua vida. Ele é um imbecil se não o fizer. Me desculpe se isso fez você se sentir triste, e não vou voltar a tocar nesse assunto — ele sorriu. — Mas eu precisava falar, pelo menos uma vez.

Ela desviou o olhar novamente, gostando do que ele havia dito, apesar de não querer. Travis se virou em direção à água, dando a Gabby o silêncio que ela precisava; ao contrário de Kevin, Travis sempre parecia saber como responder.

— Já deve estar na hora de voltarmos, você não acha? — ele apontou para a moto. — E você provavelmente precisa dar uma olhada em Molly.

— Sim — concordou ela. — Acho que é uma boa ideia.

Eles recolheram os restos do almoço e colocaram os recipientes de volta na cesta. Depois, dobraram o cobertor e voltaram para a moto. Por cima do ombro, Gabby viu as pessoas começando a encher os restaurantes para um almoço tardio, e ela percebeu que invejava a simplicidade das escolhas que elas tinham de fazer.

Travis amarrou o cobertor e a cesta novamente na garupa da moto e colocou seu capacete. Gabby fez o mesmo, e Travis levou a moto para longe do terreno alguns momentos depois. Gabby se agarrou aos quadris de Travis, tentando convencer a si mesma, sem conseguir, que ele havia dito aquelas coisas a outras mulheres no passado.

Eles chegaram à casa de Gabby, e ele estacionou a moto. Ela afastou as mãos do corpo de Travis e desceu, tirando o seu capacete. Em pé, ao lado dele, ela sentiu uma sensação de embaraço que não sentia desde que estava no ensino médio, uma noção que lhe parecia ridícula, e tinha a impressão de que ele iria beijá-la novamente.

— Obrigada por hoje — disse ela, querendo preservar alguma distância entre eles. — E obrigada por me ensinar a pilotar a moto também.

— Foi um prazer. Você tem um talento natural. Você devia pensar em comprar sua própria moto.

— Talvez, algum dia.

No silêncio, Gabby ouviu os ruídos que o motor da moto fazia. Ela devolveu o capacete a Travis, observando-o enquanto ele o amarrava no assento.

— Tudo bem, então. Acho que vou ver você por aí.

— Difícil não ver, já que somos vizinhos.

— Quer que eu dê uma olhada em Molly para você?

— Não, não precisa. Tenho certeza de que ela está bem.

Ele assentiu. — Ei, escute. Desculpe pelo que eu disse lá no terreno. Não tenho o direito de ficar me intrometendo na sua vida, nem de fazer com que você se sinta mal.

— Está tudo bem. Não foi nenhum incômodo.

— Claro que não.

Ela deu de ombros. — Bem, já que você está mentindo, eu resolvi mentir também.

Apesar da tensão, ele riu. — Me faça um favor. Se o seu namoro algum dia acabar, me ligue.

— Talvez eu faça isso mesmo.

— Bem, hora de eu me retirar.

Ele virou o guidão e começou a puxar a motocicleta de volta para a sua casa. Estava a ponto de dar a partida no motor novamente quando olhou para ela mais uma vez.

— Gostaria de jantar comigo amanhã à noite?

Ela cruzou os braços. — Não acredito que você me perguntou uma coisa dessas.

— Um homem precisa aproveitar as oportunidades que lhe aparecem. É o meu lema.

— Eu percebi.

— Isso é um “sim” ou um “não”?

Ela deu um passo para trás, mas, apesar de suas reservas, ela se apanhou sorrindo com a persistência dele. — Que tal se, em vez disso, eu preparar o jantar para você esta noite? Aqui na minha casa, às 19 horas.

— Parece ótimo — disse ele, e, um momento depois, ela continuava de pé na calçada, imaginando se havia perdido o juízo temporariamente.

Capítulo 13

Com o sol quente castigando seu quintal e a água gelada que vinha da sua mangueira, Travis teve dificuldade para manter Moby quieto. A correia curta que o prendia parecia não ajudar muito; Moby detestava banhos. Travis achava aquilo irônico, considerando o quanto o cão adorava buscar bolas de tênis lançadas ao mar. Naquelas ocasiões, Moby corria por cima das ondas, nadava furiosamente e não hesitava em enfiar a cabeça dentro d'água para poder prender a bola com mais firmeza caso ela ousasse escapar. Mas, se ele percebesse que Travis abria a gaveta onde sua correia ficava guardada, Moby aproveitava a oportunidade para passar horas explorando a vizinhança, geralmente retornando bem depois de o sol se pôr.

Travis já havia se acostumado aos truques de Moby, e era por isso que ele mantinha a guia escondida até o último instante e a prendia à coleira de Moby antes que ele pudesse reagir. Moby, como sempre, lhe dava o seu melhor olhar do tipo "como você pode fazer uma coisa dessas comigo?" enquanto era levado para o quintal, mas Travis ignorava tudo.

— Não me venha com essa. Eu lhe disse para não rolar naquela lama cheia de peixes mortos, não foi?

Moby adorava rolar sobre peixes mortos, e quanto mais malcheirosos, melhor. Quando Travis estava estacionando sua moto na garagem, Moby veio trotando alegremente com a língua pendurada para fora da boca, feliz consigo mesmo. Travis sorriu por apenas um instante antes que o fedor o atingisse e ele percebesse os restos de peixe presos nos pelos de Moby.

Depois de preparar sua armadilha acariciando a cabeça de Moby, ele entrou em casa e vestiu um calção, escondendo a guia no bolso de trás.

Agora, no quintal, com a guia amarrada firmemente no corrimão do deque, Moby dançava de um lado para o outro, tentando evitar que a água da mangueira lhe atingisse, sem conseguir.

— É só água, seu bebezão — ralhou Travis, embora ele já estivesse encharcando Moby há mais de cinco minutos. Por mais que ele amasse os animais, não queria começar a ensaboar seu cachorro antes que todos os… "restos" houvessem sido removidos. Pedaços de peixe morto eram nojentos.

Moby gania e continuava tentando se esquivar, puxando a guia. Quando ele finalmente achou que era hora, soltou a mangueira e despejou um terço do tubo de xampu nas costas de Moby. Ele esfregou por alguns minutos e enxaguou, cheirou o cachorro e soltou um gemido. Ele repetiu o processo mais duas vezes e, ao final daquele martírio, Moby estava desanimado. Ele estava com os olhos fixos em Travis, com uma expressão que parecia dizer: "Você não percebe que rolar naqueles restos de peixe morto era o meu presente de coração para você?".

Quando Travis se deu por satisfeito, levou Moby até outra parte do deque e o amarrou novamente. Ele havia aprendido que, se deixasse Moby correr livremente após um banho, ele voltaria rapidamente à cena do crime. Sua única esperança era conseguir mantê-lo preso até que ele se esquecesse daquilo. Moby se agitou para se livrar do excesso de água e, percebendo que estava preso, finalmente se deitou no deque com um resmungo.

Depois, Travis cortou a grama. Ao contrário da maioria dos seus vizinhos, que usavam cortadores de grama motorizados com lugar para o motorista, Travis ainda usava um modelo antigo, que precisava ser empurrado. Ele demorava um pouco mais para concluir o trabalho, mas não fazia aquilo apenas pelo exercício — ele achava que o movimento de ir e voltar no jardim era relaxante. Enquanto cortava a grama, ele olhava reflexivamente para a casa de Gabby.

Alguns minutos antes, ele a viu sair pela garagem e entrar no carro. Se ela o percebeu trabalhando no jardim, não deu nenhum sinal. Em vez disso, ela simplesmente tirou o carro da garagem e foi em direção ao centro da cidade. Ele nunca havia conhecido ninguém como ela. E agora ela o havia convidado para jantar.

Ele não sabia o que fazer em relação àquilo e estava tentando descobrir desde que a deixou em casa no início daquela tarde. Provavelmente ele havia simplesmente a deixado exausta. Deus sabia que ele estava tentando conquistá-la desde que eles se conheceram, mas, enquanto cortava a grama, ele percebeu que deveria ter sido um pouco mais sutil a respeito de toda a situação. Aquilo faria com que ele se sentisse melhor em relação ao convite para jantar, sabendo que não havia sido uma coisa que ela se sentiu coagida a fazer.

Pensar naquilo tudo era algo novo para ele. Mas, novamente, não conseguia se lembrar de uma ocasião em que tivesse se divertido tanto com uma mulher. Ele havia rido mais com Gabby do que com Mônica, Joelyn, Sarah ou qualquer outra que ele tivesse namorado no passado. Encontrar uma mulher que tivesse senso de humor foi o melhor conselho que ele recebeu de seu pai quando começou a levar seus namoros a sério, e ele finalmente entendeu por que seu pai sempre havia considerado aquilo importante. Se a conversa era a letra da música, o riso era a melodia, fazendo com que o tempo que eles passavam juntos se transformasse em uma música que podia ser tocada repetidamente, sem que ele se cansasse de ouvi-la.

Depois que terminou de aparar o gramado, ele trouxe o cortador de volta à garagem, percebendo que Gabby ainda não havia retornado. Ela havia deixado uma fresta na porta da garagem, e Molly saiu e deu uma volta no jardim, voltando em seguida para dentro.

De volta a sua cozinha, Travis bebeu um copo de chá gelado em um único gole. Sabendo o que poderia acontecer, mas sem se importar com aquilo, ele começou a pensar a respeito do namorado de Gabby. Ele imaginou se Kevin era alguém que ele conhecia. Ele achava estranho que ela tivesse falado tão pouco sobre ele, e que havia demorado muito para que ela dissesse o nome do seu namorado. Seria fácil atribuir aquilo a algo como culpa, não fosse pelo fato de que ela se esquivara do tópico no começo. Ele não sabia o que fazer com aquilo, e imaginou como seria aquele cara, ou o que ele havia feito para que Gabby se apaixonasse por ele. Várias imagens cruzavam a mente de Travis: atlético, intelectual, alguma coisa entre esses dois extremos — mas nada daquilo parecia se encaixar direito.

Olhando as horas, ele percebeu que podia levar o barco do parapente de volta para a marina antes de tomar um banho e se vestir para o jantar. Pegou a chave do barco e foi até a rampa que ficava à margem do rio. Desamarrou Moby e viu que o cachorro correu na sua frente, indo até onde o barco estava amarrado. Parando em frente à doca, Travis apontou para o barco.

— Vá em frente, pode entrar.

Moby pulou no barco, com seu rabo balançando de um lado para o outro. Travis o seguiu. Alguns minutos depois, eles estavam navegando pelo rio, deixando uma trilha de espuma para trás. Passando pela casa de Gabby, ele deu uma olhada nas janelas, novamente pensando sobre o jantar que aconteceria mais tarde e imaginando o que aconteceria. Ele percebeu, pela primeira vez em sua vida amorosa, que estava nervoso com a possibilidade de fazer alguma coisa errada.

Gabby dirigiu até o supermercado e entrou no estacionamento lotado. O lugar sempre ficava cheio aos domingos, e ela estacionou no lado mais distante, imaginando por que ela havia se incomodado de dirigir até ali se teria de andar tanto, de qualquer maneira.

Com a bolsa por cima do ombro, ela saiu do carro, pegou um carrinho de compras e entrou no supermercado.

Ela havia visto Travis cortando a grama mais cedo, mas o ignorou, precisando sentir uma sensação maior de controle do que ela sentia no momento. O mundo pequeno e metódico que ela havia criado tinha entrado em parafuso, e ela precisava desesperadamente de tempo para recuperar sua compostura.

Dentro da loja, Gabby foi até a seção de frutas e verduras, onde pegou uma bandeja de vagens frescas e ingredientes para salada. Andando rapidamente, pegou uma embalagem de macarrão e alguns *croutons*, e depois foi para o fundo do mercado.

Sabendo que Travis gostava de frango, ela colocou uma bandeja com pedaços de peito de frango no carrinho, pensando que uma garrafa de Chardonnay combinaria bem com aquilo. Ela não tinha certeza se Travis gostava de vinho — por algum motivo, ela duvidava daquilo —, mas parecia bom o bastante para ela, e ela procurou por alguma vinícola conhecida entre as poucas opções disponíveis. Havia duas opções produzidas no vale de Napa, mas ela escolheu uma garrafa australiana, pois parecia um pouco mais exótico.

As filas dos caixas estavam longas e se moviam lentamente, mas ela finalmente chegou até o carro. Olhando pelo espelho retrovisor, ela viu sua própria imagem, e parou por alguns momentos, tentando olhar para si mesma pelos olhos de outra pessoa.

Quanto tempo fazia desde que ela havia sido beijada por outra pessoa além de Kevin? Por mais que ela tentasse esquecer aquele pequeno incidente, ela voltava a pensar naquilo a todo momento, como se fosse um segredo proibido.

Ela se sentia atraída por Travis; não havia como negar aquilo. Não somente por ele ser bonito e por fazer com que ela se sentisse desejável. Tinha algo a ver com a sua exuberância natural e a maneira que ele tinha de fazer com que ela se sentisse uma parte daquilo; era o fato de que ele havia vivido uma vida que parecia muito diferente da dela, e mesmo assim eles ainda falavam a mesma língua, uma familiaridade que era muito mais intensa do que o curto período em que eles se conheciam poderia indicar. Ela nunca conheceu ninguém como ele antes. A maioria das pessoas que conhecia, e certamente todos na sua turma da escola para assistentes médicos, parecia viver sua vida como se estivesse riscando objetivos em uma lista. Estude bastante, arrume um emprego, case-se, compre uma casa, tenha filhos — e, até este fim de semana, ela percebeu que não era diferente. De algum modo, comparado com as escolhas que Travis havia feito e os lugares para onde ele havia viajado, a vida dela parecia tão… banal.

Mas será que ela conseguiria fazer as coisas de outro modo, se tivesse a oportunidade? Ela duvidava. As experiências pelas quais passou enquanto crescia a haviam transformado na mulher que ela era, assim como as experiências de Travis fizeram o mesmo por ele, e ela não se arrependia. Mesmo assim, quando virou a chave e deu a partida no motor, ela sabia que não era a pergunta que importava. Com o barulho do motor ao fundo, percebeu que a escolha que tinha era: para onde eu vou agora?

Nunca é tarde para mudar as coisas. O pensamento a assustava, ao mesmo tempo que a entusiasmava. Alguns minutos depois, ela estava dirigindo em direção a Morehead City, sentindo como se, de repente, ela tivesse recebido a oportunidade de começar de novo.

O sol havia cruzado o céu quando Gabby chegou em casa, e ela viu que Molly estava deitada na grama úmida, com as orelhas empinadas e o rabo balançando. Molly trotou em direção a Gabby quando ela abriu a porta dos fundos, recebendo-a com duas lambidas molhadas.

— Você parece estar quase de volta ao normal — disse Gabby. — Seus bebês estão bem?

Como se fosse um comando, Molly começou a andar na direção em que eles estavam.

Gabby pegou as sacolas do supermercado e as trouxe para dentro, colocando tudo no balcão da cozinha. Ela havia demorado mais do que o previsto, mas ainda teria bastante tempo para começar os preparativos. Colocou uma panela com água para esquentar no fogão. Enquanto a água esquentava, ela cortou os tomates e pepinos para a salada. Cortou as folhas de alface e misturou os ingredientes com um pouco de queijo e as azeitonas que Travis havia lhe apresentado anteriormente.

Ela acrescentou o macarrão à água com um pouco de sal, desembalou os peitos de frango e começou a gratiná-los no azeite de oliva, desejando poder fazer algo um pouco mais elegante. Ela acrescentou um pouco de pimenta e outros condimentos, mas, quando estava quase pronto, parecia quase tão insosso quanto antes de ela tê-lo colocado na frigideira. Deixa pra lá, isso vai ter de servir. Ela colocou o forno na potência média e acrescentou um pouco de caldo na assadeira, juntamente com o frango, esperando que aquilo fosse o bastante para evitar que a carne secasse. Ela escorreu a massa e a colocou em uma tigela na geladeira, planejando adicionar algo que lhe desse mais sabor posteriormente.

Em seu quarto, colocou algumas roupas sobre a cama e foi para o chuveiro. A água quente era reconfortante. Ela depilou as pernas, forçando-se a não se apressar para que não se cortasse. Lavou o cabelo e passou condicionador, e finalmente saiu do boxe e se secou.

Sobre a cama havia um novo par de *jeans* e uma camisa com um belo decote, decorada com miçangas. Ela havia escolhido seu traje cuidadosamente, pois não estava disposta a se vestir formalmente ou casualmente demais, e aquelas peças pareciam ser a escolha certa. Ela se vestiu e calçou um novo par de sandálias, combinando com um par de brincos de pingentes. Indo até o espelho, se virou de um lado para o outro, contente com sua aparência.

Com o tempo se esgotando, colocou algumas velas pela casa e estava colocando a última sobre a mesa quando ouviu Travis bater. Ela se endireitou, tentando se recompor, e depois foi até a porta.

Molly havia chegado até onde Travis estava, e ele estava coçando atrás das orelhas dela quando a porta abriu. Ele percebeu que não conseguia desviar o olhar. Também não conseguia encontrar sua voz. Em vez disso, ele simplesmente olhou para Gabby, emudecido, tentando organizar o redemoinho de emoções que começavam a se aglomerar em seu coração.

Gabby sorriu com o desconforto óbvio que ele aparentava. — Entre — disse ela. — Está quase tudo pronto.

Travis a seguiu para dentro da casa, tentando não fixar o olhar em Gabby enquanto ela andava à sua frente.

— Eu ia abrir uma garrafa de vinho. Quer uma taça?

— Quero sim, por favor.

Na cozinha, ela pegou a garrafa e o saca-rolhas, e Travis se aproximou.

— Deixe comigo.

— Ah, obrigada. Muitas vezes eu acabo destruindo a rolha, e detesto quando os pedaços de cortiça ficam boiando na minha taça.

Ao abrir a garrafa, Travis a observou pegando duas taças do armário. Ela as colocou no balcão, e Travis estudou o rótulo, fingindo ter mais interesse do que realmente tinha, tentando acalmar seus nervos.

— Nunca tomei um destes antes. É bom?

— Não faço ideia.

— Então acho que será uma experiência nova para nós dois. — Ele serviu o vinho e deu uma das taças a ela, tentando ler sua expressão.

— Eu não tinha certeza sobre o que você iria querer para o jantar — continuou ela —, mas sei que você gosta de frango. Preciso dizer, entretanto, que nunca fui a melhor cozinheira da família.

— Tenho certeza de que vou gostar de qualquer coisa que você tenha preparado. Não tenho um gosto tão restrito.

— Desde que seja algo meio insosso, certo?

— É claro.

— Está com fome? — sorriu ela. — Vou levar apenas alguns minutos para esquentar o jantar.

Ele debateu por um momento antes de se apoiar no balcão da cozinha.

— Será que podemos esperar um pouco? Eu gostaria de desfrutar dessa taça de vinho antes do jantar.

Ela fez que sim com a cabeça, e ficou na frente dele, em silêncio, imaginando o que deveria fazer em seguida.

— Gostaria de se sentar do lado de fora?

— Eu adoraria.

Eles se sentaram nas cadeiras de balanço que ela colocou perto da porta. Gabby tomou um gole do seu vinho, feliz por ter algo que pudesse diminuir a pressão nos seus nervos.

— Eu gosto da vista que você tem aqui fora — disse Travis, corajosamente, balançando-se para a frente e para trás com energia. — Me lembra um pouco da minha.

Gabby riu, sentindo uma pequena explosão de alívio. — Infelizmente, eu não aprendi a apreciá-la do jeito que você faz.

— Poucas pessoas conseguem. É como uma arte perdida nos dias de hoje, mesmo no sul dos Estados Unidos. Observar as águas do rio passando é um pouco parecido como cheirar as rosas.

— Talvez seja uma dessas coisas típicas de cidade pequena — especulou ela.

Travis a olhou com interesse. — Me diga honestamente. Você está gostando da vida em Beaufort? — perguntou ele.

— Tem seu lado bom.

— Ouvi dizer que os vizinhos são ótimos.

— Só conheci um deles até agora.

— E?

— Ele tem uma tendência a fazer perguntas capciosas.

Travis abriu um sorriso. Ele adorava aquela competitividade que ela tinha.

— Mas, para responder à sua pergunta — continuou ela —, sim, eu gosto bastante daqui. Gosto do fato de que só leva alguns minutos para chegar a qualquer lugar. É um lugar bonito e acho que estou aprendendo a gostar do ritmo mais tranquilo da vida.

— Você fala isso de um jeito que parece que Savannah é tão cosmopolita quanto Nova York ou Paris.

— Não é — ela olhou para ele por cima do copo. — Mas devo dizer que Savannah é mais parecida com Nova York do que com Beaufort. Você já esteve lá?

— Passei uma semana por lá certa vez.

— Achei que você fosse fazer alguma piada.

— Não, isso dá muito trabalho.

— E você não gosta de trabalhar, certo?

— Como você sabe? — ele se recostou em sua cadeira de balanço, o retrato da tranquilidade. — Mas me diga a verdade. Você acha que algum dia voltaria a morar em Savannah?

Ela tomou um gole de vinho antes de responder. — Acho que não — disse ela. — Não me entenda mal. Acho que é um lugar excelente, e é uma das cidades mais bonitas do sul dos Estados Unidos. Adoro a maneira como a cidade foi construída. Tem as praças mais bonitas que eu já vi, pequenos parques espalhados a poucas quadras de distância uns dos outros, e algumas casas que ficam de frente para esses lugares são impressionantes. Quando eu era pequena, costumava imaginar que iria morar em uma casa daquelas. Durante um bom tempo foi um sonho que tive.

Travis ficou em silêncio, esperando que ela continuasse. Gabby deu de ombros. — Mas, conforme eu fui crescendo, percebi que aquilo era um sonho da minha mãe em vez de um dos meus. Ela sempre quis viver em uma daquelas casas, e me lembro de como ela costumava pressionar meu pai para fazer uma oferta sempre que uma estivesse à venda. Meu pai tinha algum dinheiro, mas eu percebia que ele sempre ficava incomodado por não poder comprar uma daquelas casas imensas, e, depois de um tempo, comecei a rejeitar aquela ideia.

Ela parou por um momento. — De qualquer forma, acho que queria algo diferente. O que me levou, é claro, à faculdade, à escola de assistentes médicos e a Kevin. E aqui estou eu.

Ao longe, eles ouviram Moby começar a latir freneticamente, seguido por um leve farfalhar de garras na madeira. Olhando para o grande carvalho perto das cercas vivas, Travis observou um esquilo subir pelo tronco. Embora não pudesse vê-lo, ele sabia que Moby ainda estava rodeando o carvalho, pensando que, por algum motivo, o esquilo cairia da árvore. Percebendo que Gabby havia se virado com o som, Travis levantou a taça em direção à árvore.

— Meu cachorro adora correr atrás dos esquilos. Ele parece achar que isso é o propósito da sua vida.

— A maioria dos cães acha isso.

— Molly também?

— Não. A sua dona tem um pouco mais de controle sobre ela, e esse mal foi cortado pela raiz antes que passasse dos limites.

Por sobre a água, começava o primeiro ato da brilhante trajetória descendente do sol. Em mais uma hora as águas do rio ficariam douradas, mas agora havia algo escuro e misterioso em relação à sua cor escura. Além dos ciprestes que cobriam a margem, Travis viu uma gaivota flutuando em correntes ascendentes de ar e observou uma pequena lancha carregada com equipamentos de pesca passar por ali. Ela era capitaneada por um homem velho o bastante para ser avô de Travis, e aquele senhor lhe acenou. Travis acenou de volta, e tomou mais um gole.

— Com tudo o que você disse, estou curioso para saber se consegue se imaginar ficando em Beaufort para sempre.

Ela pensou em sua resposta, sentindo que havia mais naquela pergunta do que parecia, à primeira vista.

— Acho que depende — disse ela, finalmente. — Não é exatamente um lugar agitado, mas, por outro lado, não é um lugar ruim para formar uma família.

— E isso é importante?

Ela se virou para ele com um leve ar de desafio. — Existe algo mais importante do que isso?

— Não — concordou ele. — Com certeza não há. Sei disso porque eu vivenciei esse tipo de coisa. Beaufort é o tipo de lugar onde a liga de beisebol infantil é um assunto mais popular do que as finais do campeonato nacional de futebol americano, e gosto de pensar que posso criar meus filhos onde o pequeno mundo em que eles vivem é tudo que conhecem. Quando eu era mais novo, costumava pensar que este era o lugar mais chato do mundo, mas, quando lembro daqueles anos, percebo que qualquer coisa mais emocionante tinha um significado muito mais forte para mim. Eu me cansei de fazer e conhecer coisas, como acontece com muitos garotos de cidade grande — ele fez uma pausa. — Eu me lembro de sair para pescar com meu pai todo sábado pela manhã. Mesmo sabendo que meu pai era um dos piores pescadores do mundo, eu achava aquilo ótimo. Hoje entendo que, para o meu pai, pelo menos, aquilo acontecia para que pudéssemos passar algum tempo juntos, e é impossível dizer o quanto eu sou grato por aqueles sábados. Gosto de pensar que poderei dar as mesmas experiências aos meus filhos algum dia.

— É bom ouvir você dizer uma coisa dessas — comentou Gabby. — Poucas pessoas pensam dessa maneira.

— Eu amo esta cidade.

— Não estava falando disso — disse ela, sorrindo. — Eu falei sobre a maneira como você pretende criar seus filhos. Você parece ter pensado bastante a respeito disso.

— Pensei, sim — concordou ele.

— Você sempre consegue me surpreender, sabia?

— Não sabia. Consigo mesmo?

— Um pouco. Quanto mais eu o conheço, mais você me parece ser uma pessoa extremamente bem ajustada.

— Eu poderia dizer o mesmo sobre você — respondeu ele. — Talvez seja por isso que nos damos tão bem.

Ela olhou para ele, sentindo a tensão aumentar entre eles. — Já está pronto para jantar?

Ele engoliu em seco, esperando que Gabby não detectasse os sentimentos que ele tinha em relação a ela. — Acho que estou sim — disse ele, forçando as palavras.

Pegando as taças de vinho, eles voltaram para a cozinha. Gabby fez um gesto para que Travis se sentasse à mesa enquanto ela preparava os pratos, e, ao observá-la andando pela cozinha, ele percebeu que um sentimento de contentamento lhe sobreveio.

Durante o jantar, ele comeu dois pedaços do frango, se deliciou com as vagens e o macarrão, e elogiou exageradamente as habilidades culinárias de Gabby, até que ela riu, pedindo que ele parasse. Ele perguntou várias vezes sobre a infância dela em Savannah, e ela finalmente se rendeu, premiando--o com algumas histórias de quando era mais nova, fazendo os dois rirem bastante. Com o decorrer das horas, o céu passou do dourado para o cinza--azulado e por fim para o negro. As velas queimavam, e eles colocaram o que havia sobrado do vinho em suas taças, ambos cientes de que estavam sentados frente a frente com uma pessoa que poderia mudar o rumo de suas vidas para sempre se não fossem cuidadosos.

Após o jantar, e depois que Travis ajudou Gabby a lavar os pratos, eles foram para o sofá, degustando o vinho e contando histórias sobre o passado. Gabby tentou imaginar Travis quando ele era um menino mais novo, imaginando também o que ela teria pensado a respeito dele se tivessem se conhecido durante o ensino médio ou nos primeiros anos da faculdade.

À medida que a noite avançava, Travis se aproximava um pouco mais dela, casualmente colocando seu braço ao redor de Gabby. Ela se recostou nele, sentindo-se aconchegada e feliz, observando os reflexos prateados do luar conforme eles se filtravam por entre as nuvens.

— No que está pensando? — perguntou Travis em certo momento, quebrando um silêncio longo, mas confortável.

— Eu estava pensando em como esse fim de semana pareceu natural — disse Gabby, olhando para ele. — Como se nós nos conhecêssemos há muito tempo.

— Acho que isso significa que algumas das minhas histórias a deixaram entediada, não foi?

— Não se subestime — provocou ela. — Várias das suas histórias me deixaram entediada.

Ele riu, puxando-a para mais perto de si. — Quanto mais eu a conheço, mas você me surpreende. Eu gosto disso.

— É para isso que servem os vizinhos.

— Isso é tudo que eu sou para você? Só um vizinho?

Ela olhou para longe, sem responder, e Travis continuou. — Eu sei que você não gosta de tocar neste assunto, mas eu não posso sair daqui esta noite sem lhe dizer que sermos apenas vizinhos não é o bastante para mim.

— Travis…

— Deixe-me terminar — interrompeu ele. — Mais cedo, quando conversamos, você me disse o quanto sentia falta de ter amigos por perto, e eu estive pensando nisso o dia todo, mas não da maneira como você provavelmente está imaginando. Aquilo me fez perceber que, embora eu tenha amigos, sinto falta de algo que todos os meus amigos têm. Laird e Allison, Joe e Megan, Matt e Liz, todos têm um ao outro. Eu não tenho isso em minha vida, e até que você aparecesse, eu não tinha certeza de que queria algo assim. Mas agora…

Ela mexeu nas miçangas costuradas em sua blusa, resistindo às palavras dele, mas ao mesmo tempo gostando de ouvi-las.

— Eu não quero perdê-la, Gabby. Eu não consigo imaginar vê-la andando em direção ao seu carro pela manhã e fingir que nada disso aconteceu. Não consigo imaginar não me sentar com você aqui no sofá, como estamos fazendo agora — ele engoliu em seco. — E neste exato momento não consigo me imaginar estar apaixonado por qualquer outra mulher.

Gabby não tinha certeza se havia ouvido aquilo mesmo, mas, quando ela percebeu o jeito como ele estava olhando para ela, soube que ele estava sendo sincero. E, com aquilo, sentiu que suas últimas defesas já estavam desmoronando, e que havia se apaixonado por ele também.

O carrilhão que ela tinha na sala tocou. A luz das velas tremeluzia nas paredes, lançando sombras pela sala. Travis conseguia sentir o movimento suave do tórax dela, subindo e descendo conforme ela respirava, e eles continuaram com os olhos fixados um no outro, nenhum dos dois conseguindo falar.

O telefone tocou, despedaçando os pensamentos dela, e Travis se virou para o outro lado. Gabby se inclinou para a frente e pegou o telefone sem fio. Ela respondeu, e sua voz não deu nenhum indício do que estava havendo.

— Oh, oi, como está?… Nada de especial… Aham… Estava cuidando de algumas coisas por aqui… E como estão as coisas por aí?

Ao ouvir a voz de Kevin, uma onda de culpa tomou conta dela. Mesmo assim, ela percebeu que estava com o braço estendido e a mão em cima da perna de Travis. Ele não havia se movido e não fez nenhum som, e ela podia sentir os músculos tensionados por baixo do *jeans* dele conforme deslizava a mão pela sua coxa.

— Ah, isso é ótimo. Parabéns. Fico feliz por você ter vencido. Parece que você está se divertindo bastante… Eu? Ah, nada de muito interessante.

Ouvir a voz de Kevin ao mesmo tempo em que estava tão próxima de Travis a estava puxando em duas direções opostas. Ela tentou se concentrar e escutar o que Kevin dizia, enquanto organizava seus pensamentos em relação ao que havia acabado de acontecer com Travis. A situação era surreal demais para se absorver.

— Ah, que pena… eu sei, eu me queimo facilmente quando estou ao sol, também… sim… sim, eu pensei sobre a viagem a Miami, mas não vou conseguir nenhum dia de folga até o fim do ano… talvez, eu não sei…

Ela tirou a mão da perna de Travis e se recostou no sofá, tentando manter a voz firme, desejando não ter atendido o telefone, desejando que ele não tivesse ligado. Sabendo que ela estava apenas ficando cada vez mais confusa. — Vamos conversar sobre isso depois, pode ser? Quando você voltar… não, não há nada de errado. Acho que estou cansada, só. O fim de semana foi puxado.

Não era mentira, mas também não era a verdade, e ela sabia, o que a fazia se sentir pior ainda. Travis estava olhando para baixo, escutando a conversa, mas fingindo não fazê-lo.

— Pode deixar — continuou ela. — Sim, você também… certo… sim, acho que estarei por aqui… Tudo bem… eu também. Divirta-se amanhã. Tchau.

Desligando o telefone, ela pareceu preocupada por um momento antes de se inclinar para a frente e colocar o telefone sem fio sobre a mesa de centro. Travis sabia que devia ficar em silêncio naquele momento.

— Era Kevin — disse ela, finalmente.

— Eu imaginei — disse Travis, incapaz de ler a expressão dela.

— Ele venceu o torneio de golfe hoje.

— Que bom para ele.

Novamente, um silêncio desceu sobre eles.

— Acho que preciso de um pouco de ar fresco — disse ela, finalmente, levantando-se do sofá. Ela foi até a porta lateral e saiu para o deque.

Travis observou-a saindo da casa, perguntando-se se deveria se juntar a ela, ou se seria melhor lhe dar alguns momentos para ficar sozinha. Do lugar onde ele estava sentado no sofá, a imagem dela contra o corrimão estava coberta pelas sombras. Ele se imaginou saindo pela porta para ficar ao lado dela, apenas para ouvi-la dizer que seria melhor ele ir para casa. Embora aquela ideia o assustasse, ele precisava estar com ela, agora mais do que nunca.

Ele foi até o deque e se juntou a ela ao lado do corrimão. Sob o luar, a pele dela tinha um tom perolado, e seus olhos estavam iluminados em meio à escuridão.

— Desculpe-me — disse ele.

— Não precisa se desculpar. Você não fez nada de errado — disse ela, forçando um sorriso. — É minha culpa, não sua. Eu sabia no que estava me metendo.

Gabby podia perceber que ele queria tocá-la, mas estava dividida, sem saber se queria que ele fizesse aquilo ou não. Ela sabia que deveria dar um fim naquilo, que não deveria deixar a noite continuar no rumo em que estava, mas não conseguia quebrar o encanto que a declaração de Travis havia lançado sobre ela. Aquilo não fazia sentido. As pessoas levavam algum tempo para se apaixonar, mais tempo do que apenas um fim de semana, e, mesmo assim, apesar de seus sentimentos em relação a Kevin, foi exatamente o que aconteceu. Ela sentia o nervosismo de Travis enquanto ele estava ao seu lado e o observou enquanto ele se fortalecia com um último gole de vinho.

— Aquilo que você disse há alguns minutos... foi sincero? — perguntou ela. — Sobre querer formar uma família.

— Sim.

— Fico feliz — disse ela. — Porque eu acho que você vai ser um ótimo pai. Não lhe disse antes, mas foi o que pensei quando vi você com as crianças ontem. Você parecia ter um talento natural para lidar com elas.

— Eu tenho muita experiência com filhotes.

Apesar da tensão, ela riu. Ela se aproximou um pouco dele, e quando ele se virou para encará-la, ela colocou os braços ao redor do pescoço dele. Ela podia ouvir aquela voz no fundo da sua cabeça lhe dizendo para parar, dizendo que não era tarde demais para acabar com tudo aquilo. Mas outro desejo havia tomado conta dela, e ela sabia que era inútil negá-lo.

— Talvez, mas eu achei bem sensual — sussurrou ela.

Travis a puxou para mais perto de si, percebendo como o corpo dela parecia se encaixar no seu. Ele sentiu o aroma suave de jasmim nela. Em meio ao abraço, ele percebeu que seus sentidos começaram a ficar mais alertas. Ele sentia-se como se tivesse alcançado o final de uma longa jornada, sem saber, até aquele momento, que Gabby sempre havia sido o seu destino. Quando ele sussurrou "Eu te amo, Gabby Holland" em seu ouvido, nunca teve tanta certeza em relação a alguma coisa em toda a sua vida.

Gabby se aconchegou em seus braços.

— Eu também te amo, Travis Parker — sussurrou ela, e, em meio ao abraço, Gabby não conseguia imaginar querer nada além daquilo que estava acontecendo no momento, com todas as reservas e arrependimentos empurrados para longe.

Ele a beijou, e depois beijou novamente, repetidamente, lentamente explorando seu pescoço e o colo antes de voltar seus lábios para encontrar os dela novamente. Ela correu suas mãos por cima do peito e dos ombros dele, sentindo a força nos braços que a envolviam, e quando ela sentiu Travis passando os dedos pelos seus cabelos, estremeceu, sabendo que aquele era o ápice de um fim de semana que estava ficando cada vez mais intenso.

Eles se beijaram no deque por um longo tempo. Finalmente ela se afastou, e pegou na mão de Travis para levá-lo para dentro da casa, passando pela sala e indo em direção ao quarto. Ela apontou para a cama e, enquanto Travis se deitava, ela tirou um isqueiro da gaveta e começou a acender as velas que havia preparado anteriormente. O quarto, escuro a princípio, se encheu com uma leve luz tremeluzente que deu um tom de ouro líquido à sua pele.

Com as sombras acentuando cada movimento, Travis fitou Gabby enquanto ela cruzou os braços, buscando a barra da blusa. Com um movimento suave, ela puxou a blusa por cima da cabeça. Seus seios pressionavam o contorno acetinado do seu sutiã, e suas mãos se moveram lentamente em direção ao botão do seu *jeans*. Um momento depois, ela se livrou daquela peça, que ficou amontoada no chão.

Travis a observava, fascinado, quando ela se aproximou da cama e o empurrou para que ele se deitasse. Ela começou a abrir os botões da camisa dele e a puxou por cima de seus ombros. Quando ele sentiu que estava com os braços livres, ela abriu o botão do *jeans* dele e, um momento depois, ele sentiu o calor da pele da barriga dela conforme Gabby se esfregava sobre o seu corpo.

A boca de Travis se encontrou com a dela com uma paixão controlada. Ter o corpo dela ao seu lado lhe dava uma sensação prazerosa, como se eles tivessem sido feitos um para o outro, mais do que qualquer coisa que eles já tivessem sentido, como um quebra-cabeça no qual as últimas peças finalmente se encaixam.

Depois, ele se deitou ao lado dela e disse as palavras que estavam ecoando dentro da sua cabeça durante a noite inteira.

— Eu te amo, Gabby — sussurrou ele. — Você é a melhor coisa que já aconteceu comigo.

Ele sentiu que ela estava estendendo o braço para tocá-lo.

— Eu te amo também, Travis — sussurrou ela, e, ao ouvir aquelas palavras, ele sabia que a jornada solitária na qual ele se encontrava há anos, de algum modo, havia chegado ao fim.

Com a lua ainda alta no céu e a luz prateada iluminando o quarto, Travis se virou na cama, percebendo instantaneamente que Gabby não estava ali. Já eram quase 4 horas da manhã e, após notar que ela não estava no banheiro, ele se levantou e vestiu seu *jeans*. Foi até o corredor e olhou pela porta do quarto de hóspedes antes de examinar a cozinha. Todas as luzes estavam apagadas, e ele hesitou por um momento antes de perceber que a porta que dava para o deque estava aberta.

Ele foi até o deque, percebendo uma figura encoberta pelas sombras apoiada contra o corrimão, na lateral da casa. Ele deu um passo hesitante em direção a Gabby, sem saber se ela preferia ficar sozinha.

— Oi — ele ouviu uma voz chamando na escuridão. Travis viu que ela estava usando o roupão que estava pendurado no banheiro.

— Oi — respondeu ele, em voz baixa. — Você está bem?

— Estou bem. Eu acordei e não consegui mais pegar no sono, mas não quis acordar você.

Parando bem perto dela, ele se apoiou contra o corrimão, e os dois ficaram em silêncio. Em vez disso, eles simplesmente observaram o céu. Nada parecia estar se mexendo. Até mesmo os grilos e sapos estavam quietos.

— É tão lindo aqui fora — disse ela, finalmente.

— É sim — respondeu ele.

— Eu adoro noites como esta.

Quando ela não disse nada além daquilo, ele chegou mais perto e pegou em sua mão. — Está incomodada com o que aconteceu?

— Não, não é isso — disse ela, com a voz límpida. — Não me arrependo de nada.

Ele sorriu. — E no que está pensando?

— Estava pensando em meu pai — refletiu ela, apoiando-se nele. — Ele me lembra você, de várias maneiras. Acho que você gostaria de conhecê-lo.

— Tenho certeza de que gostaria — disse ele, sem saber ao certo o rumo que aquela conversa estava tomando.

— Eu estava pensando em como ele deve ter se sentido quando conheceu minha mãe. O que passou pela cabeça dele, se ele estava nervoso, o que disse quando se aproximou dela.

Travis olhou para ela. — E?

— Não faço ideia.

Quando ele riu, ela colocou seu braço entre o dele. — A água da banheira de hidromassagem no seu deque ainda está quente? — perguntou ela.

— Acho que sim. Não verifiquei esta noite, mas tenho certeza de que está ótima.

— Quer aproveitar e entrar nela?

— Eu teria de pegar uma sunga, mas a ideia parece ótima.

Ela o abraçou com força, e depois falou em seu ouvido. — Quem disse que você precisa pegar uma sunga?

Travis não disse nada, e eles cruzaram o jardim até chegarem ao lado da banheira instalada no deque. Ao levantar a lona que cobria a banheira, ele viu o roupão dela escorregar dos seus ombros e seu corpo nu, sabendo o quanto ele a amava e que aqueles últimos dias iriam, de alguma maneira, mudar sua vida para sempre.

Capítulo 14

Embora ambos tenham voltado ao trabalho na segunda-feira, durante os dois dias seguintes, Travis e Gabby passaram quase todos os seus momentos livres juntos. Fizeram amor na segunda-feira antes de sair para trabalhar, almoçaram juntos em uma pequena cafeteria em Morehead City, e, naquela noite, como Molly estava se sentindo melhor, eles levaram ambos os cães para passear na praia perto de Fort Macon. Enquanto caminhavam de mãos dadas, Moby e Molly exploravam a praia adiante como dois amigos que haviam se acostumado com suas diferenças. Quando Moby perseguia gaivotas e corria em direção a bandos de pelicanos, Molly mantinha o passo, agindo como se não quisesse tomar parte naquilo. Após algum tempo, Moby percebia que Molly não estava mais ao seu lado e voltava para perto dela, e os dois trotavam alegremente juntos até que Moby encontrasse outra coisa que o distraísse, e tudo começava novamente.

— Bem parecido com nós dois, não é? — comentou Gabby, apertando a mão de Travis. — Um sempre buscando emoções fortes, e o outro se restringindo.

— E qual deles sou eu?

Ela riu e se encostou nele, apoiando a cabeça em seu ombro. Parando, ele a pegou em seus braços, maravilhado e espantado com a força do sentimento que tinha em relação a ela. Mas, quando ela ergueu o rosto para beijá-lo, ele sentiu que seus medos começavam a se esvair, substituídos por uma sensação crescente de completude. Ele imaginava se o amor causava aquela sensação em todas as pessoas.

Depois, eles pararam no supermercado. Nenhum deles estava com muita fome, então Travis pegou os ingredientes para uma salada César com frango. Na cozinha, ele grelhou o frango e observou Gabby enxaguar as folhas de alface na pia. Abraçados no sofá após o jantar, Gabby falou mais de sua família para Travis, despertando uma mistura de simpatia por Gabby e raiva em relação à mãe dela por não conseguir reconhecer a mulher incrível em que Gabby havia se transformado. Naquela noite, eles se deitaram e ficaram abraçados um ao outro até bem depois da meia-noite.

Na terça-feira de manhã, Travis estava ao lado dela assim que Gabby começara a se espreguiçar. Ela abriu um olho.

— É hora de acordar?

— Acho que sim — murmurou ele.

Eles estavam deitados, um de frente para o outro, sem se mover. Travis continuou. — Sabe o que seria ótimo agora? Café feito na hora e bolinhos de canela.

— Hummm — disse ela. — Uma pena que não temos tempo. Tenho de estar na clínica às 8. Você não devia ter me mantido acordada até tarde ontem à noite.

— Apenas feche os olhos e faça um desejo, com bastante vontade. Talvez seu desejo se torne realidade.

Cansada demais para fazer qualquer outra coisa, ela fez o que ele sugeriu, desejando apenas poder ficar na cama por mais alguns minutos.

— E aí está! — ela o ouviu dizer.

— O quê? — perguntou ela.

— Seu café. E um bolinho de canela.

— Não me provoque. Estou morrendo de fome.

— Está bem aí do seu lado. Pode ver com os próprios olhos.

Ela se esforçou para se levantar e viu duas xícaras fumegantes de café e um bolinho de canela de dar água na boca em cima da mesa de cabeceira.

— Quando você… quero dizer, por que você…?

— Há alguns minutos — disse ele, sorrindo. — Eu já estava acordado, de qualquer maneira, então dei uma corrida até o centro da cidade.

Ela estendeu a mão para pegar as xícaras de café e lhe entregou uma, sorrindo. — Eu o beijaria agora mesmo, mas o cheiro disso aqui está delicioso, e estou morrendo de fome. Acho que vou beijá-lo mais tarde.

— No chuveiro, talvez?

— Você sempre tem uma surpresa guardada, não é?

— Seja legal comigo. Eu lhe trouxe café na cama.

— Eu sei — disse ela, piscando o olho. Ela pegou o bolinho de canela. — E eu vou desfrutar muito disso tudo.

Na noite de terça-feira, Travis levou Gabby para um passeio de barco, onde eles observaram o pôr do sol nas águas próximas ao litoral de Beaufort. Gabby estava em silêncio desde que voltou do trabalho para casa, e esta foi a razão pela qual ele sugeriu o passeio; era a sua maneira de tentar adiar a conversa que ele sabia que estava se aproximando.

Uma hora depois, sentada no deque de Travis com Molly e Moby deitados a seus pés, Travis finalmente se rendeu ao inevitável.

— O que vai acontecer a seguir? — perguntou ele.

Gabby girou o copo de água que tinha nas mãos. — Não tenho certeza — disse ela, em voz baixa.

— Quer que eu converse com ele?

— Não é tão simples — disse ela, balançando a cabeça. — Passei o dia todo tentando imaginar um jeito de resolver isso, e ainda não tenho certeza do que vou fazer, ou mesmo do que vou dizer a ele.

— Você vai contar a ele sobre nós, não é?

— Não sei — disse ela. — Realmente não sei. — Ela se virou para Travis, com os olhos cheios de lágrimas. — Não fique bravo comigo. Por favor. Acredite em mim quando eu digo que sei como você se sente com essa situação, porque estou me sentindo da mesma maneira. Nos últimos dias, você me fez sentir como se eu estivesse… viva. Você fez com que eu me sentisse bonita, inteligente e desejada, e, por mais que eu tente, nunca conseguirei lhe dizer o quanto isso significa para mim. Mas por mais intenso que tudo isso tenha sido, e por mais que eu goste de você, nós não somos a mesma pessoa, e você não está enfrentando o mesmo tipo de decisão que eu. É fácil para você: nós nos amamos e deveríamos ficar juntos. Mas Kevin é importante para mim também.

— Mas e todas aquelas coisas que você disse? — perguntou Travis, tentando não parecer tão assustado quanto realmente estava.

— Ele não é perfeito, Travis. Eu sei disso. E não, as coisas não estão muito bem entre nós neste momento. Mas não posso evitar pensar que tenho um pouco de culpa por essa situação também. Você não consegue perceber? Com ele, eu tenho todas essas expectativas, mas com você... não tenho nenhuma. E, se você invertesse a equação, será que tudo isso teria acontecido? E se eu esperasse que você se casasse comigo, mas, com ele, eu simplesmente me permitisse curtir o momento? Você não teria feito tantas coisas por mim, e provavelmente eu não iria querer que você o fizesse.

— Não diga uma coisa dessas.

— Mas é verdade, não é? — ela estava com um sorriso triste. — É assim que eu estava pensando no dia de hoje, mesmo sabendo o quanto isso iria doer. Eu amo você, Travis, eu realmente amo. Se eu pensasse nisso como apenas uma aventura de fim de semana, eu superaria e voltaria a pensar em meu futuro com Kevin. Mas não vai ser tão fácil. Tenho de fazer uma escolha entre vocês dois. Com Kevin, eu sei o que esperar. Ou, pelo menos, achava que sabia, até você aparecer na minha vida. Mas agora...

Ela fez uma pausa, e Travis viu que seu cabelo se movimentava levemente com a brisa. Ela levantou os joelhos e abraçou-os junto ao corpo.

— Nós só nos conhecemos há alguns dias e, enquanto estávamos no barco, eu ficava imaginando quantas mulheres você já levou para passear daquela forma. Não por estar com ciúmes, mas porque eu não parava de me perguntar o que fez com que esses relacionamentos terminassem. E depois comecei a me perguntar se você sentiria o mesmo que sente agora em relação a mim no futuro, ou se isso vai acabar como todos os seus relacionamentos anteriores. Por mais que eu ache que nós nos conhecemos, isso não é a realidade. Ou, pelo menos, eu não conheço você. Tudo o que sei é que me apaixonei por você, e nunca tive tanto medo de alguma coisa na minha vida antes.

Ela parou. Travis ficou em silêncio, absorvendo as palavras dela antes de dizer qualquer coisa.

— Você está certa — admitiu ele. — Sua escolha é diferente da minha. Mas você está errada se pensa que isso é apenas uma aventura para mim. Pode ser que eu pensasse dessa forma no começo, mas... — ele buscou a mão dela — ... não é assim que eu me sinto agora. Ficar com você me mostrou algo que passei a minha vida inteira buscando. Quanto mais nós ficamos juntos, mais imagino que isso será algo duradouro no futuro. Isso nunca me aconteceu antes, e não tenho certeza de que acontecerá novamente. Nunca me apaixonei por ninguém até você chegar — pelo menos não um amor verdadeiro, de qualquer forma. Não dessa forma, e eu seria um imbecil se deixasse você se afastar sem lutar.

Ele passou a mão pelos cabelos, esgotado.

— Não sei o que mais posso lhe dizer, a não ser que eu consigo me imaginar passando o resto da minha vida ao seu lado. Sei que isso parece uma coisa louca. Sei que estamos somente começando a nos conhecer, e até mesmo admitir o que acabei de dizer pode fazer você pensar que sou louco, mas nunca tive tanta certeza a respeito de alguma coisa em minha vida. E, se você me der uma chance — se você nos der uma chance —, vou viver o resto da minha vida provando a você que tomei a decisão certa. Eu amo você, Gabby. Não somente por ser quem você é, mas pela maneira que você me faz pensar no que nós podemos ser.

Por um longo instante, nenhum deles disse nada. Na escuridão, Gabby ouvia os grilos cantando em meio à folhagem. Sua mente estava em um turbilhão — ela queria fugir, mas também queria ficar ali para sempre. Seus instintos antagônicos eram um reflexo da situação impossível em que ela havia se envolvido.

— Eu gosto de você, Travis — disse ela, com seriedade. Logo depois, percebendo o som daquilo, ela se esforçou para continuar. — E eu amo você, também, é claro, mas tenho esperança de que você já saiba disso. Eu estava apenas tentando lhe dizer que gosto do jeito como você conversa comigo. Gosto do fato de que, quando você diz alguma coisa, sei que está sendo sincero. Gosto do fato de que sei quando você está brincando comigo ou quando está dizendo a verdade. É uma das suas qualidades que mais me atraem — disse ela, acariciando-lhe o joelho. — Agora, pode fazer uma coisa por mim?

— É claro — disse ele.

— Não importa o que eu pedir?

Ele hesitou. — Acho que sim.

— Pode fazer amor comigo? Sem pensar que pode ser a última vez que isso acontece?

— Você está pedindo duas coisas.

Ela não se dignou a lhe dar uma resposta. Em vez disso, simplesmente lhe estendeu a mão. Ao irem em direção ao quarto, ela abriu um pequeno sorriso, finalmente sabendo o que iria fazer.

Parte Dois

Capítulo 15

Fevereiro de 2007

Travis tentou se livrar daquelas memórias de quase onze anos, imaginando por que elas teriam reaparecido com tanta clareza. Seria porque agora ele tinha idade suficiente para perceber o quanto era incomum se apaixonar tão rapidamente? Ou simplesmente porque ele sentia falta da intimidade daqueles dias? Ele não sabia.

Ultimamente, parecia que ele não sabia a respeito de muitas coisas. Havia pessoas que alegavam ter todas as respostas, ou pelo menos as respostas para as grandes questões da vida, mas Travis nunca havia acreditado nessas pessoas. Havia algo na segurança com a qual elas falavam ou escreviam que parecia rotular aquilo como charlatanismo. Mas, se houvesse uma pessoa capaz de responder a qualquer pergunta, Travis perguntaria o seguinte: até onde uma pessoa deveria ir em nome do amor verdadeiro?

Ele poderia fazer aquela pergunta a cem pessoas diferentes e receber cem respostas diferentes. A maioria era óbvia: uma pessoa deveria sacrificar, aceitar, perdoar, ou até mesmo lutar se necessário... e a lista não parava por aí. Mesmo assim, mesmo sabendo que todas essas respostas eram válidas, nenhuma delas o ajudaria agora. Algumas coisas estavam além da sua compreensão. Pensando no passado, ele se lembrou de eventos que desejou ser capaz de mudar, lágrimas que desejou que nunca tivessem rolado, épocas que poderiam ter sido mais bem aproveitadas e frustrações que ele devia ter superado. A vida, aparentemente, era algo repleto de arrependimentos, e ele ansiava poder fazer o tempo voltar para reviver algumas partes da sua vida. Uma coisa era certa: ele deveria ter sido um marido melhor. E, ao considerar a questão sobre até onde uma pessoa deveria ir em nome do amor, ele sabia qual deveria ser a sua resposta. Às vezes, aquilo significava que uma pessoa deveria mentir.

E, em breve, ele deveria decidir se faria aquilo.

As luzes fluorescentes e o piso de azulejos brancos ajudavam a enfatizar a esterilidade do hospital. Travis andava lentamente pelo corredor, certo de que, mesmo tendo avistado Gabby anteriormente, ela não o havia visto. Ele hesitou, tomando coragem para ir até ela e conversar. Era a razão pela qual ele havia vindo até ali, afinal de contas, mas as lembranças vívidas que passaram por seus olhos o haviam deixado esgotado. Ele parou, sabendo que esperar mais alguns minutos para organizar seus pensamentos não faria nenhuma diferença.

Ele entrou em uma pequena sala de espera e se sentou. Observando o movimento rítmico e constante no corredor, percebeu que, apesar das emergências infindáveis, a equipe de funcionários tinha certa rotina ali, assim como ele tinha as próprias rotinas em casa. Era inevitável que as pessoas tentassem criar um senso de normalidade em um lugar onde nada era normal. Acrescentar uma dose de previsibilidade a uma vida que era inerentemente imprevisível ajudava as pessoas a enfrentar o dia. As manhãs de Travis eram um caso exemplar, todas sempre iguais. O despertador tocava às 6h15; ele levava um minuto para se levantar da cama e nove para tomar banho; mais quatro minutos para se barbear e escovar os dentes, e sete minutos para se vestir. Uma pessoa poderia acertar um relógio se seguisse os movimentos de Travis pelas janelas da sua casa. Depois daquilo, ele descia as escadas rapidamente para colocar cereal para as crianças; verificava as mochilas para ver se as lições de casa estavam em ordem e preparava sanduíches de manteiga de amendoim e geleia para o lanche, enquanto suas filhas, ainda sonolentas, tomavam o café da manhã. Exatamente quinze minutos depois das 7 horas, eles sairiam pela porta e ele ficava ao lado delas na calçada, esperando o ônibus da escola chegar, dirigido por um homem cujo sotaque escocês fazia com que Travis se lembrasse de *Shrek*. Depois que suas filhas entravam no ônibus e se sentavam, ele sorria e acenava, exatamente como devia fazer. Lisa e Christine tinham 6 e 8 anos, um pouco jovens para estarem no primeiro e no terceiro ano do ensino fundamental, e, ao observá-las no caminho para mais um dia na escola, ele frequentemente sentia seu coração se apertar de preocupação. Talvez aquilo fosse comum — as pessoas sempre diziam que criar filhos e se preocupar eram sinônimos — mas, recentemente, as preocupações que ele sentia pareciam mais acentuadas. Ele sentia que sua atenção se focava em coisas com que nunca havia se preocupado. Coisas pequenas. Ridículas. Lisa estava rindo dos desenhos animados tanto quanto antigamente? Christine estava mais retraída do que o normal? Às vezes, conforme o ônibus se afastava, ele percebia que relembrava do café da manhã, repetindo a cena várias e várias vezes em sua mente, procurando indícios relativos ao bem-estar das meninas. Ele havia passado metade do dia anterior imaginando se Lisa o estava testando quando pedia que ele amarrasse os sapatos, ou se apenas estava se sentindo preguiçosa. Mesmo sabendo que ele estava à beira da obsessão, quando entrou nos quartos de cada uma para ajustar os cobertores que estavam amarrotados nas camas, ele não conseguia deixar de pensar se a agitação que sentia à noite era algo novo, ou algo que ele simplesmente não havia percebido anteriormente.

Não era para ser assim. Gabby deveria estar com ele; Gabby deveria ser a pessoa a amarrar os sapatos e a ajustar os cobertores. Ela era boa em coisas daquele tipo, como ele sempre soube que ela seria, desde o começo. Ele se lembrou que, nos dias que se seguiram ao seu primeiro fim de semana juntos, ele se apanhava estudando Gabby, sabendo que, no fundo, mesmo se ele passasse o resto da sua vida procurando, nunca encontraria uma mãe melhor, ou um complemento mais perfeito para ele. Aquela percepção sempre surgia nos lugares mais inusitados — ao empurrar o carrinho de supermercado na seção de frutas ou na fila para comprar os ingressos do cinema — mas, sempre que aquilo acontecia, era como se algo tão simples como pegar em sua mão se transformasse em um prazer intenso, algo que era ao mesmo tempo reconfortante e gratificante.

Aquele período não foi tão descomplicado para ela. Foi ela quem ficou dividida entre dois homens que lutavam pelo seu amor. "Um pequeno inconveniente", era como Travis descrevia a situação em festas, mas ele sempre imaginava quando exatamente os sentimentos que ela tinha por ele haviam finalmente sobrepujado o que ela sentia por Kevin. Teria sido quando eles estavam sentados lado a lado, olhando para o céu, e ela começou a descrever as constelações que conhecia? Ou no dia seguinte, quando ela o segurou com força enquanto eles andavam de moto, antes de pararem para fazer o piquenique? Ou mais tarde, na mesma noite, quando ele a tomou nos braços?

Ele não tinha certeza. Capturar um instante específico como aquele não era mais possível do que localizar uma gota específica de água no oceano. Mas o fato era que Gabby ainda teve de explicar a situação para Kevin. Travis se lembrava da expressão angustiada no rosto de Gabby na manhã em que ela sabia que Kevin voltaria à cidade. A certeza que os havia guiado nos dias anteriores havia desaparecido; seu lugar havia sido tomado pela realidade do que ela devia enfrentar. Ela nem sequer tocou seu café da manhã. Quando ele a beijou em despedida, ela respondeu com um sorriso triste. As horas se arrastaram sem que ela lhe desse notícias, e Travis se mantinha ocupado no trabalho e fazia ligações para encontrar lares para os filhotes de Molly, sabendo que aquilo era importante para Gabby. Mais tarde, após o trabalho, Travis foi ver como Molly estava. Como se sentisse que sua presença seria necessária mais tarde, ela não voltou para a garagem depois que Travis a deixou sair. Em vez disso, ela se deitou na grama alta que havia em frente à casa de Gabby, olhando em direção à rua conforme o sol se aproximava do horizonte.

A noite já havia caído há um bom tempo quando o carro de Gabby chegou à rua onde morava. Ele se lembrava da maneira firme como ela o encarou quando desceu do carro. Sem uma palavra, ela se sentou ao lado dele nos degraus da varanda. Molly se aproximou e começou a esfregar seu focinho nela. Gabby acariciou os pelos da cadela em movimentos ritmados.

— Oi — disse ele, quebrando o silêncio.

— Oi — a voz dela parecia não ter nenhuma emoção.

— Acho que encontrei lares para todos os filhotes — disse ele.

— É mesmo?

Ele fez que sim com a cabeça, e os dois continuaram sentados lado a lado sem falar, como duas pessoas que haviam esgotado todos os assuntos que tinham em comum.

— Eu sempre vou te amar — disse ele, buscando palavras adequadas para confortá-la, sem conseguir encontrá-las.

— Eu acredito em você — sussurrou ela. Ela passou seu braço entre o de Travis e apoiou a cabeça no ombro dele. — É por isso que estou aqui.

Travis nunca gostou de hospitais. Ao contrário da clínica veterinária, que fechava as portas por volta da hora do jantar, o Hospital Geral Carteret parecia funcionar como uma roda-gigante que gira sem parar, com pacientes e funcionários entrando e saindo a cada minuto de todo dia. Do lugar onde ele estava sentado, podia ver enfermeiras entrando e saindo de quartos ou reunidas na enfermaria no fim do corredor. Algumas pareciam estar exaustas, enquanto outras pareciam estar entediadas; a situação não era diferente com os médicos. Em outros pavimentos, Travis sabia que mães estavam dando à luz e que idosos estavam falecendo, um microcosmo do mundo. Por mais que ele achasse aquele ambiente opressivo, Gabby adorava trabalhar ali, energizada pelo intenso burburinho das atividades.

Ele se lembrou de uma carta na caixa de correio alguns meses antes, enviada pela administração da entidade, anunciando que o hospital planejava celebrar os dez anos que Gabby trabalhava ali. A carta não mencionava nada que Gabby tivesse especificamente realizado naqueles dez anos; não era nada além de uma carta padronizada, algo que, sem dúvida, era enviado a uma dúzia de outras pessoas que haviam começado a trabalhar na mesma época que ela. A carta dizia que uma pequena placa em homenagem a Gabby seria colocada em um dos corredores, com as de outros homenageados, mas aquilo ainda não havia acontecido.

Ele duvidava que Gabby daria importância àquilo. Ela havia aceitado a proposta para trabalhar no hospital não porque algum dia seria homenageada com uma placa, mas porque ela sentiu que não teria muita escolha. Embora tivesse chegado a mencionar alguns problemas que teve na clínica pediátrica durante o primeiro fim de semana que passaram juntos, não entrou em detalhes. Ele havia deixado o comentário passar sem insistir para que ela se abrisse, mas ele sabia que aquele problema não iria simplesmente desaparecer por si só.

Depois de algum tempo, ela lhe disse o que estava acontecendo. Foi no fim de um dia longo e cansativo. Ele havia sido chamado na noite anterior para atender a uma ocorrência no centro equestre, onde encontrou um cavalo árabe suando e esfregando os cascos no chão, com o abdômen sensível ao toque. Eram os sinais clássicos de cólica equina, embora, com um pouco de sorte, ele não pensava que o animal necessitaria de cirurgia. Mesmo assim, como os proprietários tinham mais de 70 anos, Travis não se sentia à vontade em pedir-lhes que levassem o animal para caminhar por 15 minutos, de hora em hora, caso o cavalo ficasse mais agitado ou a condição em que ele se encontrava piorasse. Em vez disso, ele decidiu ficar ao lado do cavalo, e, embora o animal melhorasse gradualmente com o passar do dia, até a noite seguinte, ele estava exausto quando voltou para casa.

Ele chegou em casa suado e imundo, e encontrou Gabby chorando na mesa da cozinha. Levou alguns minutos até que ela conseguisse lhe contar a história — como ela teve de ficar depois do horário com um paciente que estava esperando por uma ambulância, em consequência de algo que ela tinha quase certeza que era apendicite, quando conseguiu sair, a maioria dos funcionários da clínica já tinha ido embora. O médico de plantão, Adrian Melton, ainda não havia saído. Eles saíram juntos, e Gabby não percebeu que Melton a seguiu em direção ao seu carro, até que era tarde demais. Chegando lá, ele pôs uma das mãos sobre o ombro dela e lhe disse que iria até o hospital e que lhe informaria da condição do seu paciente. Quando ela forçou um sorriso, entretanto, ele se inclinou para beijá-la.

O médico fez um esforço desajeitado, típico de um garoto do ensino médio, e ela se esquivou antes que ele pudesse terminar. Ele olhou fixamente para ela, aparentemente desapontado. — Eu achei que você quisesse isso — disse ele.

Sentada à mesa, Gabby estremeceu. — Ele disse aquilo como se eu fosse a culpada.

— Isso já aconteceu antes?

— Não, não desse jeito. Mas...

Quando as palavras lhe escaparam, Travis estendeu o braço e pegou na mão dela. — Vamos lá — disse ele. — Estou aqui com você. Converse comigo.

Os olhos dela permaneceram focados na superfície da mesa, mas sua voz estava firme conforme relatava o histórico do comportamento de Melton. Quando ela terminou, o rosto de Travis estava tenso, com uma fúria que ameaçava sair do controle.

— Deixe isso comigo — disse ele, sem esperar por uma resposta.

Foram necessários dois telefonemas para descobrir onde Adrian Melton morava. Dentro de minutos, o carro dele parou com os pneus guinchando na frente da casa do médico. O dedo insistente na campainha trouxe Melton à porta de entrada. Melton nem conseguiu demonstrar perplexidade antes que o punho de Travis se chocasse violentamente contra a sua mandíbula. Uma mulher, que Travis presumiu ser a esposa de Melton, materializou-se no mesmo instante em que Melton caiu ao chão, e os gritos dela ecoaram no corredor.

Quando a polícia chegou à casa, Travis foi preso pela primeira e única vez em sua vida. Ele foi trazido até a delegacia, onde a maioria dos policiais o trataram com respeito, como se estivessem se divertindo. Cada um deles já havia levado seus bichos de estimação até a clínica veterinária e ficaram claramente desconfiados com a alegação da Sra. Melton de que “um maluco agrediu meu marido”.

Quando Travis ligou para sua irmã, Stephanie surgiu na delegacia, parecendo que estava se divertindo em vez de se sentir preocupada. Ela encontrou Travis sentado em uma cela, em uma discussão intensa com o xerife. Conforme se aproximou, ela percebeu que eles estavam falando sobre o gato do xerife, que parecia ter desenvolvido algum tipo de infecção de pele e não conseguia parar de se coçar.

— Que pena — disse ela.

— O que foi?

— Eu pensava que iria encontrá-lo usando um uniforme listrado.

— Desculpe, não quis desapontá-la.

— Talvez ainda haja tempo. O que o senhor acha, xerife?

O xerife não sabia o que pensar e, um momento depois, ele os deixou a sós.

— Obrigado pelo comentário — disse Travis quando o xerife saiu. — Provavelmente ele está considerando a sua sugestão.

— Não me culpe. Não sou eu que saio por aí atacando médicos nas portas de suas casas.

— Ele mereceu.

— Tenho certeza disso.

Travis sorriu. — Obrigado por vir até aqui.

— Eu não perderia essa oportunidade, Rocky. Ou você prefere que eu lhe chame de Apollo Creed[1]?

— Que tal você me tirar daqui em vez de tentar me colocar um apelido?

— Colocar apelidos em você é mais divertido.

— Talvez eu devesse ter ligado para o nosso pai.

— Mas você não ligou. Quem está aqui sou eu. E, confie em mim, você fez a escolha certa. Agora, deixe que eu converse com o xerife, está bem?

Mais tarde, enquanto Stephanie conversava com o xerife, Adrian Melton visitou Travis. Ele não conhecia o veterinário, e exigiu saber por que motivo Travis o havia agredido. Embora nunca tenha contado a Gabby o que disse, Adrian Melton imediatamente retirou a queixa, apesar dos protestos da Sra. Melton. Alguns dias depois, Travis ficou sabendo, pelas

1. Referência à série de filmes sobre a carreira de Rocky Balboa, interpretado por Sylvester Stallone. Rocky e Apollo Creed são boxeadores nos filmes. (N. T.)

fofocas que permeavam a vida da pequena cidade, que o Dr. Melton e sua esposa haviam iniciado uma terapia de casal. Apesar de tudo isso, o ambiente de trabalho continuava tenso para Gabby e, algumas semanas depois, o Dr. Furman chamou Gabby em seu consultório e sugeriu que ela considerasse procurar outro lugar para trabalhar.

— Eu sei que não é justo — disse ele. — E, se você preferir ficar, nós podemos dar um jeito nas coisas. Mas eu estou com 64 anos e planejo me aposentar no ano que vem. O Dr. Melton concordou em comprar a minha parte na sociedade, e duvido que ele tenha a intenção de manter você trabalhando aqui. Acho que seria melhor e mais fácil se você tirar um tempo para encontrar um lugar onde se sinta confortável, e simplesmente deixar toda essa coisa horrível para trás — ele deu de ombros. — Não estou dizendo que o comportamento dele não seja reprovável; com certeza é. Mas, mesmo que ele seja um calhorda, ele é o melhor pediatra que eu já entrevistei, e o único que está disposto a clinicar em uma cidade pequena como esta. Se você sair voluntariamente, eu prepararei a melhor carta de recomendação que você possa imaginar. Você vai conseguir arrumar um emprego em qualquer lugar. Eu lhe garanto.

Ela reconheceu o que havia por trás daquela manipulação e, embora suas emoções gritassem por uma retribuição jurídica, em seu nome e em nome de todas as mulheres assediadas sexualmente, o lado mais pragmático de Gabby acabou concordando com aqueles termos. Depois de algum tempo, ela foi contratada para trabalhar na ala de emergência do hospital.

Só havia um problema. Quando Gabby descobriu o que Travis fizera, ela ficou furiosa. Foi a primeira briga que eles tiveram depois que assumiram o relacionamento, e Travis ainda se lembrava do quanto ela se sentia ofendida quando exigiu saber se ele acreditava que ela era "adulta o bastante para lidar com os próprios problemas" e por que ele havia agido "como se ela fosse alguma frágil donzela em perigo". Travis nem tentou se defender. Em seu coração, ele sabia que faria tudo aquilo novamente em um instante, mas, sabiamente, ficou de boca fechada.

Mesmo ultrajada com aquela situação, Travis suspeitava que havia uma parte de Gabby que admirava o que ele fizera. A lógica simples do ato "Ele mexeu com você? Deixe que eu resolvo as coisas" a havia deixado encantada de algum modo, pois a noite de amor que eles tiveram naquela noite pareceu particularmente intensa, ou, pelo menos, era assim que Travis se lembrava. A noite teria transcorrido exatamente daquela forma? Ele não tinha certeza. Ultimamente, parecia que a única coisa sobre a qual ele tinha certeza era que não trocaria os anos que passou com Gabby por nada. Sem ela, sua vida tinha pouco sentido. Ele era um marido típico de uma cidade pequena, com uma profissão típica de cidade pequena, e suas preocupações não eram diferentes das preocupações de outras pessoas. Ele não era um líder nem um seguidor, e também não era alguém que seria lembrado por muito tempo após a sua morte. Ele era o mais comum dos homens, com apenas uma exceção: ele amava uma mulher chamada Gabby, e o amor que ele sentia por ela ficou mais forte durante os anos em que eles estiveram casados. Mas o destino havia conspirado para arruinar tudo aquilo, e agora ele passava longos períodos do dia imaginando se seria humanamente possível consertar as coisas entre eles.

Capítulo 16

— Oi, Travis — disse uma voz vinda da porta. — Imaginei que o encontraria aqui.

O Dr. Stallings tinha já seus 30 e poucos anos e ficava de plantão durante as manhãs. Com o passar dos anos, ele e sua esposa haviam se tornado bons amigos de Travis e Gabby, e, no verão passado, os quatro haviam viajado para Orlando com os filhos. — Trouxe mais flores?

Travis fez que sim com a cabeça, sentindo a rigidez em suas costas.

Stallings hesitou, parando sob o batente da porta. — Imagino que você ainda não a tenha visto.

— Mais ou menos. Eu a vi mais cedo, mas...

Quando deixou a frase no ar, Stallings a terminou por ele. — Precisa de um pouco de tempo sozinho? — ele entrou e se sentou ao lado de Travis. — Acho que isso faz de você uma pessoa normal.

— Não me sinto normal. Nada do que está acontecendo parece ser normal.

— Eu imagino que não pareça, mesmo.

Travis pegou o buquê de flores novamente, tentando afastar seus pensamentos, sabendo que havia certas coisas sobre as quais ele não podia falar.

— Eu não sei o que fazer — admitiu ele, finalmente.

Stallings colocou a mão no ombro de Travis. — Eu gostaria de saber qual conselho lhe dar.

Travis se virou em direção a ele. — O que você faria?

Stallings permaneceu em silêncio por um longo momento. — Se eu estivesse no seu lugar? — ele juntou os lábios, considerando a pergunta, parecendo mais velho do que aparentava. — Com toda a honestidade, eu não sei.

Travis baixou a cabeça. Ele não esperava que Stallings tivesse uma resposta. — Tudo o que eu quero é fazer a coisa certa.

— Não é o que todos queremos?

Quando Stallings saiu, Travis se acomodou em sua poltrona, ciente dos documentos que trazia no bolso. Embora ele costumasse guardá-los na sua escrivaninha, agora percebia ser impossível cuidar de seus afazeres diários sem tê-los por perto, mesmo que eles assinalassem o fim de tudo o que ele mais amava na vida.

O advogado idoso que redigiu aqueles papéis pareceu não achar que havia nada de incomum no seu pedido. O seu escritório de causas cíveis e familiares ficava em Morehead City, perto do hospital onde Gabby trabalhava, e ela podia enxergá-lo das janelas da sala de conferências. A reunião não demorou muito; o advogado explicou os estatutos relevantes e fez alguns relatos baseados na sua experiência. Mais tarde, Travis só conseguiu se lembrar do aperto de mão fraco com o qual o advogado se despediu dele.

Era estranho que aqueles papéis pudessem sinalizar o término oficial do seu casamento. Eles continham palavras codificadas, nada mais do que isso; mas o poder daquelas palavras parecia agora quase malévolo. Onde, imaginou ele, estaria a humanidade daquelas frases? Onde estaria a emoção governada por aquelas leis? Onde estaria o registro da vida que eles tiveram juntos, até que tudo fosse destruído? E por quê, em nome de Deus, Gabby quis que aquelas palavras fossem escritas?

Não era para acabar assim e, com certeza, não era o final que ele havia previsto quando pediu Gabby em casamento. Ele se lembrava da sua viagem para Nova York, no outono; enquanto Gabby estava no salão de beleza para uma massagem e um tratamento para os pés, ele havia escapulido em direção à rua 47, onde comprou a aliança de noivado. Após jantarem no Tavern of the Green[2], eles saíram para um passeio de carruagem pelo Central Park. Sob um céu nublado e iluminado pela lua cheia, ele pediu a mão dela em casamento, e ficou emocionado pela maneira passional como ela colocou seus braços ao redor dele enquanto sussurrava seu consentimento várias e várias vezes em seu ouvido.

E depois? Veio a vida, supunha ele. Entre seus plantões no hospital, ela planejava a cerimônia do casamento. Apesar dos avisos de seus amigos para simplesmente deixar que ela cuidasse das coisas, Travis adorava fazer parte do processo. Ele a ajudou a escolher os convites, as flores e o bolo; ele se sentava ao lado dela quando ela folheava os álbuns nos estúdios fotográficos, esperando encontrar o fotógrafo certo para imortalizar o grande dia. No fim, eles convidaram 80 pessoas para uma cerimônia realizada em uma velha capela na ilha de Cumberland na primavera de 1997; passaram a lua de mel em Cancún, o que acabou sendo uma escolha paradisíaca para ambos. Gabby queria um lugar relaxante, e eles passaram horas deitados ao sol e comendo bem; ele queria um pouco mais de aventura, então ela aprendeu a mergulhar e se juntou a ele em uma excursão para visitar as ruínas astecas que ficavam nas proximidades.

Aquela relação de troca mútua estabeleceu o tom do casamento. A casa dos sonhos de Gabby e Travis foi construída com pouco estresse e estava completa quando eles comemoraram o primeiro aniversário de casamento. Quando Gabby esfregou o dedo em torno da borda da sua taça de champanhe e se perguntou em voz alta se seria hora de começarem uma família, Travis achou que a ideia não era somente razoável, mas também algo que ele queria desesperadamente. Dentro de alguns meses ela havia engravidado, e a gravidez não teve complicações nem muitos desconfortos. Quando Christine nasceu, Gabby diminuiu suas horas de trabalho e eles desenvolveram uma tabela de horários que garantia que um deles sempre estivesse em casa com o bebê. Quando Lisa nasceu, dois anos depois, nenhum deles percebeu uma grande mudança, além do acréscimo de alegria e entusiasmo na casa.

---

2. Nome do famoso restaurante localizado no interior do Central Park. (N. T.)

Natais e aniversários vieram e passaram, as crianças cresciam e seus trajes ficavam pequenos para elas, sendo trocados por números maiores. Eles saíam de férias em família, mas, mesmo assim, Travis e Gabby sempre conseguiam passar algum tempo juntos e a sós, mantendo viva a chama do romance entre eles. Max acabou se aposentando, deixando que Travis tomasse conta da clínica; Gabby diminuiu ainda mais o seu horário de trabalho, o suficiente para que pudesse fazer atividades voluntárias na escola. No seu quarto aniversário de casamento, eles viajaram para a Itália e a Grécia; no sexto, eles passaram uma semana em um safári na África. No sétimo, Travis construiu um gazebo para Gabby no quintal, onde ela podia se sentar e ler, e também observar o movimento das luzes refletidas na água. Ele ensinou suas filhas a praticar *wakeboarding* e a esquiar quando cada uma completou seu quinto aniversário; e ele era o técnico dos times de futebol[3] em que elas jogavam no outono. Nas raras ocasiões em que ele parava para refletir sobre sua vida, se perguntava se alguém no mundo se sentia tão abençoado como ele.

Não que as coisas fossem sempre perfeitas. Há alguns anos, ele e Gabby haviam passado por um período difícil. As razões pareciam confusas agora, perdidas nos recessos do tempo, mas, mesmo naquela época, nunca houve um momento em que ele realmente acreditasse que seu casamento corria algum risco. Ele suspeitava que ela também nunca havia pensado naquela possibilidade. O casamento, de acordo com a percepção intuitiva de cada um deles, era calcado em acordos mútuos e no perdão. Havia a questão do equilíbrio, em que uma pessoa complementava a outra. Ele e Gabby tiveram isso durante anos, e esperava que eles pudessem ter aquilo novamente. Mas, nesse momento, eles não tinham, e perceber aquilo fez com que Travis desejasse que houvesse alguma coisa, qualquer coisa, que ele pudesse fazer para restaurar o delicado equilíbrio que havia entre eles.

---

3. Nos Estados Unidos, o futebol como os brasileiros o conhecem é mais popular como esporte feminino. (N. T.)

Travis sabia que ele não poderia adiar o encontro com ela por mais tempo e se levantou da poltrona. Com as flores na mão, ele andou pelo corredor, sentindo-se quase incorpóreo. Viu que algumas enfermeiras o olhavam e, embora às vezes imaginasse o que elas estavam pensando, nunca parou para perguntar. Em vez disso, reuniu sua coragem. Suas pernas tremiam, e ele sentia o início de uma dor de cabeça, um latejar inconveniente na parte de trás da cabeça. Se ele se permitisse fechar os olhos, tinha certeza de que dormiria por horas. Ele estava desmoronando, um pensamento que fazia tanto sentido quanto uma bola de golfe quadrada. Tinha 43 anos, não 72, e embora não estivesse comendo muito ultimamente, ainda se obrigava a ir à academia. — Você precisa continuar se exercitando — aconselhava o seu pai —, pelo menos para manter a sua sanidade.

Ele havia emagrecido oito quilos nas últimas doze semanas e, no espelho, percebia que seu rosto estava mais esquelético, com as maçãs do rosto mais pronunciadas. Ele estendeu o braço para tocar na maçaneta e abriu a porta, forçando-se a sorrir quando a viu.

— Oi, querida.

Ele esperava que ela se mexesse, esperou por qualquer resposta que lhe dissesse que as coisas voltariam ao normal, de algum modo. Mas nada aconteceu e, em meio ao silêncio longo e vazio que se seguiu, Travis sentiu uma dor que se espalhava pelo seu corpo e ia até o seu coração. Era sempre assim. Entrando no quarto, ele continuou a olhar fixamente para Gabby, como se estivesse tentando memorizar cada um de seus traços, embora ele soubesse que não havia motivo para fazer aquilo. Ele conhecia o rosto dela melhor do que o seu próprio.

Indo até a janela, ele abriu as cortinas, permitindo que a luz do sol invadisse o quarto. Não havia uma vista muito interessante; a janela do quarto ficava de frente para uma pequena rodovia que dividia a cidade em duas. Carros se moviam lentamente em frente a lanchonetes de *fast-food*, e ele podia imaginar os motoristas ouvindo música no rádio, conversando em seus telefones celulares, indo para o trabalho, fazendo entregas, cuidando de seus afazeres ou visitando seus amigos. Pessoas cuidando de suas vidas, pessoas perdidas em suas preocupações, todas elas ignorando o que acontecia no hospital. Ele costumava ser uma daquelas pessoas e sentia falta da vida que tinha.

Ele colocou as flores no parapeito da janela, desejando ter trazido um vaso. Ele havia escolhido um buquê de inverno e as cores violeta e laranja-queimado pareciam obscurecidas, quase lúgubres. O florista se considerava um tipo de artista e, em todos os anos que Travis havia comprado arranjos e buquês com aquele homem, nunca ficara decepcionado. O florista era um homem bom e gentil, e às vezes Travis se perguntava o quanto o florista conhecia do seu casamento. Durante os anos, Travis havia comprado buquês para os aniversários de Gabby e os aniversários de casamento; ele havia comprado flores como uma forma de pedir perdão, ou no calor do momento, como uma surpresa romântica. E, a cada vez, ele havia ditado ao florista o que queria que estivesse escrito no cartão. Às vezes, ele recitava um poema que havia encontrado em algum livro ou que ele mesmo havia escrito; outras vezes, ele ia direto ao ponto e simplesmente dizia o que tinha na cabeça. Gabby havia guardado todos aqueles cartões, envoltos em uma tira de borracha. Eles eram uma espécie de histórico da vida a dois de Travis e Gabby, descrita em pequenos textos.

Ele se sentou na cadeira que havia ao lado da cama e buscou a mão dela. A pele de Gabby estava pálida como cera; o corpo dela parecia menor, e ele notou as linhas de expressão que haviam começado a se formar ao redor dos olhos da sua esposa. Mesmo assim, ela era tão impressionante para Travis como na primeira vez em que a viu. Impressionava-lhe saber que ele a conhecia há quase onze anos. Não porque aquele período de tempo fosse extraordinário, mas porque aqueles anos pareciam conter mais vida do que seus primeiros 32 anos sem ela. Era a razão pela qual ele havia vindo ao hospital hoje; era a razão pela qual ele vinha todos os dias. Ele não tinha outra escolha. Não porque era aquilo que se esperava que ele fizesse — embora fosse —, mas porque ele não conseguia se imaginar em qualquer outro lugar. Eles passavam horas juntos, mas suas noites eram passadas em separado. Ironicamente, também não havia escolha em relação àquilo, pois ele não podia deixar suas filhas sozinhas. Naquele momento de sua vida, era o destino que tomava todas as decisões por ele.

Com exceção de uma.

Oitenta e quatro dias haviam se passado desde o acidente, e agora ele tinha de fazer uma escolha. Ele ainda não tinha ideia do que fazer. Recentemente, começou a procurar por respostas na *Bíblia* e nos escritos de São Tomás de Aquino e Santo Agostinho. Ocasionalmente ele encontrava algum trecho que o impressionava, mas nada além daquilo; ele fechava o livro e se apanhava olhando pela janela, com a mente vazia, como se esperasse encontrar a solução em algum lugar no céu.

Ele raramente voltava direto para casa depois de ir ao hospital. Em vez disso, passava pela ponte e caminhava nas areias de Atlantic Beach. Tirava os sapatos e escutava as ondas quebrando na orla. Sabia que suas filhas estavam tão abaladas quanto ele e, após suas visitas ao hospital, precisava de tempo para se recompor. Não seria justo submetê-las à agonia que ele estava sentindo. Precisava das meninas para poder escapar daquilo. Quando estava com elas, ele não se concentrava em si mesmo, e a alegria delas ainda continha uma pureza imaculada. Elas ainda conseguiam se perder em meio às suas brincadeiras, e o som do riso das suas filhas o fazia querer rir e chorar ao mesmo tempo. Às vezes, enquanto as observava, ele ficava impressionado com o quanto elas se pareciam com a mãe.

Elas sempre perguntavam sobre Gabby, mas, geralmente, ele não sabia como lhes responder. Elas eram maduras o suficiente para saber que a mamãe não estava bem e que precisava ficar no hospital; entendiam que, quando faziam uma visita, parecia que a mamãe estava dormindo. Mas ele não conseguia lhes contar a verdade sobre o problema de Gabby. Em vez disso, ele abraçava as duas no sofá e lhes falava sobre como Gabby havia ficado feliz quando estava grávida de cada uma delas, ou lembrava da época em que a família brincava em meio aos *sprinklers* do jardim durante toda a tarde. Geralmente, entretanto, eles folheavam os álbuns de fotos que Gabby havia montado cuidadosamente. Ela ainda cuidava dos álbuns à moda antiga, e as fotos nunca deixavam de lhes colocar sorrisos no rosto. Travis contava histórias associadas a cada uma das fotos e, ao observar o rosto radiante de Gabby nas imagens, sua garganta se apertava com a consciência de que ele nunca vira ninguém que fosse tão bonita.

Para escapar da tristeza que o dominava naqueles momentos, ele às vezes tirava os olhos dos álbuns e os focava na fotografia grande e emoldurada que estava na parede, tirada na praia no verão anterior. Os quatro estavam usando calças cáqui e camisas brancas com botões, e estavam sentados sobre a grama das dunas. Era um retrato de família típico e muito comum em Beaufort, mas, de algum modo, Travis o achava uma peça única. Não por retratar sua família, mas porque ele tinha certeza de que até mesmo um estranho se sentiria cheio de esperança e otimismo com a visão, pois as pessoas na foto se pareciam exatamente com o que uma família feliz deveria parecer.

Mais tarde, depois que as meninas estivessem na cama, ele guardava os álbuns. Olhar as fotografias com suas filhas e contar histórias para deixá-las menos tristes era uma coisa. Folhear os álbuns sozinho era algo completamente diferente. Ele simplesmente não conseguia. Em vez disso, ele se sentava sozinho no sofá, pesaroso com a tristeza que sentia por dentro. Às vezes Stephanie telefonava. Seus diálogos continuavam pontilhados com as provocações habituais, mas, ao mesmo tempo, a conversa parecia um pouco travada, pois ele sabia que ela queria que ele se perdoasse. Apesar dos comentários irônicos e das provocações ocasionais, ele sabia o que ela realmente queria dizer: que ninguém o culpava pelo que havia acontecido, e que não era culpa dele. Que ela e várias outras pessoas estavam preocupadas com ele. Para evitar aquelas frases de sempre, ele sempre dizia que estava bem, mesmo não estando, pois a verdade era algo que sabia que ela não queria ouvir: que não apenas duvidava que algum dia pudesse estar bem de novo, como não tinha certeza de que queria voltar a estar bem.

Capítulo 17

Os raios quentes da luz do sol continuavam a se estender em direção a eles. No silêncio, Travis apertou a mão de Gabby e gemeu com a dor que sentiu no pulso. Ele estava engessado até um mês atrás, e os médicos haviam receitado analgésicos. Os ossos em seu braço haviam sido fraturados e seus ligamentos haviam se rompido, mas, após a primeira dose, ele se recusou a continuar tomando os medicamentos, por detestar a sensação de sonolência que eles lhe causavam.

A mão de Gabby estava macia como sempre. Quase todos os dias ele a segurava durante horas, imaginando o que faria se ela reagisse e apertasse sua mão em resposta. Sentado ao seu lado, ele a observava, imaginando no que ela estava pensando, ou se ela estava pensando em qualquer coisa que fosse. O mundo que havia dentro dela era um mistério.

— As meninas estão bem — iniciou ele. — Christine comeu toda a sua tigela de cereal no café da manhã e Lisa deixou sobrar bem pouco. Eu sei que você se preocupa com o quanto elas comem, já que elas são pequenas, mas estão comendo quase todos os petiscos que sirvo depois que elas voltam da escola.

Do lado de fora da janela, um pombo pousou no beiral. Ele andou alguns passos para um lado e voltou, depois de finalmente se acomodar no lugar, como fazia quase todos os dias. Parecia que ele sabia quais eram os horários em que Travis vinha ao hospital. Havia momentos em que Travis imaginava que aquilo era algum tipo de presságio, embora ele não conseguisse imaginar exatamente o que aquilo significava.

— Nós fazemos a lição de casa depois do jantar. Eu sei que você gosta que elas façam logo depois da escola, mas parece que esse esquema está funcionando bem. Você ficaria contente ao ver como Christine está indo bem em matemática. Lembra-se do começo do ano, quando parecia que ela não conseguia entender o que a professora explicava? Ela deu a volta por cima, completamente. Toda noite usamos aqueles cartões com desenhos que você comprou, e ela não deixou nenhuma questão em branco na última prova. Ela está até conseguindo fazer toda a lição de casa sozinha, sem que eu tenha de ensiná-la. Você ficaria orgulhosa dela.

O som dos arrulhos do pombo do lado de fora da janela mal podiam ser ouvidos dentro do quarto.

— E Lisa está bem também. Nós assistimos a *Dora, a exploradora* ou *Barbie* todas as noites. É incrível como ela gosta de assistir sempre ao mesmo DVD, mas ela os adora. E ela quer que a sua festa de aniversário seja decorada como um castelo de princesa. Eu estava pensando em comprar um bolo de sorvete, mas ela quer fazer a festa no parque, e não tenho certeza de que o bolo vai aguentar a festa inteira sem derreter. Provavelmente vou ter de pensar em outra coisa.

Ele limpou a garganta.

— Ah, e eu lhe contei que Joe e Megan estão pensando em ter outro filho? Eu sei, eu sei... é loucura, considerando todos os problemas que eles tiveram com a última gravidez dela, e o fato de que ela já chegou aos 40, mas, de acordo com Joe, ela realmente quer tentar ter um garoto desta vez. Eu? Bem, acho que é Joe que quer um menino e Megan simplesmente aceitou a ideia, mas, com aqueles dois, é difícil saber com certeza, não é?

Travis se forçava a assumir um tom de diálogo. Desde que ela havia sido internada, ele tentava agir da forma mais natural que podia quando estava perto dela. Como eles conversavam de forma incessante sobre as crianças antes do acidente, e como eles discutiam o que se passava nas vidas de seus amigos, ele sempre tentava falar a respeito deles quando a visitava. Ele não sabia se ela o ouvia; a comunidade médica não havia chegado a um acordo em relação ao assunto. Alguns juravam que os pacientes em coma eram capazes de ouvir conversas e possivelmente de se lembrar delas; outros diziam exatamente o oposto. Travis não sabia em quem acreditar, mas havia decidido viver seus dias do lado mais otimista.

Pela mesma razão, depois de dar uma olhada no relógio, ele pegou o controle remoto. Nos raros momentos em que não estava trabalhando, um dos pequenos prazeres de Gabby era assistir a *Judge Judy*[4] na televisão, e Travis sempre a provocava, dizendo que ela tinha um prazer perverso em assistir às palhaçadas das pessoas que acabavam aparecendo no tribunal da juíza Judy.

— Vou ligar a televisão, tudo bem? Está na hora do seu programa preferido. Acho que podemos pegar os últimos minutos.

Um momento depois, a juíza Judy estava vociferando contra o reclamante e o réu, simplesmente para fazer com que eles se calassem — o que parecia ser o tema previsível e recorrente do programa.

— Ela está ótima, não acha?

Quando o programa terminou, ele desligou a TV. Ele pensou em trazer as flores mais para perto da cama, na esperança de que ela pudesse sentir o aroma. Ele queria estimular os sentidos dela; ontem havia passado alguns momentos escovando os cabelos dela; no dia anterior, havia trazido um vidro do perfume que ela usava e lhe aplicado um pouco nos pulsos. Hoje, entretanto, fazer qualquer coisa do tipo parecia exigir mais esforço do que ele conseguia reunir.

— Além disso, não há muito mais a dizer — comentou ele, com um suspiro. As palavras pareciam tão sem sentido para ele quanto para ela, sem dúvida. — Meu pai ainda está cuidando da clínica para mim. Você ficaria admirada com a habilidade que ele tem para lidar com os animais, considerando todo o tempo que passou desde que se aposentou. As pessoas ainda o adoram, e eu acho que ele é feliz lá. Se você quer saber, acho que ele nunca deveria ter parado de trabalhar.

---

4. Programa televisivo que mostra um tribunal de pequenas causas em que os casos são julgados pela juíza Judith Sheindlin. Exibido na TV americana desde 1996. (N. T.)

Ele ouviu uma batida na porta, e Gretchen entrou. Nas últimas semanas, ele passou a confiar nela. Ao contrário das outras enfermeiras, ela mantinha uma confiança inabalável de que Gabby iria sair bem daquela situação. Consequentemente, ela tratava Gabby como se ela estivesse consciente.

— Oi, Travis — disse ela. — Desculpe interrompê-los, mas preciso colocar uma nova sonda intravenosa nela.

Quando Travis permitiu, ela se aproximou de Gabby. — Acho que você deve estar com fome, querida — disse ela. — Me dê apenas um segundo, está bem? Depois eu deixarei você a sós com Travis novamente. Você sabe que não gosto de interromper os momentos íntimos que vocês têm.

Ela trabalhou rapidamente, removendo uma bolsa de alimentação parenteral e substituindo-a por outra, enquanto mantinha a conversa em um fluxo constante. — Eu sei que você está um pouco dolorida por causa do exercício que fizemos esta manhã. Nós exageramos um pouco, não foi? Fizemos como aquelas pessoas dos comerciais que passam na TV a cabo. Trabalhando este músculo, trabalhando aquele. Fiquei orgulhosa com o seu rendimento.

Todas as manhãs e nos fins de tarde, uma das enfermeiras vinha até o quarto para flexionar e alongar os membros de Gabby. Dobrar os joelhos e depois esticá-los; flexionar o pé para cima e depois para baixo. Elas faziam aquilo com cada uma das articulações do corpo de Gabby.

Depois de terminar de ajustar a bolsa e pendurá-la, Gretchen verificou o fluxo e ajustou os lençóis, e se virou para Travis.

— Você está bem hoje?

— Não sei — disse ele.

Gretchen pareceu se arrepender de ter perguntado. — Fico feliz por você ter trazido flores — disse ela, olhando em direção ao parapeito da janela. — Tenho certeza de que Gabby as adora.

— Espero que sim.

— Você vai trazer as meninas?

Travis engoliu em seco, lutando contra o nó que sentia na garganta.

— Hoje, não.

Gretchen apertou os lábios e fez que sim com a cabeça. Um momento depois, ela saiu do quarto.

Doze semanas antes daquilo, Gabby foi levada até a sala de emergência em uma maca, inconsciente e com um corte no ombro esquerdo que sangrava abundantemente. Os médicos se concentraram inicialmente no corte por causa da grande perda sanguínea, embora, pensando retrospectivamente, Travis imaginava se uma abordagem diferente poderia ter mudado as coisas.

Ele não sabia, e nunca viria a saber. Como Gabby, ele também foi levado à sala de emergência; como Gabby, ele passou a noite inconsciente. Mas as similaridades acabavam ali. No dia seguinte, ele acordou com dor e com o braço lacerado. Gabby não acordava desde aquele dia.

Os médicos foram gentis, mas eles não tentaram ocultar a preocupação que sentiam. Lesões cerebrais eram sempre sérias, diziam eles, mas esperavam que a lesão pudesse sarar e que tudo ficaria bem com o tempo.

Com o tempo.

Às vezes ele imaginava se os médicos tinham noção da intensidade emocional do tempo, ou do que ele estava passando, ou mesmo de que o tempo fosse uma coisa finita. Ele duvidava. Ninguém fazia ideia do que ele estava passando, ninguém realmente compreendia a escolha que ele tinha na sua frente. Na superfície, era simples. Ele faria exatamente o que Gabby queria, exatamente como ela o fez prometer.

Mas e se...

E era aquilo. Ele pensou demoradamente, intensamente a respeito da realidade da situação; ele havia passado noites em claro considerando a questão. Ele se perguntou novamente o que o amor realmente significava. E, na escuridão do seu quarto, se virava na cama sem conseguir dormir, desejando haver outra pessoa que pudesse fazer a escolha por ele. Mas lutou contra aquilo sozinho e, frequentemente, acordava pela manhã com um travesseiro molhado em lágrimas no lugar onde Gabby deveria estar. E as primeiras palavras que saíam da sua boca eram sempre as mesmas.

— Me desculpe, querida.

A escolha que Travis precisava fazer tinha origem em dois eventos distintos. O primeiro evento estava relacionado ao casal Kenneth e Eleanor Baker. O segundo evento, o acidente, havia ocorrido em uma noite chuvosa e com ventos fortes há doze semanas.

O acidente era simples de explicar e similar a vários acidentes em que uma série de erros isolados e aparentemente inconsequentes haviam se somado, de algum modo, e explodido da maneira mais horrível possível. Em meados de novembro, eles haviam ido até o RBC Center em Raleigh, para assistir a um show ao vivo de David Copperfield. Normalmente eles assistiam a um ou dois espetáculos por ano, mesmo que fosse apenas uma desculpa para passarem uma noite a sós. Geralmente jantavam antes, mas não o fizeram naquela noite. Travis saiu tarde da clínica veterinária e eles demoraram a sair de Beaufort, e, quando estacionaram o carro, faltavam poucos minutos para o show começar. Na pressa, Travis esqueceu seu guarda-chuva, apesar das nuvens pesadas e o vento que começava a ganhar força. Aquele foi o primeiro erro.

Eles assistiram ao show e gostaram muito, mas o tempo havia piorado quando eles saíram do teatro. A chuva caía com força e Travis se lembrava de esperar em pé com Gabby, imaginando qual seria a melhor maneira de chegar até o carro. Eles avistaram um casal de amigos que também havia assistido ao show, e Jeff se ofereceu para acompanhar Travis até o carro para que ele não se molhasse. Mas Travis não quis causar um incômodo, e recusou a oferta de Jeff. Em vez disso, ele correu em meio à chuva, pisando em poças que lhe chegavam até a altura do tornozelo a caminho do carro. Ele estava totalmente encharcado quando conseguiu abrir a porta e entrar, especialmente nos pés. Este foi o segundo erro.

Como estava tarde, e como ambos tinham de trabalhar na manhã seguinte, Travis dirigiu rapidamente a despeito do vento e da chuva, tentando ganhar alguns minutos em um percurso que geralmente levava duas horas e meia. Embora fosse difícil ver pelo para-brisa, ele dirigia na faixa da esquerda da rodovia, indo além do limite de velocidade, ultrapassando carros com motoristas que eram mais cuidadosos em relação aos perigos do clima chuvoso. Aquele foi o terceiro erro. Gabby pediu várias vezes para que ele diminuísse a velocidade; por mais de uma vez, ele fez o que ela pediu, apenas para acelerar de novo assim que conseguisse. Quando passaram por Goldsboro, ainda com uma hora e meia de estrada até voltarem para a casa, ela havia ficado tão furiosa que parou de conversar com ele. Recostou a cabeça no assento e fechou os olhos, recusando-se a conversar, frustrada com a maneira como ele a estava tratando. Aquele foi o quarto erro.

O acidente veio a seguir, e poderia ter sido evitado se nenhuma das outras coisas tivesse acontecido. Se ele tivesse trazido seu guarda-chuva ou aceitado que seu amigo o acompanhasse até o carro, ele não teria corrido até o carro na chuva. Seus pés poderiam estar secos. Se ele tivesse dirigido mais devagar, poderia ter conseguido controlá-lo. Se ele tivesse respeitado os pedidos de Gabby, eles não teriam brigado, e ela estaria atenta ao que ele pretendia fazer e o impediria antes que fosse tarde demais.

Perto de Newport há uma curva ampla e fácil, com um semáforo sinalizando um cruzamento. Naquele ponto do percurso — a menos de vinte minutos até chegar em casa —, a coceira nos pés de Travis o estava deixando louco. A umidade havia deixado seus cadarços bastante tensionados, e, não importa o quanto ele tentasse se livrar dos sapatos, a ponta de um sempre acabava escorregando por baixo do salto do outro. Ele se inclinou para a frente, abaixando a cabeça até quase não conseguir olhar por cima do painel, e esticou uma das mãos para alcançar o sapato. Olhando para baixo, ele se atrapalhou com o nó e não viu que o semáforo mudou para o amarelo.

O nó não se soltava. Quando Travis finalmente conseguiu desatá-lo, ele levantou os olhos, mas já era tarde demais. O semáforo havia mudado para o vermelho e um caminhão prateado estava entrando no cruzamento. Instintivamente, ele pisou no freio, e a traseira do seu carro começou a derrapar no asfalto encharcado. O carro saiu do controle. No último instante, as rodas conseguiram se firmar e adquirir tração, evitando o choque com o caminhão, mas o carro perdeu o traçado da curva e saiu da estrada, indo em direção aos pinheiros.

A lama estava ainda mais escorregadia e não havia nada que ele pudesse fazer. Ele virou o volante e nada aconteceu. Por um instante, o mundo parecia estar se movendo em câmera lenta. A última coisa de que ele se lembrava antes de perder a consciência era do som repugnante do vidro se estilhaçando e do metal se retorcendo.

Gabby nem teve tempo de gritar.

Travis afastou um cacho ruivo que estava sobre a testa de Gabby e o colocou por trás da orelha dela, escutando seu próprio estômago roncar e reclamar de fome. Por mais faminto que ele estivesse, não conseguia suportar a ideia de comer. Ele sentia seu estômago perpetuamente embrulhado e, nos raros momentos em que isso não acontecia, as imagens de Gabby vinham rapidamente para preencher o vazio.

Era um castigo irônico, pois, durante o segundo ano do seu casamento, Gabby havia tomado a responsabilidade de ensinar Travis a comer outras coisas, além da comida insossa que ele gostava. Ele achava que aquilo aconteceu porque ela ficou cansada dos hábitos restritivos que ele tinha. Ele devia ter percebido que haveria mudanças quando ela começou a inserir comentários ocasionais á respeito do sabor de *waffles* belgas nas manhãs de sábado ou sobre como nada a satisfazia tanto em dias frios de inverno quanto um prato de caldo de carne feito em casa.

Até aquele ponto, Travis era o cozinheiro da família, mas, pouco a pouco, ela começou a ganhar espaço na cozinha. Ela comprou dois ou três livros de receitas e, durante a noite, Travis a observava, deitada no sofá, ocasionalmente dobrando o canto de alguma página. De vez em quando perguntava a ele se algo lhe parecia particularmente bom. Ela lia em voz alta os ingredientes do *jambalaya*[5] típico da região da Louisiana ou da vitela à Marsala, e, embora Travis dissesse que aquilo parecia ser delicioso, o tom

5. Prato típico da região sul dos Estados Unidos, feito com arroz, camarão, ostras, presunto ou frango, temperado com especiarias e ervas. (N. T.)

da sua voz deixava claro que, mesmo que ela preparasse aqueles pratos, ele provavelmente não os comeria.

Mas Gabby era persistente e começou a promover pequenas mudanças mesmo assim. Ela preparava molhos de creme, manteiga ou vinho e os usava para regar a porção do frango que Travis cozinhava quase todas as noites, e geralmente ele tinha de admitir que o aroma era apetitoso. Algum tempo depois, ela começou a deixar uma pequena porção dos molhos no recipiente que usava para trazê-los à mesa, e depois de colocar o molho no próprio prato, ela acrescentava um pouco ao prato de Travis, independentemente de ele querer experimentar ou não. Pouco a pouco, para sua surpresa, ele começou a experimentar.

No seu terceiro aniversário de casamento, Gabby preparou um bolo de carne italiano recheado com queijo mozarela; em vez de um presente, ela pediu que ele se sentasse para comer com ela. Depois do quarto aniversário de casamento, eles às vezes cozinhavam juntos. Embora o café da manhã e o almoço de Travis consistissem sempre nas mesmas coisas sem gosto, e embora a maioria dos jantares que ele preparava fosse igualmente insossa, ele tinha de admitir que havia certo romantismo em cozinhar juntos. E, conforme os anos foram passando, eles começaram a fazer aquilo pelo menos duas vezes por semana. Frequentemente Gabby tomava um cálice de vinho, e, enquanto eles cozinhavam, as crianças tinham de ficar no solário da casa, onde havia um belo tapete árabe cor de esmeralda. Elas chamavam aquilo de “hora do tapete verde”. Enquanto Gabby e Travis preparavam a comida e conversavam tranquilamente sobre os acontecimentos do dia, ele se deliciava com a alegria que ela trazia à sua vida.

Travis imaginava se ele algum dia voltaria a ter a oportunidade de cozinhar ao lado dela. Nas primeiras semanas após o acidente, ele ficou num estado quase frenético, certificando-se de que a enfermeira do turno da noite tinha o seu telefone celular à mão. Depois de um mês, como Gabby já estava respirando sem a ajuda de aparelhos, ela foi transferida da UTI para um quarto particular, e ele tinha certeza de que a mudança faria com que ela despertasse. Mas os dias se passavam sem maiores mudanças, e toda aquela energia que ele tinha foi substituída por um medo silencioso que lhe devorava por dentro, o que era ainda pior. Gabby havia lhe dito uma vez que seis semanas eram o prazo máximo — após aquele período, as chances de sair de um coma caíam dramaticamente. Mas ele ainda mantinha a esperança. Ele dizia a si mesmo que Gabby era uma mãe, que Gabby era uma guerreira, que Gabby era diferente de todo o resto. Seis semanas se passaram; mais duas semanas se seguiram. Ele sabia que, com três meses, a maioria dos pacientes que continuavam em coma era transferida para uma casa de repouso para receber cuidados de longo prazo. Aquele era o dia, e ele devia informar ao administrador do hospital o que desejava fazer. Mas aquela não era a escolha que ele estava enfrentando. Sua escolha tinha a ver com Kenneth e Eleanor Baker, e, embora ele soubesse que não podia culpar Gabby por trazê-los para a vida deles, ele ainda não sentia que estava pronto para pensar no casal.

Capítulo 18

A casa que eles construíram era o tipo de lugar onde Travis podia se imaginar passando o resto da sua vida. Apesar de ser nova, havia um quê de antiguidade desde o momento em que eles se mudaram para lá. Ele atribuía aquilo ao fato de que Gabby havia trabalhado duro para criar uma casa que fazia com que as pessoas se sentissem confortáveis assim que a porta fosse aberta.

Foi ela quem supervisionou os detalhes que fizeram com que a casa ganhasse vida. Enquanto Travis concebia a estrutura em termos de metragem e materiais de construção que pudessem sobreviver aos verões úmidos e ao sal da maresia, Gabby introduziu elementos ecléticos que ele nunca havia considerado. Uma vez, enquanto a casa estava sendo construída, eles passaram em frente a uma antiga casa em uma fazenda, há muito tempo abandonada, e Gabby insistiu para que ele parasse. Naquele ponto, ele já havia se acostumado com os ocasionais rompantes de entusiasmo que eram característicos de Gabby. Ele fez o que ela pediu e, em pouco tempo, eles estavam passando pelo que havia sido um batente de porta. Eles andaram em pisos cobertos de poeira e tentaram ignorar as trepadeiras que invadiam a casa através de paredes quebradas e janelas abertas. Ao longo da parede oposta, entretanto, havia uma lareira, coberta por uma grossa camada de sujeira negra, e Travis lembrava-se de pensar que, de algum modo, Gabby sabia que aquela lareira estava ali. Ela se agachou ao lado da lareira, correndo as mãos pelas laterais e por baixo da prateleira que a emoldurava. — Está vendo? Eu acho que são azulejos pintados à mão — disse ela. — Deve haver várias centenas deles, talvez mais. Você consegue imaginar como isso era bonito quando novo? — Ela pegou na mão dele. — Podíamos fazer algo assim.

Pouco a pouco, a casa ganhou detalhes que ele nunca havia imaginado. Eles não se contentaram simplesmente em copiar o estilo da lareira; Gabby descobriu quem eram os proprietários daquela fazenda, foi até a casa deles e os convenceu a lhe venderem a lareira por menos do que custaria para limpá-la. Ela queria grandes vigas de carvalho e um teto armado e curvo na sala de jantar que combinasse com o beiral do telhado da casa. As paredes eram de gesso ou tijolos, cobertas com texturas coloridas. Algumas se pareciam com couro, e todas elas remetiam a obras de arte. Ela passou vários fins de semana procurando mobília antiga e objetos de decoração, e às vezes parecia que a própria casa sabia o que ela estava tentando fazer. Quando encontrou um ponto no piso de madeira de lei que rangia, ela andou para a frente e para trás, com um grande sorriso em seu rosto, para ter certeza de que não estava imaginando aquilo. Ela adorava tapetes, e quanto mais coloridos, melhor. Logo, a casa tinha vários tapetes espalhados generosamente pelo piso.

Ela tinha senso prático também. A cozinha, os banheiros e os quartos eram arejados, claros e modernos, com grandes janelas emoldurando a incrível vista que tinham do oceano. O banheiro do casal tinha uma banheira com pés imitando garras de animais e um chuveiro cercado por um boxe espaçoso. Ela queria uma garagem grande, com bastante espaço para Travis. Imaginando que eles passariam bastante tempo no alpendre, que circundava a casa inteira, ela insistiu em instalar uma rede de dormir e duas cadeiras de balanço, junto com uma churrasqueira e uma área com mesas e cadeiras disposta de tal modo que, mesmo durante uma tempestade, eles poderiam se sentar ao ar livre sem se molhar. O efeito obtido era o de que uma pessoa não saberia dizer se estava mais confortável do lado de dentro ou de fora da casa; era o tipo de casa onde alguém poderia entrar com sapatos enlameados sem qualquer problema. E, na primeira noite que passaram em sua casa nova, deitados na cama de espaldar alto e dossel, Gabby se aconchegou nos braços de Travis com uma expressão que transbordava alegria, com um sussurro sedutor na voz: — Este lugar, com você ao meu lado, é onde eu sempre vou querer estar.

As meninas também estavam tendo alguns problemas, mesmo que ele não falasse daquilo quando estava com Gabby.

Não era de se surpreender, é claro, mas, na maior parte do tempo, Travis simplesmente não sabia o que fazer. Christine havia perguntado mais de uma vez se a mamãe voltaria para casa, e, embora Travis sempre lhe garantisse que sim, sua filha parecia não ter tanta certeza, provavelmente porque Travis não tinha certeza se acreditava naquilo. As crianças tinham uma percepção aguçada e, aos 8 anos, ela havia alcançado uma idade em que já sabia que o mundo não era tão simples como costumava imaginar.

Ela era uma linda criança com belos olhos azuis que gostava de usar tiaras no cabelo. Sempre queria que seu quarto tivesse uma aparência organizada e se recusava a usar roupas que não combinassem. Não costumava chorar nem gritar quando as coisas não lhe pareciam certas; em vez disso, era o tipo de criança que organizava seus brinquedos ou escolhia um novo par de sapatos. Mas, desde o acidente, ela se frustrava facilmente e os berreiros agora eram comuns. Toda a família de Travis, inclusive Stephanie, havia recomendado acompanhamento psicológico, e Christine e Lisa iam ao psicólogo duas vezes por semana, mas as crises de choro pareciam estar ficando piores. E, na noite anterior, quando Christine foi para a cama, seu quarto estava uma bagunça.

Lisa, que sempre foi pequena para a sua idade, tinha o cabelo da mesma cor do de Gabby e geralmente era uma criança alegre. Ela tinha um cobertor que levava consigo para toda parte e seguia Christine pela casa como um cachorrinho. Ela colocava adesivos em todas as suas pastas e os trabalhos que fazia na escola geralmente voltavam para casa cobertos de estrelas. Mesmo assim, por muito tempo ela chorava antes de dormir. No andar de baixo, Travis conseguia ouvi-la chorando, e ele tinha de apertar o nariz entre os olhos para evitar chorar com ela. Naquelas noites, ele subia as escadas até o quarto das meninas — desde o acidente, outra mudança importante foi que elas quiseram passar a dormir no mesmo quarto — e se deitava ao lado de Lisa, acariciando-lhe o cabelo e ouvindo-a sussurrar: "Estou com saudades da mamãe", sem parar, eram as palavras mais tristes que Travis já tinha ouvido. Engasgado a ponto de quase não conseguir falar, ele simplesmente dizia: — Eu sei. Também sinto saudades.

Ele não conseguia tomar o lugar de Gabby, nem tentava; entretanto, aquilo deixava um vazio no lugar que Gabby costumava ocupar, um vácuo que ele não sabia como preencher. Como na maioria dos casais com filhos, cada um deles havia definido territórios em relação à criação das crianças, conforme as especialidades de cada um. Ele percebia que Gabby havia assumido uma porção bem maior da responsabilidade, e se arrependia daquilo agora. Havia inúmeras coisas que ele não sabia como fazer, coisas que Gabby fazia parecerem fáceis. Coisas pequenas. Ele podia escovar os cabelos das meninas; porém, quando a questão era fazer tranças, ele entendia o conceito, mas não conseguia dominar a prática. Ele não sabia que tipo de iogurte Lisa queria quando pedia "aquele com a banana azul". Quando um resfriado atacava, ele ficava de pé no corredor do supermercado, observando as prateleiras com xaropes para tosse, imaginando se deveria comprar o xarope com sabor de uva ou de cereja. Christine nunca vestia as roupas que ele separava para ela. Ele não fazia ideia de que Lisa gostava de usar sapatos com purpurina às sextas-feiras. Ele percebeu que, antes do acidente, nem sabia os nomes dos professores delas, ou em que parte da escola se localizavam as salas de aula em que elas estudavam.

O Natal foi um dos piores dias, pois aquele sempre foi o feriado preferido de Gabby. Ela adorava todos os aspectos do fim do ano: decorar a árvore, assar biscoitos e até mesmo fazer compras. Travis ficava espantado com o fato de que Gabby conseguia manter o bom humor enquanto abria caminho por entre a multidão em lojas de departamentos, mas, à noite, depois que as meninas haviam ido dormir, ela tirava os presentes que eles haviam comprado do lugar onde estavam escondidos e, juntos, eles os embrulhavam. Mais tarde, Travis os escondia novamente no sótão.

Não houve nenhuma alegria na época de festas daquele ano. Travis fez o melhor que conseguiu, forçando o ânimo mesmo que não houvesse nenhum. Ele tentou fazer tudo que Gabby fazia, mas o esforço de manter uma fachada feliz era muito desgastante, especialmente porque nem Lisa nem Christine facilitavam as coisas para ele. Não era culpa delas, mas ele não sabia como reagir quando, no topo da lista de presentes que cada uma queria ganhar, estava um pedido para que a mamãe voltasse para casa. Aquilo não podia ser substituído por um novo *video game* ou uma casa de bonecas.

Nas últimas semanas, as coisas haviam melhorado. Um pouco. Christine ainda abria seus berreiros e Lisa ainda chorava à noite, mas elas haviam se adaptado à vida na casa sem a mãe. Quando elas chegavam em casa depois da escola, não tinham mais o hábito de chamar por Gabby; quando caíam e arranhavam seus cotovelos, automaticamente vinham até ele para procurar um *band-aid.* No desenho da família que Lisa havia feito na escola, Travis viu apenas três imagens; ele teve de prender o fôlego antes de perceber que havia outra imagem horizontal no canto, que parecia ter sido acrescentada algum tempo depois. Elas não perguntavam tanto a respeito da mãe quanto antigamente e raramente a visitavam no hospital. A situação ficava difícil quando elas iam, pois não sabiam o que dizer ou mesmo como agir. Travis entendia aquilo e tentava facilitar as coisas. — Apenas falem com ela — era o que ele lhes dizia, e elas tentavam, mas as palavras das meninas sumiam quando não recebiam nenhuma resposta.

Geralmente, quando elas iam ao hospital, Travis fazia com que trouxessem coisas — pedras bonitas que elas haviam achado no jardim, folhas que haviam laminado e cartões que elas faziam à mão, decorados com *glitter.* Mas até mesmo os presentes estavam permeados pela incerteza. Lisa colocava seu presente sobre a barriga de Gabby e depois se afastava; um momento depois, ela o colocava mais perto da mão de Gabby. Mais tarde, ela colocava o objeto na mesa de cabeceira. Christine, por outro lado, não conseguia ficar parada. Ela se sentava na cama e ficava de pé ao lado da janela; ela observava o rosto da mãe bem de perto e, mesmo com tudo aquilo, nunca dizia uma palavra.

— O que aconteceu na escola hoje? — Travis havia perguntado a ela na última vez que ela fora ao hospital. — Tenho certeza de que sua mãe quer saber de tudo que você anda fazendo.

Em vez de responder, Christine se virou para ele. — Por quê? — perguntou ela, em um tom triste de desafio. — Você sabe que ela não consegue me ouvir.

Havia uma cafeteria no andar térreo do hospital e, na maioria das vezes em que Travis ia até lá, o que ocorria quase todos os dias, era para ouvir outras vozes que não a sua. Normalmente, ele chegava no horário do almoço e, durante as últimas semanas, começou a reconhecer as pessoas que iam até lá regularmente. A maioria eram funcionários do hospital, mas havia uma senhora idosa que parecia estar lá toda vez que ele chegava. Embora nunca houvesse falado com ela, Gretchen havia lhe dito que o marido daquela senhora já estava na UTI quando Gabby foi hospitalizada, um problema relacionado a diabetes; e, sempre que via a mulher tomando uma tigela de sopa, ele pensava no marido dela, em algum quarto do hospital. Era fácil imaginar o pior: um paciente ligado a uma dúzia de máquinas, cirurgias intermináveis, possíveis amputações, um homem que mal conseguia sobreviver. Não era da sua conta perguntar o que havia, e ele nem tinha certeza se queria saber a verdade, pois imaginava que não poderia sentir a preocupação que sabia que precisaria demonstrar. Sua capacidade de sentir empatia, pensava ele, havia evaporado.

Mesmo assim, ele a observava, curioso a respeito do que poderia aprender com aquela senhora. Embora o nó que ele sentia em seu estômago nunca parecesse se afrouxar o bastante para que ele conseguisse engolir mais do que algumas mordidas de qualquer coisa, ela não somente comia toda a sua refeição, como parecia saboreá-la com gosto. Enquanto ele achava impossível se concentrar bastante tempo em outra coisa que não fossem nas próprias necessidades e na existência diária de suas filhas, ela lia livros durante o horário de almoço e, mais de uma vez, ele havia percebido que ela ria discretamente com algum trecho que lhe divertia. E, ao contrário dele, ela ainda conservava a capacidade de sorrir, e sempre oferecia um sorriso às pessoas que passavam pela sua mesa.

Às vezes, em meio ao sorriso, ele achava que podia ver um traço de solidão, mesmo quando se reprimia por imaginar algo que provavelmente não estava ali. Ele não conseguia parar de pensar a respeito do casamento dela. Devido à idade, ele presumiu que eles já teriam celebrado bodas de prata, ou talvez até mesmo de ouro. Muito provavelmente tinham filhos, mesmo que ele nunca os tivesse visto. Mas, além daquilo, ele não conseguia intuir nada. Imaginava se eles haviam sido felizes, pois ela parecia aceitar a doença do marido sem reservas, enquanto Travis parecia andar pelos corredores do hospital como se um único passo em falso fosse o bastante para fazer com que ele desmoronasse no chão.

Ele imaginava, por exemplo, se o marido daquela senhora havia plantado roseiras para ela, algo que Travis havia feito para Gabby quando ela engravidou pela primeira vez, com Christine em seu ventre. Travis se lembrava da aparência dela, sentada na varanda com uma mão sobre a barriga mencionando que o quintal precisava de flores. Olhando para ela enquanto dizia aquilo, Travis não podia negar seu pedido, assim como não podia respirar debaixo d'água. Embora suas mãos estivessem arranhadas e as pontas dos dedos sangrassem quando ele terminou de plantar as roseiras, as rosas desabrocharam no dia em que Christine nasceu. Ele havia trazido um buquê ao hospital.

Travis imaginava se o marido dela a observava pelo canto dos olhos da mesma maneira que ele observava Gabby quando suas filhas brincavam nos balanços do parque. Ele adorava ver como as feições de Gabby se iluminavam com orgulho. Frequentemente, pegava na mão dela e tinha vontade de segurá-la para sempre.

Ele se perguntava se o marido dela a achava bonita logo ao acordar pela manhã, com os cabelos embaraçados, como acontecia com Travis quando ele olhava para Gabby. Às vezes, apesar do caos organizado que sempre caracterizava as manhãs, eles simplesmente continuavam abraçados na cama por mais alguns minutos, como se estivessem juntando forças para encarar o dia que se iniciava.

Travis não sabia se o seu casamento havia sido especialmente abençoado ou se todos os casamentos eram como o seu. Tudo o que sabia era que, sem Gabby, ele estava totalmente perdido, enquanto outras pessoas, inclusive a mulher na cafeteria, de algum modo encontravam força para seguir em frente. Ele não sabia se devia admirar a mulher ou sentir pena dela. Sempre desviava o olhar antes que ela percebesse que ele a estava observando. Por trás dele, uma família entrou na cafeteria, conversando animadamente e carregando balões; na caixa registradora, ele viu um rapaz buscando por moedas em seus bolsos. Travis empurrou sua bandeja, sentindo-se enjoado. Ele havia comido apenas metade do seu sanduíche. Debateu se devia trazê-lo consigo de volta ao quarto, mas ele sabia que não conseguiria acabar de comê-lo mesmo que o fizesse. Ele se virou para a janela.

A cafeteria ficava em frente a uma pequena área arborizada, e ele observou o mundo em mutação do lado de fora. A primavera não tardaria a chegar e ele imaginou que pequenos botões estariam começando a se formar nos canteiros. Nos últimos três meses, ele viu todos os tipos de mudanças climáticas a partir daquele lugar. Ele observou chuva e sol e viu ventos fortes de 80 quilômetros por hora curvarem os pinheiros ao longe quase a ponto de quebrá-los. Há três semanas ele viu uma chuva de granizo, seguida por um arco-íris espetacular que parecia emoldurar os canteiros de azaleias. As cores, tão vívidas que pareciam quase ter vida própria, faziam-no pensar que a natureza às vezes mandava sinais, e que é importante lembrar que a alegria sempre pode vir após o desespero. Mas, um momento depois, o arco-íris desapareceu e o granizo voltou, e ele percebeu que a alegria, às vezes, era apenas uma ilusão.

Capítulo 19

No meio da tarde, o tempo estava ficando nublado e havia chegado a hora dos exercícios de Gabby. Embora os exercícios tivessem sido feitos durante a manhã, e os exercícios da noite fossem feitos por outra enfermeira, Travis perguntou a Gretchen se ele poderia fazer o mesmo por ela durante a tarde também.

— Eu acho que ela iria gostar — respondeu a enfermeira.

Ela o acompanhou durante o processo, certificando-se de que ele entendia que cada músculo e cada articulação precisavam de atenção. Enquanto Gretchen e as outras enfermeiras sempre começavam com as mãos de Gabby, Travis preferia começar pelos dedos dos pés. Ele afastou o lençol e segurou o pé dela cuidadosamente, flexionando o dedo menor para cima e para baixo algumas vezes, antes de fazer o mesmo com o dedo que ficava ao lado.

Exercitar o corpo de Gabby era um prazer que Travis havia passado a apreciar. A sensação da pele dela contra a sua própria era o bastante para reavivar várias memórias: a maneira que ele massageava os pés dela durante a gravidez, as lentas e sensuais massagens nas costas à luz de velas durante as quais ela parecia ronronar, massagens em seu braço na ocasião em que ela estirou um músculo ao tentar levantar um saco grande de ração com uma só mão. Por mais que ele sentisse falta de conversar com Gabby, às vezes ele acreditava que o simples ato do toque era o que ele mais sentia falta. Ele demorou mais de um mês para pedir permissão a Gretchen para ajudá-la com os exercícios e, durante aqueles momentos, sempre que massageava a perna de Gabby, ele sentia como se estivesse se aproveitando dela. Não importava o fato de eles serem casados; o que importava era que aquilo parecia ser uma ação egoísta e unilateral, de certa forma desrespeitosa em relação à mulher que ele adorava.

Mas isso...

Ela precisava disso. Ela exigia isso. Sem o exercício, seus músculos iriam se atrofiar, e, mesmo se ela acordasse — quando ela acordasse, ele se corrigiu rapidamente — iria ficar permanentemente confinada à cama. Pelo menos era o que ele vivia dizendo a si mesmo. No fundo, ele sabia que também precisava daquilo, ao menos para sentir o calor da pele de Gabby ou o suave pulsar do sangue em seu punho. Era naqueles momentos que ele tinha mais convicção de que ela iria se recuperar; o corpo dela estava simplesmente consertando a si mesmo.

Ele terminou com os dedos dos pés e passou para os tornozelos; no fim, ele flexionou os joelhos, levando ambos até o tórax dela e depois esticando-os novamente. Às vezes, deitada no sofá ou folheando alguma revista, Gabby inconscientemente alongava sua perna exatamente da mesma maneira. Era algo que uma dançarina faria, e ela faria aquilo com a mesma graça e leveza.

— Está se sentindo melhor agora, querida?

"Me sinto ótima. Obrigada. Eu estava me sentindo um pouco tensa."

Ele sabia que havia imaginado a resposta, que Gabby não havia se mexido. Mas a voz dela parecia surgir de algum lugar indefinido, sempre que ele a exercitava daquele jeito. Às vezes ele imaginava se estaria enlouquecendo. — Como estão as coisas?

"Um tédio sem tamanho, se você quer saber a verdade. Ah, obrigada pelas flores, elas são lindas. Você as comprou no Frick's?"

— Eu só compro flores lá.

"Como estão as meninas? Me fale a verdade desta vez."

Travis começou a exercitar o outro joelho. — Elas estão bem. Elas estão com saudades de você, está sendo difícil para elas. Às vezes não sei o que fazer.

"Você está fazendo o melhor que pode, não é? Não é isso que sempre dizemos um para o outro?"

— Sim, tem razão.

"Então é exatamente o que eu espero que você faça. E elas vão ficar bem. Elas são mais fortes do que parecem."

— Eu sei. Elas herdaram isso de você.

Travis imaginou que ela o estava analisando, com uma expressão desconfiada.

"Você parece estar mais magro. Muito mais magro."

— Não tenho conseguido comer muito.

"Estou preocupada com você. Você precisa se cuidar. Faça isso pelas meninas. Por mim."

— Eu sempre estarei aqui com você.

"Eu sei. É disso que tenho medo também. Você se lembra de Kenneth e Eleanor Baker?"

Travis parou de flexionar. — Sim.

"Então você sabe do que eu estou falando."

Ele suspirou e começou novamente. — Sei sim.

Em sua mente, o tom de voz dela ficou mais suave. "Você se lembra de quando levou todos para acampar nas montanhas no ano passado? Lembra da sua promessa de que as meninas e eu iríamos adorar a viagem?"

Ele começou a flexionar os braços e os dedos das mãos. — Por que você se lembrou disso?

"Eu penso em várias coisas aqui dentro. O que mais eu posso fazer? De qualquer forma, você se lembra que, quando chegamos lá, nós nem nos incomodamos em montar o acampamento — simplesmente descarregamos a caminhonete —, mesmo que pudéssemos ouvir o barulho de trovões ao longe, porque você queria nos mostrar o lago? E como nós tivemos de andar quase 1 quilômetro a pé para chegar lá? E que logo que chegamos à beira do lago, o céu se abriu e aquele dilúvio caiu em cima de nós? Água caindo a cântaros do céu, como se estivéssemos debaixo de uma mangueira aberta. E, quando voltamos para o lugar onde íamos montar o acampamento, tudo estava completamente encharcado. Eu fiquei muito brava com você e fiz você nos levar para um hotel."

— Eu me lembro.

"Me desculpe por aquilo. Eu não deveria ter ficado tão brava. Mesmo que tudo tenha sido sua culpa."

— Por que tudo sempre é minha culpa?

Ele a imaginou piscando o olho enquanto ele lhe exercitava o pescoço, fazendo-o girar lentamente de um lado para o outro.

"Porque você sempre admite que tem culpa quando eu digo isso."

Ele se curvou e lhe deu um beijo na testa.

— Estou com muitas saudades de você.

"Eu também sinto saudades."

Ele sentiu o nó na garganta se apertar ao terminar a rotina de exercícios, sabendo que a voz de Gabby começaria a desaparecer novamente. Ele colocou seu rosto junto ao dela. — Você sabe que precisa acordar, não é? As meninas precisam de você. Eu preciso de você.

"Eu sei. Estou tentando. "

— Você precisa se apressar.

Ela não disse nada, e Travis percebeu que havia forçado a situação além do limite.

— Eu te amo, Gabby.

"Eu também te amo."

— Quer que eu faça alguma coisa? Que feche as cortinas? Ou que traga alguma coisa de casa?

"Pode ficar comigo mais um pouco? Estou muito cansada."

— É claro.

"E segurar minha mão?"

Ele assentiu, voltando a cobrir seu corpo com o lençol. Ele se sentou na cadeira ao lado da cama e pegou na mão dela. Do lado de fora, o pombo havia voltado e, mais acima, nuvens pesadas se moviam no céu, transformando-se em imagens de outros mundos. Ele amava sua esposa, mas odiava o que havia acontecido com a vida que ele tinha com ela, e amaldiçoava a si mesmo por pensar daquela maneira. Beijou os dedos dela, um por um, e trouxe aquela mão para perto do próprio rosto. Ele a segurou contra o rosto, sentindo o seu calor, e desejando que ela pudesse fazer o menor dos movimentos, mas, quando nada aconteceu, ele se afastou um pouco, e nem percebeu que o pombo parecia estar olhando diretamente para ele.

Eleanor Baker era uma dona de casa de 38 anos, com dois filhos que ela adorava. Há oito anos, ela havia chegado ao pronto-socorro com vômitos e reclamando de uma forte dor na parte de trás da cabeça. Gabby, substituindo o plantão de um amigo, estava trabalhando naquele dia, embora fosse ela quem atendera Eleanor. Eleanor foi internada, e Gabby não soube de nada a respeito dela até a segunda-feira seguinte, quando percebeu que Eleanor havia sido transferida para a UTI porque não acordou no domingo de manhã. — Basicamente — disse uma das enfermeiras — ela caiu no sono e não acordou mais.

O coma de Eleanor foi causado por um caso grave de meningite viral.

Seu marido, Kenneth, um professor de história do ensino médio na East Carteret High School e que, de acordo com todos, era um cara amigável e bem-humorado, passava os dias no hospital. Com o tempo, Gabby veio a conhecê-lo; no início eram apenas algumas gentilezas aqui e ali, mas, conforme o tempo passou, suas conversas ficaram mais longas. Ele adorava sua esposa e seus filhos. Sempre usava um suéter limpo e calças sociais quando vinha ao hospital, e bebia litros e litros de Mountain Dew[6]. Ele era um católico devoto e Gabby frequentemente o encontrava orando ao lado da cama da sua esposa com um rosário nas mãos. Seus filhos se chamavam Matthew e Mark.

Travis sabia de tudo aquilo porque Gabby falava dele após o trabalho. Não no começo, mas depois de algum tempo, quando fizeram amizade. Suas conversas eram sempre as mesmas, e Gabby se perguntava como ele

6. Refrigerante muito consumido nos Estados Unidos, com alto teor de cafeína. (N. T.)

conseguia continuar a vir ali a cada dia, e no que ele estaria pensando quando se sentava em silêncio ao lado da esposa.

— Ele parece estar tão triste, o tempo inteiro.

— Isso acontece porque ele realmente está triste. A esposa dele está em coma.

— Mas ele fica lá o tempo inteiro. E os filhos dele?

As semanas se transformaram em meses, e Eleanor Baker acabou sendo transferida para uma casa de repouso. Os meses se passaram e o coma completou um ano, e depois outro. Vez por outra ela fazia algum comentário sobre Eleanor Baker, sem falar que Kenneth Baker fazia compras no mesmo supermercado que Gabby. Eles ocasionalmente se esbarravam e a conversa sempre versava sobre o estado de Eleanor. Nunca havia nenhuma mudança.

Mas, no decorrer dos anos, conforme eles continuavam a se esbarrar no supermercado, Gabby percebeu que Kenneth havia mudado. — Ela ainda está lá — foi a maneira casual como ele começou a descrever a sua condição. Onde costumava haver uma luz em seus olhos quando ele falava nela, agora havia apenas um olhar vazio. Onde antes havia amor, agora parecia haver apenas apatia. Seus cabelos negros haviam ficado grisalhos em pouco mais de dois anos, e ele havia ficado tão magro que as roupas que usava pareciam largas demais.

No corredor onde ficavam os cereais, ou na seção de comida congelada, Gabby não conseguia evitar encontrar com ele, e ela acabou se tornando um tipo de confidente. Ele parecia precisar dela, precisava dizer a ela o que estava acontecendo, e nos momentos em que eles se encontravam, Kenneth mencionava uma catástrofe após a outra: que havia perdido seu emprego, perdido sua casa, que mal podia esperar que seus filhos saíssem definitivamente da sua casa, que o mais velho havia largado os estudos no ensino médio e que o mais novo havia sido preso novamente por vender drogas. Novamente. Foi aquela palavra que Gabby enfatizou quando falou com Travis mais tarde. Ela também disse ter certeza de que ele estava bêbado quando o encontrou no supermercado.

— Eu me sinto mal por ele — disse Gabby.

— Eu entendo como você se sente — disse Travis.

Ela abaixou o tom de voz. — Às vezes eu acho que teria sido mais fácil se a esposa dele tivesse morrido.

Olhando pela janela, Travis pensou em Kenneth e Eleanor Baker. Ele não sabia se Eleanor ainda estava na casa de repouso ou se ela ainda estava viva. Desde o acidente, ele havia repassado aqueles diálogos em sua cabeça quase todos os dias, lembrando-se das coisas que Gabby havia lhe dito. Ele imaginava se, de algum modo, Eleanor e Kenneth Baker haviam sido trazidos à sua vida e a de Gabby por uma razão. Quantas pessoas, afinal de contas, conheciam alguém que esteve em coma? Parecia tão... fantástico, algo tão improvável quanto visitar uma ilha cheia de dinossauros ou observar uma nave alienígena explodir o Empire State Building.

Gabby, porém, trabalhava em um hospital, e se havia alguma razão para que os Bakers entrassem na vida deles, qual seria? Para avisá-lo de que ele estaria destinado à ruína? De que suas filhas iriam se perder na vida? Aqueles pensamentos o aterrorizavam, e era a razão pela qual ele sempre se certificava de estar em casa esperando quando suas filhas voltavam da escola. Era a razão pela qual ele as levaria ao Busch Gardens[7] assim que as férias começassem, e era a razão pela qual ele deixou Christine passar a noite na casa da sua amiga. Ele acordava todas as manhãs pensando que, mesmo que elas estivessem enfrentando dificuldades, o que era normal, ele ainda insistia para que se comportassem em casa e na escola, e era a razão pela qual elas eram colocadas de castigo em seus quartos quando se comportavam mal. Tudo aquilo era o que Gabby teria feito.

A família de Gabby às vezes achava que ele estava sendo duro demais com as garotas. Aquilo não o surpreendia. Sua sogra, especificamente, sempre foi o tipo de pessoa que julgava os outros. Embora Gabby

7. Um dos maiores parques temáticos dos Estados Unidos, com núcleos nas cidades de Tampa (Flórida) e Williamsburg (Virgínia). (N. T.)

e seu pai conversassem no telefone por uma hora, as conversas que Gabby tinha com a mãe dela sempre eram curtas. No começo, Travis e Gabby passavam os feriados obrigatórios em Savannah, e Gabby sempre voltava para casa estressada. Quando suas filhas nasceram, Gabby finalmente disse a seus pais que queria criar as próprias tradições em relação aos feriados, e que, embora ela adorasse visitá-los, seus pais teriam de ir a Beaufort. Eles nunca foram.

Depois do acidente, entretanto, os pais dela se hospedaram em um hotel em Morehead City para ficarem próximos da sua filha, e, no primeiro mês, os três frequentemente ficavam juntos no quarto de Gabby. Embora eles nunca dissessem que o culpavam pelo acidente, Travis podia sentir aquilo no ar, pois seus sogros sempre pareciam se manter reservados. Quando eles ficavam com Christine e Lisa, era sempre longe de casa — passeios para tomar sorvete e comer pizza — e eles raramente ficavam na casa por mais do que alguns minutos.

Após algum tempo eles tiveram de voltar e, atualmente, às vezes eles iam aos fins de semana. Quando isso acontecia, Travis tentava ficar longe do hospital. Ele dizia a si mesmo que aquilo era necessário porque eles precisavam passar um tempo a sós com sua filha, e aquilo era parcialmente verdade. O que ele não gostava de admitir era que ele procurava se manter afastado porque eles o lembravam constantemente, mesmo que não tivessem a intenção de fazê-lo, de que ele era o responsável por Gabby estar internada naquelas condições.

Seus amigos haviam reagido como ele esperava que fariam. Allison, Megan e Liz preparavam jantares alternadamente durante as primeiras seis semanas. Com o passar dos anos, elas se aproximaram de Gabby, e às vezes parecia que Travis tinha de confortá-las. Elas apareciam com olhos vermelhos e sorrisos forçados, trazendo recipientes de plástico cheios até o limite com lasanhas ou guisados, guarnições e sobremesas de todo tipo. Elas sempre faziam questão de mencionar que os pratos haviam sido preparados com frango em vez de carne vermelha, para garantir que Travis iria comê-los.

Elas eram particularmente boas com as meninas. No começo, frequentemente abraçavam as crianças quando elas choravam, e Christine acabou se apegando a Liz. Liz trançava seus cabelos, a ajudava a fazer pulseiras com miçangas e geralmente passava meia hora com Christine no jardim, chutando a bola de futebol de um lado para o outro. Quando voltavam para dentro da casa, elas começavam a cochichar assim que Travis saía da sala. Ele se perguntava o que elas tanto conversavam uma com a outra. Conhecendo Liz, ele tinha certeza de que, se ela achasse que o assunto era importante, lhe contaria, mas geralmente ela simplesmente dizia que Christine queria conversar. Com o tempo, ele sentia gratidão pela presença dela e um pouco de inveja da relação que ela tinha com Christine.

Lisa, por sua vez, aproximou-se de Megan. Elas pintavam desenhos com lápis de cor na mesa da cozinha ou sentavam-se lado a lado para assistir à televisão; às vezes Travis percebia que Lisa se aconchegava no corpo de Megan da mesma forma que fazia quando estava com sua mãe. Em momentos como aquele, elas pareciam quase ser mãe e filha, e, por um breve momento, Travis sentia como se a família estivesse novamente reunida.

Allison, entretanto, era quem se certificava de que as garotas entendiam que, mesmo que estivessem tristes e irritadas, elas ainda tinham responsabilidades. Ela as lembrava de organizar os brinquedos e livros nos seus quartos, ajudava-as com as lições de casa e sempre as lembrava de levar seus pratos até a pia. Ela era gentil em relação a tudo aquilo, mas firme também. Embora suas filhas às vezes se esquivassem das tarefas domésticas nas noites em que Allison não aparecia, aquilo acontecia com uma frequência menor do que Travis esperava. Em um nível inconsciente, elas pareciam perceber que precisavam de ordem e regras em suas vidas, e Allison era exatamente o que elas precisavam.

Entre as meninas e sua mãe, que sempre estava em casa toda a tarde e quase todos os fins de semana, Travis raramente ficava sozinho após o acidente, e eles conseguiam funcionar conjuntamente de uma maneira que ele simplesmente não tinha condições de fazer. Ele precisava que suas amigas fizessem aquilo por ele. Era tudo o que ele podia fazer para conseguir se levantar da cama pela manhã e, na maior parte do tempo, ele achava que estava à beira das lágrimas. O fardo da culpa pesava sobre seus ombros, e não apenas por causa do acidente. Ele não sabia o que fazer ou onde deveria estar. Quando ele estava no hospital, desejava estar em casa com suas filhas. Quando ele estava em casa com suas filhas, desejava estar no hospital com Gabby. Nada parecia estar certo.

Entretanto, depois de seis semanas jogando as sobras de comida na lata do lixo, Travis finalmente disse às suas amigas que, embora elas fossem muito bem-vindas em sua casa, se quisessem continuar a vir, não iria mais precisar que elas trouxessem o jantar. Ele também não queria que elas viessem todos os dias. Naquele momento, com as visões de Kenneth Baker claras em sua mente, ele sabia que tinha de tomar o controle sobre o que havia restado da sua vida. Ele tinha de se tornar o pai que ele era, o pai que Gabby queria que ele fosse, e, pouco a pouco, ele conseguiu. Não foi fácil e, embora ainda houvesse ocasiões em que Christine e Lisa pareciam sentir falta da atenção que recebiam dos outros, Travis conseguiu compensar aquilo demonstrando sua própria dose de afeto. Não era como se tudo tivesse voltado ao normal, mas agora, na marca dos três meses, suas vidas eram tão normais quanto poderia se esperar. Ao assumir a responsabilidade pelo cuidado das filhas, Travis às vezes pensava que havia conseguido se salvar.

O lado ruim era que, desde o acidente, ele tinha pouco tempo para Joe, Matt e Laird. Embora eles ainda aparecessem em sua casa de vez em quando para tomar uma cerveja depois que as meninas já estavam dormindo, as conversas eram menos espontâneas. Muitas vezes, tudo o que eles diziam parecia estar... errado, de algum modo. Quando eles perguntavam a respeito de Gabby, ele não estava a fim de falar sobre ela. Quando eles tentavam falar sobre alguma outra coisa, Travis se perguntava por que eles pareciam estar evitando falar sobre Gabby. Ele sabia que não estava sendo justo, mas, quando ficava com algum deles, ele sempre ficava abismado com as diferenças que havia entre as vidas deles e a sua. Apesar da gentileza e paciência com a qual lidavam com Travis, ele se apanhava pensando que, dentro de algum tempo, Joe iria para casa e se encontraria com Megan, e eles conversariam em voz baixa na cama, abraçados; quando Matt colocava a mão em seu ombro, Travis imaginava se Liz estava feliz por Matt ter ido até a sua casa ou se ela precisava que ele estivesse em seu próprio lar, cuidando de algo para ela. Seu relacionamento com Laird era exatamente o mesmo, e, apesar da situação, ele frequentemente ficava enraivecido sem motivo aparente quando estava na presença deles. Embora ele fosse forçado a viver constantemente com algo impensável, as preocupações de seus amigos podiam ser ligadas e desligadas, e Travis não conseguia escapar da sua fúria em relação a toda aquela injustiça. Ele se odiava por pensar daquela maneira e tentava esconder seu ódio, mas percebia que seus amigos notavam que as coisas haviam mudado, mesmo que eles não tivessem certeza do que estava realmente acontecendo. Gradualmente, as visitas foram ficando cada vez mais curtas e infrequentes. Ele também se odiava por causa daquilo, pela separação que crescia entre ele e seus amigos, mas não sabia como consertar as coisas.

Quando estava a sós, ele refletia sobre o ódio direcionado aos seus amigos, embora sentisse gratidão em relação às suas esposas. Ele se sentava no deque ponderando sobre tudo aquilo, e, uma semana antes, percebeu que estava olhando fixamente para a lua crescente, finalmente aceitando o que ele sempre soube, desde o início. A diferença, ele sabia, tinha a ver com o fato de que Megan, Allison e Liz concentravam o apoio nas suas filhas, enquanto Joe, Matt e Laird concentravam seu apoio nele. As meninas mereciam aquilo.

Ele, entretanto, merecia ser punido.

Capítulo 20

Sentado ao lado de Gabby, Travis olhou para o relógio. Já se aproximava das 14h30 e normalmente ele estaria se preparando para se despedir de Gabby, de modo que pudesse estar em casa quando as garotas voltassem da escola[8]. Hoje, entretanto, Christine iria visitar uma de suas amigas e Lisa havia sido convidada para uma festa de aniversário no aquário municipal em Pine Knoll Shores, e nenhuma das duas voltaria para casa antes do horário do jantar. O fato de que suas filhas tinham seus próprios planos para aquele dia era uma coincidência bem-vinda, pois ele precisaria demorar mais do que o habitual. Mais tarde, ele iria se reunir com o neurologista e o administrador do hospital.

Ele estava ciente do motivo da reunião e não tinha dúvidas de que os dois estariam com a maior dose de tristeza possível, apoiada em tons moderados e encorajadores. O neurologista lhe diria que, como não havia mais nada que o hospital pudesse fazer por Gabby, ela teria de ser transferida para uma casa de repouso. Ele receberia garantias de que, como a condição dela era estável, o risco seria mínimo e que um médico a examinaria semanalmente. Além disso, ele provavelmente seria informado de que os profissionais que trabalhavam em casas de repouso eram totalmente capazes de prestar os cuidados de que ela precisaria diariamente. Se Travis protestasse, o administrador provavelmente entraria na conversa e o lembraria de que, a menos que Gabby estivesse na UTI, o plano de saúde cobriria o máximo de três meses de

8. Nos Estados Unidos, o horário letivo vai das 9 às 15 horas. (N. T.)

internação no hospital. Ele poderia também dizer que, como o propósito do hospital era servir a comunidade local, não havia mais espaço para mantê-la ali em longo prazo, mesmo que ela tivesse feito parte do quadro de funcionários. Realmente, não havia mais nada que ele pudesse fazer. Essencialmente funcionando como uma equipe naquela reunião, eles queriam se certificar de que as coisas seriam feitas do jeito deles.

O que nenhum deles parecia perceber era que a decisão não era tão simples. Por baixo da superfície havia outra realidade — enquanto Gabby estivesse no hospital, as pessoas presumiam que ela acordaria dentro de pouco tempo, pois era ali que os pacientes em coma temporário ficavam. Pacientes em coma temporário precisavam de médicos e enfermeiras por perto para monitorar as mudanças que indicariam as melhoras que eles sabiam que aconteceriam a qualquer momento. Em uma casa de repouso, as pessoas presumiriam que Gabby simplesmente nunca mais iria acordar. Travis não estava pronto para aceitar aquilo, mas parecia que não teria escolha.

Gabby, entretanto, tinha uma escolha, e, no fim das contas, sua decisão não seria baseada no que o neurologista ou o administrador dissessem a ele. Travis basearia sua decisão naquilo que ele achava que Gabby gostaria.

Do lado de fora da janela, o pombo havia desaparecido, e Travis imaginou se ele teria ido visitar outros pacientes, como um médico andando de quarto em quarto; e, se aquilo realmente acontecesse, se os outros pacientes notavam o pombo da mesma forma que ele.

— Me desculpe por ter chorado mais cedo — sussurrou Travis. Ao olhar para Gabby, ele observou que o peito dela subia e descia cada vez que ela respirava. — Eu não consegui evitar.

Ele não alimentava ilusões de que ouviria a voz dela desta vez. Aquilo só acontecia uma vez por dia.

— Sabe o que eu gosto em você? — perguntou ele. — Além de praticamente tudo? — ele forçou um sorriso. — Gosto do jeito como você cuida de Molly. Ela está bem, e os quadris dela ainda estão firmes. Ela ainda gosta de se deitar na grama sempre que pode. Toda vez que eu a vejo fazendo isso, me lembro dos primeiros anos em que estivemos juntos. Lembra-se de quando costumávamos levar os cachorros até a praia para passear? Quando íamos cedo e podíamos tirar as coleiras deles para que eles pudessem correr? Aquelas manhãs eram sempre... relaxantes, e eu adorava ver você rindo quando perseguia Molly em círculos, tentando bater no traseiro dela. Ela ficava louca quando você fazia isso; ficava com certo brilho nos olhos, a língua para fora da boca, esperando que você encostasse nela.

Ele fez uma pausa, percebendo, com certa surpresa, que o pombo havia voltado. Ele devia gostar de escutá-lo conversando, concluiu Travis.

— Foi aí que eu percebi que você seria uma ótima mãe. Por causa do jeito como você agia com Molly. Mesmo na primeira vez em que conversamos... — ele balançou a cabeça, rememorando o passado. — Acredite ou não, eu sempre gostei do fato de que você estava furiosa quando foi até a minha casa naquela noite, e não apenas porque acabamos nos casando. Você parecia uma mãe ursa protegendo seu filhote. É impossível ficar tão furiosa, a menos que você seja capaz de amar profundamente, e depois de observar como você cuidava de Molly — muito amor e carinho, muita preocupação, e que não deixaria ninguém neste mundo tratá-la mal —, eu sabia que você seria exatamente daquele jeito com crianças.

Ele deslizou seu dedo por cima do braço dela. — Você sabe o quanto isso significou para mim? Saber o quanto você ama nossas filhas? Você não faz ideia do quanto isso me confortou durante todos esses anos.

Ele aproximou seu rosto do dela. — Eu te amo, Gabby, mais do que você imagina. Você é tudo que eu sempre quis em uma esposa. Você é cada esperança e cada sonho que eu já tive, e você me fez mais feliz do que qualquer homem poderia sonhar em ser. Não quero ter de abrir mão disso. Eu não posso. Você me entende?

Ele esperou por uma resposta, mas não houve nada. Nunca havia nada, nem um sinal, como se Deus estivesse lhe dizendo que o amor que Travis sentia não era o suficiente. Olhando fixamente para Gabby, ele repentinamente se sentiu muito velho e muito cansado. Ajustou o lençol, sentindo-se sozinho e distante da sua esposa, percebendo que era um marido cujo amor por ela havia fracassado.

— Por favor — sussurrou ele — você tem de acordar, querida. Por favor. Nosso tempo está acabando.

— Oi — disse Stephanie. Vestida com uma camiseta e uma calça *jeans*, ela não se parecia em nada com a profissional de sucesso que havia se tornado. Morando em Chapel Hill, ela era a gerente de projetos sênior de uma empresa de biotecnologia que crescia rapidamente. Entretanto, nos últimos três meses, ela havia passado três ou quatro dias por semana em Beaufort. Desde o acidente, ela era a única pessoa com quem Travis realmente conseguia conversar. Ela era a única que conhecia os segredos dele.

— Oi — disse Travis.

Ela atravessou o quarto e se apoiou na lateral da cama. — Oi, Gabby — disse ela, beijando-a no rosto. — Você está bem?

Travis adorava o jeito como sua irmã tratava Gabby. Com exceção de Travis, ela era a única pessoa que sempre parecia estar confortável na presença de Gabby.

Stepanie puxou outra cadeira e trouxe-a para perto de onde Travis estava sentado. — E como está você, irmão mais velho?

— Bem — ele disse.

Stephanie lhe deu um olhar de cima a baixo. — Você está péssimo.

— Obrigado.

— Você não está se alimentando direito. — Ela colocou a mão em sua bolsa e tirou um pacote de amendoins. — Coma isto.

— Não estou com fome. Acabei de almoçar.

— Quanto?

— O suficiente.

— Coma, apenas para me deixar feliz. — Ela usou os dentes para abrir a embalagem. — Simplesmente coma estes amendoins e eu prometo que vou calar a boca e não o incomodarei novamente.

— Você diz isso toda vez que vem para cá.

— Faço isso porque você continua com uma aparência péssima — ela inclinou a cabeça em direção a Gabby. — Aposto que ela disse a mesma coisa, não foi? — Ela nunca havia questionado as alegações de Travis quando ele dizia que podia ouvir a voz de Gabby. Ou, se ela o fez, seu tom de voz não refletiu nenhuma preocupação em relação àquilo.

— Disse, sim.

Ela o forçou a pegar o pacote. — Então pegue os amendoins.

Travis pegou o pacote e o colocou sobre o colo.

— Agora coloque alguns na boca, mastigue e engula.

Ela falava igual à mãe deles. — Alguém já lhe falou que você é meio inconveniente, às vezes?

— Eu ouço isso todos os dias. E acredite, você precisa de alguém para ser inconveniente e mandar em você. Você tem sorte de ter uma irmã como eu em sua vida. Sou uma bênção para você.

Pela primeira vez no dia, ele soltou uma risada verdadeira. — Se você diz, eu acredito. — Ele despejou alguns amendoins na palma da mão e começou a mastigar. — Como vão as coisas entre você e Brett?

Stephanie estava namorando com Brett Whitney há dois anos. Um dos gerentes de fundos mútuos mais bem-sucedidos do país, ele era incrivelmente rico, bonito e considerado por muitos o solteiro mais desejado do sul dos Estados Unidos.

— Ainda estamos juntos.

— Problemas no paraíso?

Stephanie deu de ombros. — Ele me pediu em casamento outra vez.

— E o que você disse?

— O mesmo que eu havia dito antes.

— E como ele reagiu?

— De maneira normal. Bem, ele fez aquela cena dizendo "estou magoado e com raiva", mas voltou ao normal depois de alguns dias. Passamos o último fim de semana em Nova York.

— Por que você não se casa com ele de uma vez?

— Provavelmente eu me casarei.

— Aqui vai uma dica, então. Seria bom você dizer "sim" quando ele pedir a sua mão.

— Por quê? Ele vai voltar a perguntar.

— Você parece ter muita certeza quando diz isso.

— Tenho sim. E eu direi "sim" quando eu tiver certeza de que ele quer se casar comigo.

— Ele já pediu três vezes. Você ainda não tem certeza?

— Ele somente acha que quer se casar comigo. Brett é o tipo de cara que gosta de desafios, e, neste momento, eu sou um desafio. Desde que eu continue sendo um desafio, ele vai continuar pedindo para eu me casar com ele. E, quando eu souber que ele realmente está pronto, é aí que direi "sim".

— Eu não sei...

— Pode confiar em mim — disse ela. — Eu conheço os homens e tenho meus encantos. — Os olhos dela brilharam com o luzir de alguma travessura. — Ele sabe que eu não preciso dele, e isso praticamente o mata de ódio.

— Não — disse Travis. — Você definitivamente não precisa dele.

— Então, mudando de assunto, quando é que você vai voltar ao trabalho?

— Em breve — resmungou ele.

Ela colocou a mão dentro do pacote de amendoins e trouxe dois até a boca. — Você sabe que o nosso pai não é mais o garoto saltitante de antigamente.

— Eu sei.

— Então... que tal na próxima semana?

Quando Travis não respondeu, Stephanie cruzou as mãos na frente do rosto. — Certo, aqui está o que vai acontecer, já que você obviamente não pensou a respeito. Você vai começar a aparecer na clínica e ficar lá no mínimo até a uma hora da tarde. Este é o seu novo horário de trabalho. Ah, e você pode fechar a clínica ao meio-dia nas sextas-feiras. Assim, nosso pai só vai ter de ir até lá quatro tardes por semana.

Ele apertou os olhos. — Dá para ver que você está pensando nisso há um bom tempo.

— Alguém tem de fazer isso. E, para a sua informação, não estou fazendo isso apenas pelo nosso pai. Você precisa voltar ao trabalho.

— E se eu achar que não estou pronto para isso?

— Não faz a menor diferença. Você vai trabalhar e pronto. Se não quer fazer isso por você, faça por Christine e Lisa.

— Do que você está falando?

— Suas filhas. Lembra-se delas?

— Eu sei quem elas são.

— E você as ama, certo?

— Que tipo de pergunta é essa?

— Então, se você as ama — disse ela, ignorando a pergunta que ele fizera —, você precisa começar a agir como um pai de família novamente. E isso significa que você tem de voltar ao seu emprego.

— Por quê?

— Porque tem de mostrar a elas que, não importa quantas coisas horríveis aconteçam na vida, você ainda tem de seguir em frente. É a sua responsabilidade. Quem mais irá ensiná-las a agir assim?

— Steph...

— Não estou dizendo que vai ser fácil. O que estou dizendo é que você não tem escolha. Afinal, você não deixou que elas desistissem, não foi? Elas ainda estão na escola, não estão? Você ainda está cuidando para que elas façam a lição de casa, não está?

Travis não disse nada.

— Então, se espera que elas cuidem das suas responsabilidades — e elas têm 6 e 8 anos, somente —, você vai ter de cuidar das suas. Elas precisam ver que você está voltando ao normal, e o trabalho é uma parte disso. Desculpe. A vida é assim.

Travis balançou a cabeça, sentindo seu ódio começar a lhe dominar. — Você não entende.

— Eu entendo perfeitamente.

Ele trouxe os dedos até o lugar onde o nariz se juntava com a testa e apertou. — Gabby é...

Quando ele não continuou, Stephanie colocou a mão no joelho dele. — Passional? Inteligente? Gentil? Moral? Engraçada? Indulgente? Paciente? Tudo que você imaginou querer em uma mulher e uma mãe? Em outras palavras, praticamente perfeita?

Ele olhou para Stephanie, surpreso.

— Eu sei — disse ela, em voz baixa. — Eu também a amo. Eu sempre a amei. Ela não foi somente a irmã que eu nunca tive, mas minha melhor amiga também. Às vezes, parecia que ela era a única amiga de verdade que eu tinha. E você está certo — ela foi maravilhosa com você e as crianças. Você não podia ter feito nada além do que já faz. Por que você acha que eu continuo vindo até aqui? Não é somente por ela, nem por você. É por mim mesma. Eu também sinto saudades dela.

Sem saber como responder, ele não disse nada. Em meio ao silêncio, Stephanie suspirou.

— Você já decidiu o que vai fazer?

Travis engoliu em seco. — Não — admitiu ele. — Ainda não.

— Já faz três meses.

— Eu sei — disse ele.

— E quando vai acontecer a reunião?

— Daqui a meia hora.

Observando seu irmão, ela aceitou aquilo. — Certo. Bem, vou deixar você pensar mais um pouco a respeito. Vou dar uma passada na sua casa e ver as meninas.

— Elas não estão lá, mas voltarão mais tarde.

— Você se importa se eu esperar por lá?

— Claro que não. Tem uma chave...

Ela não deixou que ele terminasse. — Embaixo do sapo de gesso na varanda? É, eu sei. E, se você estiver curioso a respeito disso, tenho certeza de que a maioria dos ladrões vai acabar descobrindo também.

Ele sorriu. — Amo você, Steph.

— Eu também amo você, Travis. E você sabe que eu estarei aqui ao seu lado, não é?

— Eu sei.

— Sempre. A qualquer momento que você precisar.

— Eu sei.

Olhando para ele, ela finalmente assentiu. — Vou esperar até você chegar, certo? Eu quero saber o que vai acontecer.

— Tudo bem.

Levantando-se, Stephanie pegou sua bolsa e a colocou por cima do ombro. Ela beijou o irmão na testa.

— Até mais tarde, então, Gabby — disse ela, sem esperar uma resposta. Ela já estava saindo pela porta quando ouviu a voz de Travis novamente.

— Até onde devemos ir em nome do amor?

Ela parou e olhou para trás. — Você já me perguntou isso antes.

— Eu sei — hesitou Travis. — Mas estou perguntando a você sobre o que você acha que eu deveria fazer.

— Então eu lhe direi o que sempre digo. Que quem deve escolher como lidar com isso é você.

— O que isso significa para mim?

A expressão dela parecia quase perdida. — Não sei, Travis. O que você acha que significa?

Capítulo 21

Já fazia um pouco mais de dois anos que Gabby esbarrara com Kenneth Baker em uma daquelas noites de verão pelas quais Beaufort era famosa. Com a música ao vivo tocando e dezenas de barcos atracados nas docas, aquela noite parecia perfeita para levar Gabby e as meninas até a cidade para tomar sorvete. Gabby havia mencionado casualmente que ela vira uma bela gravura em uma das lojas pelas quais passaram. Depois de tanto tempo juntos, ele já havia se acostumado com as indiretas que ela lhe dava.

— Por que você não entra e dá uma olhada nela? — disse ele. — Eu cuido das meninas enquanto isso. Vá em frente.

Ela ficou na loja mais tempo do que ele imaginou que ela ficaria, e, quando voltou, tinha uma expressão preocupada no rosto. Mais tarde, depois de voltarem para casa e colocarem as crianças na cama, Gabby estava sentada no sofá, e a preocupação em seu rosto era aparente.

— Está tudo bem? — perguntou ele.

Gabby se virou no sofá. — Eu encontrei Kenneth Baker mais uma vez hoje — admitiu ela. — Quando você estava pegando o sorvete para as meninas.

— É mesmo? E como ele está?

Ela suspirou. — Você tem noção de que a esposa dele já está em coma há seis anos? Seis anos. Dá para imaginar o que isso deve representar para ele?

— Não, não consigo imaginar — disse Travis.

— Ele parece um velho.

— Tenho certeza de que eu envelheceria também. Ele está passando por uma situação muito difícil.

Ela fez que sim com a cabeça, sem perder o ar de preocupação. — Ele parece ter raiva também. É como se se ressentisse em relação a ela. E os filhos deles... — imersa em pensamentos, ela pareceu se perder em meio à frase.

Travis olhou fixamente para Gabby. — O que você está querendo dizer?

— Você me visitaria se uma coisa daquelas acontecesse comigo?

Pela primeira vez, ele sentiu uma pontada de medo, embora não soubesse realmente por quê. — É claro que eu a visitaria.

A expressão no rosto dela era quase triste. — Mas, após algum tempo, você me visitaria com menos frequência.

— Eu iria visitá-la todos os dias.

— E, com o tempo, você iria se aborrecer.

— Eu nunca me aborreceria com você.

— Kenneth se aborrece em relação a Eleanor.

— Eu não sou Kenneth — disse ele, balançando a cabeça. — Por que você está falando isso?

— Porque eu amo você.

Ele abriu a boca para responder, mas ela levantou a mão para interrompê-lo. — Deixe eu concluir meu pensamento, está bem? — ela respirou fundo, organizando seus pensamentos. — Quando Eleanor chegou ao hospital, era óbvio o quanto Kenneth a amava. Foi o que notei quando conversávamos e, com o passar do tempo, acho que ele me contou toda a história da vida deles — como eles se conheceram na praia no verão depois da formatura; que, na primeira vez em que ele a convidou para sair, ela recusou, mas, mesmo assim, ele conseguiu que ela lhe desse o número do seu telefone; que ele disse a ela que a amava no aniversário de 30 anos do casamento dos pais dela. Mas ele não ficou apenas contando histórias — parecia que ele estava revivendo aqueles momentos repetidamente. De certa forma, ele fazia com que eu me lembrasse de você.

Gabby buscou a mão dele. — Sabe, você faz a mesma coisa. Você sabe quantas vezes eu ouvi você contar a alguém sobre a primeira vez que conversamos? Não me entenda mal, eu adoro isso em você. Adoro o fato de que você mantém essas memórias vivas em seu coração, e que elas signifiquem tanto para você quanto para mim. E o que acontece é que... quando você relembra de tudo isso, posso sentir que você está se apaixonando por mim novamente. De certa forma, é a coisa mais bonita e emocionante que você faz por mim. — Ela fez uma pausa. — Bem, sem contar quando você limpa a cozinha nos dias em que estou cansada demais para fazer isso.

Apesar da seriedade do assunto, ele riu. Gabby pareceu não notar.

— Mas hoje Kenneth parecia tão... amargo, e, quando eu perguntei a respeito de Eleanor, eu tive a sensação de que ele desejava que ela estivesse morta. Quando comparo isso com os sentimentos que ele costumava ter em relação à esposa, e o que aconteceu com os filhos dele... é terrível.

Quando a voz dela enfraqueceu, Travis segurou-lhe a mão. — Isso não vai acontecer conosco.

— Não é disso que estou falando. A questão é que eu não consigo viver sabendo que não fiz o que deveria ter feito.

— Do que você está falando?

Ela deslizou o polegar por cima da mão dele. — Eu te amo muito, Travis. Você é o melhor marido, a melhor pessoa que eu já conheci em toda a minha vida. E quero que você me prometa uma coisa.

— Qualquer coisa que você quiser.

Ela olhou diretamente em seus olhos. — Eu quero que você prometa que, se alguma coisa assim algum dia acontecer comigo, que você vai permitir que eu morra.

— Mas nós já temos testamentos — respondeu ele. — Deixamos tudo registrado quando fizemos os testamentos e as procurações.

— Eu sei — disse ela. — Mas nosso advogado se aposentou e foi morar na Flórida. E, até onde eu sei, ninguém além de nós três sabe que eu não quero que a minha vida seja prolongada caso eu esteja em uma situação em que não possa tomar as próprias decisões. Não seria justo colocar esse fardo sobre as suas costas ou das meninas, porque, com o tempo, o ressentimento seria inevitável. Você sofreria e as meninas também. Eu me convenci disso hoje quando vi Kenneth, mas não quero que você se torne uma pessoa amarga em relação a nada que tenhamos compartilhado. Amo você demais para permitir uma coisa dessas. A morte é sempre triste, mas também é inevitável, e foi por essa razão que eu assinei o testamento em vida. Porque eu amo vocês todos demais. — A voz dela ficou mais suave, mas havia mais determinação também. — E eu não quero ter de falar aos meus pais ou às minhas irmãs sobre a decisão que tomei. A decisão que tomamos. Quero ter de procurar outro advogado e ter de reescrever os documentos. Quero poder acreditar que você vai fazer o que eu desejo que você faça. E é por isso que preciso que você me prometa que honrará meus desejos.

Aquela conversa parecia meio surreal para Travis. — Certo... tudo bem — disse ele.

— Não, não assim. Quero que você me prometa; quero que você jure.

Travis engoliu em seco. — Eu prometo fazer exatamente o que você quer que eu faça. Eu juro.

— Não importa o quão difícil isso possa ser?

— Não importa o quão difícil isso possa ser.

— Porque você me ama.

— Porque eu te amo.

— Sim — disse ela. — E porque eu te amo também.

O testamento em vida que Gabby havia assinado no escritório do advogado era o documento que Travis havia trazido ao hospital. Entre outras coisas, ele especificava que os aparelhos e sondas de alimentação deveriam ser desligados e desconectados após doze semanas. Hoje era o dia em que ele deveria fazer a sua escolha.

Sentado ao lado de Gabby no hospital, Travis lembrou-se da conversa que teve com ela naquela noite. Ele se lembrou do juramento que fez. Ele repetiu aquelas palavras uma centena de vezes durante as últimas semanas e, conforme a marca dos três meses se aproximava, ele percebia que estava ficando cada vez mais desesperado, desejando que ela acordasse. Assim como Stephanie, e era por isso que ela iria esperá-lo em sua casa quando ele voltasse. Há seis semanas ele havia contado a Stephanie sobre a promessa que fizera a Gabby; a necessidade de compartilhar aquilo havia ficado quase insuportável.

As seis semanas seguintes se passaram sem nenhum alívio. Gabby não somente não fez um único movimento, como não mostrava sinais de recuperação em nenhuma das suas funções cerebrais. Embora ele tentasse ignorar o óbvio, o relógio continuava avançando, e a hora da decisão havia chegado.

Às vezes, durante suas conversas imaginárias com ela, ele tentava fazer com que ela mudasse de ideia. Ele argumentava que a promessa não havia sido justa; que a única razão pela qual ele havia concordado com aquilo era a improbabilidade de que pudesse acontecer, algo em que ele nunca acreditou realmente. Ele confessou que, se tivesse a capacidade de prever o futuro, teria rasgado os documentos que ela assinou no escritório do advogado. Mesmo que ela não fosse capaz de responder, ele ainda não conseguia imaginar uma vida sem a presença dela.

Ele nunca seria como Kenneth Baker. Não sentia nenhuma amargura em relação a Gabby, e nunca sentiria. Ele precisava dela, precisava da esperança que sentia quando estavam juntos. Ele se sentia revigorado quando a visitava. Mais cedo, naquele dia, ele estava exausto e letárgico; conforme o dia progrediu, seu senso de comprometimento havia se fortalecido, deixando-o com a certeza de que ele teria capacidade de rir com suas filhas, de ser o pai que Gabby queria que ele fosse. Funcionou por três meses, e ele sabia que poderia fazer aquilo para sempre. O que não sabia era como poderia viver sabendo que Gabby estava morta. Por mais estranho que aquilo parecesse, havia uma previsibilidade reconfortante na nova rotina da sua vida.

Do lado de fora da janela, o pombo andava para a frente e para trás, fazendo Travis pensar que a ave estivesse ponderando a decisão com ele. Havia momentos em que ele sentia uma estranha sensação de familiaridade em relação àquele pombo, como se ele estivesse tentando lhe dizer alguma coisa, embora ele não fizesse ideia do que poderia ser. Certa vez, ele havia trazido um pouco de pão, mas não tinha se dado conta de que a tela nas janelas o impediria de jogar algumas migalhas para fora. Em pé diante do vidro, o pombo olhou para o pão que ele tinha nas mãos, arrulhando suavemente. Ele voou para longe um momento depois e, mais tarde, voltou para passar o resto do dia ali. Depois daquele dia, o pombo não voltou a demonstrar medo dele. Travis podia dar batidinhas no vidro que o pombo continuaria no lugar. Era uma situação curiosa que lhe dava algo em que pensar enquanto estava sentado no silêncio do quarto. O que ele queria perguntar ao pombo era o seguinte: eu devo me tornar um assassino?

Seus pensamentos inevitavelmente o levavam àquela questão, e era o que o diferenciava de outras pessoas que deviam honrar os desejos descritos em testamentos. Elas estavam fazendo a coisa certa; suas escolhas estavam enraizadas na compaixão que sentiam por seus entes queridos. Para ele, entretanto, a escolha era diferente, mesmo que as razões fossem lógicas. Se A e B fossem corretos, então C também seria. Mas, com a sua racionalização de que havia cometido uma sequência de erros, o acidente não deveria ter ocorrido; se o acidente não houvesse ocorrido, não haveria o estado de coma. Ele foi o responsável pelos ferimentos que ela sofreu, mas ela não havia morrido. E agora, apresentando alguns documentos que ele trazia no bolso, ele poderia terminar o serviço. Podia ser o responsável pela morte da sua esposa. A diferença fazia seu estômago se revirar; a cada dia, conforme a decisão se aproximava, ele comia cada vez menos. Às vezes, parecia que Deus não queria apenas que Gabby morresse, mas que Travis soubesse que era o único culpado por aquilo.

Ele tinha certeza de que Gabby negaria aquilo. O acidente foi apenas isso — um acidente. E foi ela, não ele, quem tomou a decisão sobre o período de tempo em que aceitaria ser alimentada por uma sonda. Mesmo assim, ele não conseguia se livrar do peso esmagador da responsabilidade que tinha, pela simples razão de que ninguém além de Stephanie sabia o que Gabby queria. No fim, a escolha recairia unicamente sobre ele.

A luz cinzenta da tarde deu um tom melancólico às paredes. Ele ainda se sentia paralisado. Tentando ganhar tempo, tirou as flores do parapeito da janela e as trouxe para perto da cama. Ao pousá-las sobre o peito de Gabby e se sentar, Gretchen apareceu na porta. Ela entrou lentamente no quarto; verificando os sinais vitais de Gabby, não disse uma palavra. Anotou alguma coisa no prontuário e deu um breve sorriso. Há um mês, quando ele estava exercitando os músculos da sua esposa, Gabby havia mencionado que tinha certeza de que Gretchen se sentia atraída por ele.

— Ela vai nos deixar hoje? — ele ouviu Gretchen perguntar.

Travis sabia que ela estava se referindo à transferência para uma casa de repouso; pelos corredores, Travis ouvira murmúrios de que aquilo aconteceria em breve. Mas havia mais naquela pergunta do que Gretchen poderia compreender, e ele não conseguiu reunir forças para responder.

— Vou sentir falta dela — disse a enfermeira. — E vou sentir falta de você também.

A expressão dela estava transbordando compaixão.

— Estou sendo sincera. Eu trabalho aqui há mais tempo do que Gabby, e você devia ter ouvido as coisas que ela costumava falar sobre você. E sobre as crianças também. Dava para perceber que, embora ela adorasse o emprego, sempre ficava feliz no fim do expediente, quando era hora de ir para casa. Ela não era como o resto de nós, que ficávamos animados simplesmente pelo fato de o dia de trabalho ter chegado ao fim. Ela ficava animada, pois iria para casa e se reuniria com a sua família. Eu realmente admirava isso nela e o fato de que ela tinha uma vida assim.

Travis não soube o que dizer.

Ela suspirou, e Travis pensou ter visto indícios de lágrimas. — Me parte o coração vê-la desse jeito. E você também. Você sabia que todas as enfermeiras do hospital sabem que você mandava rosas para a sua esposa sempre que era seu aniversário de casamento? Quase todas as mulheres aqui desejavam que seus maridos ou namorados fizessem coisas assim. E, depois do acidente, a maneira como você a tratou... eu sei que você está triste e com raiva, mas vi você fazendo os exercícios com ela. Eu ouvia o que você dizia e... é como se você e ela tivessem uma ligação que não pode ser quebrada.

É desolador, mas, mesmo assim, lindo de se ver. E me sinto muito mal pelo que vocês dois estão passando. Estou rezando por vocês todas as noites.

Travis sentiu sua garganta se fechar.

— Acho que o que eu estou tentando dizer é que vocês dois me fazem acreditar que o verdadeiro amor realmente existe. E que nem mesmo as horas mais difíceis podem tirar isso de vocês. — Ela parou, sua expressão revelou que pressentia ter falado demais, e se virou. Um momento depois, quando Gretchen estava a ponto de sair do quarto, Travis sentiu que ela colocou a mão sobre seu ombro. Era quente e leve, e ficou ali por apenas alguns instantes, depois sumiu. Travis estava novamente sozinho, enfrentando a sua escolha mais uma vez.

A hora havia chegado. Olhando para o relógio, ele sabia que não poderia mais esperar. Os outros o estavam aguardando. Ele atravessou a sala para fechar as cortinas. O hábito fez com que ele ligasse a televisão. Embora soubesse que as enfermeiras a desligariam mais tarde, ele não queria deixar Gabby sozinha em um quarto mais silencioso do que uma tumba.

Frequentemente, ele havia se imaginado tentando explicar como aquilo havia acontecido. Ele podia ver a si mesmo balançando a cabeça, sem acreditar, enquanto se sentava na mesa da cozinha com seus pais. — Eu não sei por que ela acordou — ele se ouvia dizer. — Até onde eu sei, não há uma resposta mágica. Foi como todas as outras vezes que eu a visitei... tirando o fato de que ela abriu os olhos. — Ele imaginava que sua mãe estaria chorando com lágrimas de alegria, conseguia até mesmo se ver telefonando para os pais de Gabby. Às vezes, aquilo tudo era tão claro, como se realmente houvesse ocorrido, e ele segurava a respiração, vivenciando e experimentando a sensação de se maravilhar.

Entretanto, ele agora duvidava que aquilo seria possível e, do outro lado do quarto, olhou para ela. Quem eram eles, Gabby e Travis? Por que as coisas haviam acontecido daquela maneira? Houve uma época em que ele poderia ter respostas razoáveis para aquelas perguntas, mas aquela época já estava distante. Atualmente, ele não sabia de nada. Acima dela, a luz fluorescente emitia um zumbido baixo, e ele pensou no que faria. Ele ainda não sabia. O que ele sabia era que ela ainda estava viva, e, onde há vida, sempre há esperança. Ele se concentrou nela, imaginando como uma pessoa tão próxima e tão presente podia ficar tão distante.

Hoje, ele teria que fazer a sua escolha. Dizer a verdade significaria que Gabby iria morrer; mentir significaria que o desejo de Gabby lhe seria negado. Ele queria que ela lhe dissesse o que fazer e, vindo de algum lugar ao longe, ele podia imaginar a resposta dela.

"Eu já lhe disse, querido. Você já sabe o que deve fazer."

A escolha, porém, ele queria argumentar, havia sido baseada em premissas falhas. Se ele pudesse voltar no tempo, nunca teria feito aquele juramento, e imaginou que ela poderia não ter pedido aquilo. Ela teria tomado a mesma decisão se ela soubesse que ele seria o responsável pelo acidente que a deixou em coma? Ou se ela soubesse que tirar as sondas de alimentação e observá-la definhar até a morte iria certamente matar uma parte dele? Ou se ele dissesse a ela que acreditava que podia ser um pai melhor se ela continuasse viva, mesmo que nunca se recuperasse?

Era mais do que ele conseguia suportar, e ele sentia sua mente começando a gritar. "Por favor, acorde!" O eco parecia fazer com que cada átomo do seu corpo vibrasse. "Por favor, querida. Faça isso por mim. Por nossas filhas. Elas precisam de você. Eu preciso de você. Abra os olhos antes de eu ir, enquanto ainda há tempo..."

E, por um momento, ele pensou que viu um leve pestanejar; juraria que viu um movimento. Ele estava com a voz embargada demais para falar, mas como sempre, a realidade voltou a reinar, e ele sabia que tudo havia sido uma ilusão. Sobre a cama, ela não havia se movido um milímetro, e, olhando para ela em meio às lágrimas, ele sentiu sua alma começando a morrer.

Ele precisava ir, mas havia mais uma coisa que ele tinha de fazer. Como todas as pessoas, ele conhecia a história da Branca de Neve, do beijo do Príncipe Encantado que quebrou o feitiço maligno. Era o que ele pensava toda vez que saía do hospital para voltar para casa, mas aquela noção agora lhe parecia imperativa. Era sua última chance, a derradeira. Ele sentiu uma pequena fagulha de esperança ao pensar que daquela vez as coisas poderiam ser diferentes. Embora seu amor por ela sempre estivesse presente, a sensação de término não estava, e talvez aquela combinação constituísse a fórmula mágica que faltava. Ele se endireitou e se aproximou da cama, tentando se convencer de que desta vez iria dar certo. O beijo, diferente de todos os outros, encheria os pulmões dela com a vida. Ela soltaria um gemido e teria uma confusão momentânea, mas iria perceber o que ele estava fazendo. Ela sentiria que a vida de Travis estava invadindo a sua. Ela sentiria a plenitude do amor que ele tinha por ela e, com uma paixão que o surpreenderia, ela corresponderia ao beijo.

Ele se inclinou em direção a ela, com os rostos bem próximos, e pôde sentir o calor da respiração de Gabby se mesclando à sua. Fechou os olhos para afastar as lembranças de milhares de outros beijos e tocou os lábios dela com os seus. Sentiu uma espécie de fagulha e, finalmente, sentiu que ela lentamente estava voltando para ele. Ela era o ombro amigo que o consolava em tempos difíceis, ela era a voz no travesseiro ao lado dele à noite. Estava funcionando, pensou ele, realmente estava funcionando... e, com o coração começando a acelerar no peito, ele finalmente percebeu que nada havia mudado.

Afastando-se, tudo que ele pôde fazer foi deslizar seus dedos pela face dela. Sua voz estava rouca, não muito mais do que um sussurro.

— Adeus, querida.

Capítulo 22

Até onde uma pessoa deve ir em nome do amor?

Travis ainda estava revirando aquela pergunta em sua mente quando estacionou em frente a sua casa, mesmo já tendo tomado sua decisão. O carro de Stephanie estava parado ali também, mas, com exceção da sala de estar, o resto da casa estava escuro. Uma casa vazia seria demais para ele suportar.

O frio estava difícil de aguentar quando Travis saiu do carro, e ele fechou os botões da sua jaqueta. A lua ainda não havia surgido no céu, e as estrelas brilhavam; se ele se concentrasse, sabia que iria conseguir se lembrar dos nomes das constelações que Gabby recitou para ele certa vez. Ele deu um breve sorriso, lembrando-se daquela noite. A lembrança era tão clara quanto o céu que ele via acima de si, mas ele se esforçou para afastá-la, sabendo que não teria a força necessária para suportar aquilo. Não naquela noite.

O gramado brilhava com a umidade do orvalho, o prenúncio de que haveria uma geada forte naquela noite. Ele teria de se lembrar de tirar as luvas e cachecóis das meninas dos armários para que elas não precisassem correr atrás daquilo na manhã seguinte.

Stephanie se virou quando o viu entrar. Ele podia sentir que ela estava tentando ler a sua expressão. Ela foi em direção ao irmão.

— Travis — disse ela.

— Oi, Steph. — Ele tirou a jaqueta, percebendo que não se lembrava qual era o caminho que havia tomado para chegar em casa.

— Você está bem?

Ele demorou um momento para responder. — Não sei.

Ela colocou uma mão sobre seu braço. Sua voz era suave. — Quer beber alguma coisa?

— Um copo d'água seria ótimo.

Ela parecia estar aliviada por poder fazer alguma coisa por ele. — Eu volto em um segundo.

Ele se sentou no sofá e inclinou a cabeça para trás, sentindo-se tão esgotado como se tivesse passado o dia inteiro no oceano, lutando contra as ondas. Stephanie voltou à sala e lhe entregou o copo.

— Christine ligou. Ela vai se atrasar um pouco. Lisa já está a caminho de casa.

— Tudo bem — disse ele. Travis baixou a cabeça antes de olhar para o retrato da família.

— Quer conversar sobre o que houve?

Ele bebeu um gole da água, percebendo o quanto sua garganta havia ficado seca. — Você pensou na pergunta que eu lhe fiz lá no hospital? Sobre até onde uma pessoa deve ir em nome do amor?

Ela considerou a pergunta por um momento. — Eu me lembro de ter respondido.

— Você respondeu. Mais ou menos.

— O quê? Está dizendo que a minha resposta não foi boa o bastante para você?

Ele sorriu, grato porque Stephanie ainda conseguia conversar com ele da maneira habitual. — O que eu realmente queria saber era o que você teria feito se estivesse no meu lugar.

— Eu sabia o que você queria — disse ela, hesitante. — Mas... não sei, Travis, realmente não sei. Não consigo me imaginar tendo de tomar uma decisão dessas e, para ser honesta, acho que ninguém consegue — ela exalou. — Às vezes eu preferiria que você nunca tivesse me contado.

— Provavelmente eu não deveria ter contado. Eu não tinha o direito de colocar esse peso sobre os seus ombros.

Ela balançou a cabeça. — Não foi isso que eu quis dizer. Eu sei que você tinha de conversar com alguém a respeito da situação, e fico feliz por você ter confiado em mim. Mas é que isso fez com que eu me sentisse horrível em relação ao que você estava passando. O acidente, seus próprios ferimentos, preocupações com as suas filhas, sua mulher em coma... e depois ter de fazer uma escolha sobre dever ou não honrar os desejos de Gabby? É demais para uma só pessoa.

Travis não disse nada.

— Estou preocupada com você — acrescentou ela. — Eu quase não tenho dormido desde que você me contou.

— Me desculpe.

— Não se desculpe. Eu é que deveria lhe pedir desculpas. Eu devia ter me mudado para cá assim que tudo aconteceu. Deveria ter ido visitar Gabby com mais frequência. Deveria ter estado por perto sempre que você precisava de alguém para conversar.

— Está tudo bem. Eu fico feliz por você não ter se afastado do seu emprego. Além disso, você estava aqui por muito mais tempo do que imaginei que estaria.

— Eu me sinto muito mal pelo que você está passando.

Ele colocou o braço ao redor dela. — Eu sei — disse ele.

Juntos, eles se sentaram, em silêncio. Ao fundo, Travis ouviu o barulho do aquecedor enquanto Stephanie suspirava. — Quero que você saiba que, não importa o que você decidiu, eu estou do seu lado, está bem? Eu sei, mais do que praticamente qualquer pessoa, o quanto você ama Gabby.

Travis se virou para a janela. Através do vidro, ele conseguia ver as luzes das casas dos seus vizinhos brilhando na escuridão. — Eu não consegui fazer o que ela queria — disse ele, finalmente.

Ele tentou organizar seus pensamentos. — Eu achei que conseguiria e até cheguei a ensaiar as palavras que ia dizer aos médicos quando pedisse a eles que retirassem as sondas. Sei que isso é o que Gabby queria, mas... no final, não fui capaz de fazê-lo. Mesmo que eu passe o resto da minha vida visitando-a na casa de repouso, ainda assim será uma vida melhor do que uma que eu possa passar ao lado de qualquer pessoa. Eu a amo demais para deixar que ela se vá.

Stephanie lhe deu um sorriso pálido. — Eu sei — disse ela. — Eu percebi no seu rosto quando você entrou pela porta.

— Você acha que eu fiz a coisa certa?

— Sim — respondeu ela, sem hesitar.

— Por mim ou por Gabby?

— Por vocês dois.

Ele engoliu em seco. — Você acha que ela vai acordar algum dia?

Stephanie olhou o irmão nos olhos. — Acredito que sim. Eu sempre acreditei nisso. Vocês dois... tem algo misterioso na relação de vocês. Na verdade, quase tudo. O jeito como vocês se olham, o jeito como ela relaxa quando você coloca a mão no ombro dela, o modo como vocês dois parecem saber o que o outro está pensando... tudo isso sempre me pareceu extraordinário. É por isso que eu continuo deixando o casamento para depois. Eu sei que quero algo como isso que vocês dois compartilham e não tenho certeza de que encontrei. Não sei nem se um dia encontrarei. E com um amor assim... dizem que qualquer coisa é possível, não é? Você ama Gabby e Gabby ama você, e eu não consigo imaginar um mundo onde vocês dois não estejam juntos. Juntos como deveriam estar.

Travis deixou que sua cabeça absorvesse aquelas palavras.

— O que vai acontecer a seguir, então? — perguntou ela. — Precisa de ajuda para queimar o testamento?

Apesar da tensão, ele riu. — Talvez mais tarde.

— E o advogado? Ele não vai voltar para lhe pressionar, não é?

— Faz anos que não tenho notícias dele.

— Viu? É outro sinal de que você fez a coisa certa.

— Acho que sim.

— E as casas de repouso?

— Ela vai ser transferida na semana que vem. Preciso resolver as questões burocráticas.

— Precisa de ajuda?

Ele massageou suas têmporas, sentindo-se incrivelmente cansado. — Sim, acho que é uma boa ideia.

— Ei — disse ela, dando-lhe um leve empurrão. — Você tomou a decisão certa. Não se sinta culpado a respeito de nada. Você fez a única coisa que podia fazer. Ela quer viver. Ela quer a chance de voltar para você e para as meninas.

— Eu sei. Mas...

Ele não conseguiu terminar a sentença. O passado havia ficado para trás, e o futuro ainda iria se desdobrar, e ele sabia que deveria concentrar sua vida no presente... mesmo assim, o dia a dia da sua existência lhe parecia infindável e insuportável.

— Estou com medo — admitiu ele, finalmente.

— Eu sei — disse ela, puxando-o para mais perto. — Também estou com medo.

Epílogo

Junho de 2007

A paisagem tristonha do inverno deu lugar às cores vivas do fim da primavera, e, sentado na varanda atrás da casa, Travis podia ouvir pássaros. Dezenas, talvez centenas, estavam chamando e piando, e frequentemente uma revoada de andorinhas deixava as árvores onde haviam se aninhado, voando em formações que quase pareciam coreografadas.

Era uma tarde de sábado e Christine e Lisa ainda estavam brincando no balanço que Travis havia construído com uma corda e um pneu e pendurado na árvore na semana anterior. Como queria um arco longo e lento para as meninas, diferente dos balanços comuns, ele havia cortado alguns dos galhos mais baixos antes de prender a corda na parte mais alta da árvore. Passara uma hora inteira naquela manhã empurrando o balanço e ouvindo as suas filhas gritando e rindo com alegria; quando ele terminou, a parte de trás da sua camiseta estava ensopada de suor. E as meninas ainda queriam mais.

— Deixem o papai descansar por alguns minutos — disse ele, sem fôlego. — O papai está cansado. Por que vocês não brincam um pouco sozinhas por enquanto?

A decepção ficou clara no rosto delas, mas durou apenas alguns momentos. Logo elas estavam rindo e gritando novamente. Travis as observava no balanço, com a boca se abrindo em um pequeno sorriso. Ele adorava o tom musical da risada delas, e vê-las brincando juntas acalentava o seu coração. Ele esperava que elas permanecessem sempre amigas, assim como eram agora. Ele gostava de acreditar que, se ele e Stephanie servissem de referência, elas ficariam ainda mais próximas no futuro. Pelo menos era o que ele esperava. A esperança, como ele aprendeu, é tudo o que uma pessoa tem, e nos últimos quatro meses ele havia aprendido a aceitá-la.

Desde que fez a escolha, sua vida havia gradualmente voltado a certa normalidade. Ou pelo menos algo parecido com isso. Com Stephanie, ele visitou algumas casas de repouso. Antes dessas visitas, a concepção que ele tinha das casas de repouso era pontilhada por erros de julgamento. Ele imaginava que eram lugares mal iluminados e imundos, onde pacientes confusos e balbuciantes vagavam pelos corredores no meio da noite e eram vigiados por agentes de segurança à beira de uma psicose. Nada daquilo provou ser verdadeiro. Pelo menos não nos lugares que ele e Stephanie visitaram.

Em vez disso, os lugares, em sua maioria, eram bem iluminados e arejados, administrados por homens e mulheres de meia-idade que usavam terno e gravata e levavam seu trabalho a sério, e que se esforçavam ao máximo para provar que suas instituições eram mais higiênicas que a maioria das casas e que sua equipe de funcionários era atenciosa, cuidadosa e profissional. Durante as visitas, enquanto Travis imaginava se Gabby ficaria feliz em um lugar como aquele ou se ela seria a paciente mais jovem da instituição, Stephanie fazia as perguntas mais incisivas. Ela perguntava sobre os registros criminais dos funcionários e procedimentos de emergência, ou sobre como a casa de repouso lidava com as reclamações. Ao andar pelos corredores, ela deixava claro que estava ciente de cada regulamentação e código previstos em lei. Ela expunha situações hipotéticas que poderiam vir a acontecer e perguntava como a equipe de saúde e o diretor lidariam com elas. Perguntava quantas vezes Gabby seria exercitada e movida na cama durante o dia, para prevenir a formação de escaras. Às vezes, Travis pensava que ela agia como um promotor de justiça tentando condenar alguém por um crime e, embora ela mexesse com os brios de alguns diretores, Travis ficava grato por sua vigilância. Em seu estado mental, ele não conseguiria pensar de forma racional, mas sabia que ela estava fazendo todas as perguntas necessárias.

No final do processo, uma ambulância transferiu Gabby para uma casa de repouso que ficava a poucos quarteirões do hospital, administrada por um homem chamado Elliot Harris. Harris não havia impressionado somente Travis, mas Stephanie também, e ela preencheu todos os documentos no escritório dele. Ela havia insinuado — podia ser verdade ou não — que conhecia algumas pessoas importantes do poder judiciário estadual, e assegurou-se de que Gabby ficaria em um belo quarto individual com vista para um pátio. Quando Travis a visitava, ele empurrava a cama até a janela e afofava os travesseiros. Ele imaginava que ela gostava dos sons que vinham do pátio, onde amigos e famílias se reuniam, e também da luz do sol. Ela havia dito aquilo para ele certa vez, quando ele exercitava suas pernas. Ela também havia dito que entendia a escolha que ele fez e que estava feliz por ele haver decidido daquela maneira.

Depois de instalá-la na casa de repouso e passar a maior parte da semana seguinte com ela enquanto ambos se aclimatavam ao novo ambiente, ele havia voltado a trabalhar. Aceitou a sugestão de Stephanie e começou a trabalhar até o início da tarde, quatro dias por semana; seu pai tomava conta do restante do dia. Ele não havia percebido o quanto sentia falta da interação com outras pessoas e, almoçando com seu pai, descobriu que conseguia comer quase toda a refeição. Trabalhar regularmente significava que ele tinha de adaptar as visitas à casa de repouso ao seu novo horário. Depois de levar as meninas até o ponto do ônibus escolar, ele ia até a casa de repouso e passava uma hora ali; depois do trabalho, ele passava outra hora com Gabby antes que suas filhas voltassem para casa. Às sextas, ele ficava ali a maior parte do dia, e nos fins de semanas passava ali algumas horas. Aquilo dependia da programação e dos planos das meninas, algo em que Gabby provavelmente teria insistido. Às vezes, nos fins de semana, elas queriam visitá-la com ele, mas, na maioria das vezes, elas não queriam ir até lá ou não tinham tempo para isso, por causa dos jogos de futebol, festas ou porque saíam para patinar. De alguma forma, sem ter a decisão sobre a vida ou a morte de Gabby em suas mãos, a distância entre elas não incomodava Travis tanto quanto antigamente. Suas filhas estavam fazendo o que era necessário para melhorar e seguir com a vida, assim como ele. Ele havia vivido o bastante para saber que as pessoas lidavam com a dor de diferentes maneiras, e, pouco a pouco, todos começaram a aceitar suas novas vidas. Até que certa tarde, nove semanas depois de Gabby ter sido transferida para a casa de repouso, o pombo apareceu em sua janela.

No início, Travis não acreditou no que estava vendo. Para ser honesto, ele nem tinha certeza de que era o mesmo pássaro. Quem poderia dizer com certeza? Cinza, preto e branco com olhos escuros — e na maioria das vezes uma praga —, todos eles pareciam iguais. E, mesmo assim, olhando para ele... Travis sabia que era o mesmo pombo. Tinha de ser. Ele andava de um lado para o outro, não tinha medo de Travis quando ele se aproximava do vidro e arrulhava de uma forma que parecia... familiar, de certa forma. Um milhão de pessoas diriam que ele estava louco, e uma parte dele sabia que essas pessoas estavam certas. Mesmo assim...

Era o mesmo pombo. Não importa o quanto isso pudesse parecer loucura.

Ele o observou, embasbacado. No dia seguinte, trouxe um pouco de pão de forma e colocou alguns pedaços no peitoral da janela. Depois daquele dia, ele olhou pela janela regularmente, esperando que o pombo voltasse, mas ele nunca retornou. Nos dias que se seguiram àquela visita, ele percebeu que a ausência do pombo o deixou deprimido. Às vezes, em momentos de maior reflexão, ele gostava de pensar que o pombo havia simplesmente voltado para ver como eles estavam, para ter certeza de que Travis ainda estava cuidando de Gabby. Era isso, dizia Travis a si mesmo, ou o pássaro veio para dizer-lhe que não desistisse; que, apesar de tudo, a escolha que ele fizera era a opção certa.

Sentado na varanda dos fundos da sua casa, lembrando aquele momento, ele ficou impressionado por poder olhar para as suas filhas felizes e vivenciar ele mesmo uma boa parte da alegria que elas sentiam. Ele mal conseguia reconhecer aquela sensação de bem-estar, a impressão de que tudo estava bem no mundo. Teria a visita do pombo anunciado as mudanças que tomaram conta da vida daquela família? Travis supunha que refletir sobre tais coisas era parte da natureza humana e imaginou que contaria a sequência da história pelo resto de sua vida.

Foi isso o que aconteceu: no meio da manhã, seis dias depois que o pombo havia reaparecido, Travis estava trabalhando na sua clínica. Em uma das salas havia um gato doente; em outra, um filhote de *doberman* que precisava de vacinas. Na terceira sala, Travis estava suturando um cachorro que era um cruzamento de labrador com *golden retriever*, que havia se cortado enquanto tentava rastejar por baixo de arames farpados. Ele terminou de suturar o último ponto, amarrou a linha e estava começando a informar o dono sobre como manter o ferimento livre de infecções quando uma assistente entrou na sala sem bater na porta. Travis se virou, surpreso com a interrupção.

— É Elliot Harris — disse ela. — Ele precisa falar com você.

— Pode anotar o recado? — perguntou Travis, olhando para o cachorro e o dono.

— Ele disse que não pode esperar. É urgente.

Travis desculpou-se com o cliente e disse a sua assistente que cuidasse das coisas enquanto ele atendia o telefone. Foi até o escritório e fechou a porta. No telefone havia uma luz piscando, avisando que Harris aguardava para falar com ele.

Pensando naquela ocasião, ele não tinha certeza sobre o que esperava ouvir. Sentia, entretanto, uma sensação de que algo sinistro estava para acontecer quando levou o telefone até a orelha. Era a primeira — e a única — vez que Elliot Harris havia ligado para ele no escritório. Ele se endireitou e apertou o botão.

— Aqui é Travis Parker — disse ele ao telefone.

— Dr. Parker, aqui é Elliot Harris — disse o diretor. A voz dele era calma, e Travis não conseguiu detectar nenhum indício do motivo do telefonema. — Eu acho que o senhor devia vir até a casa de repouso assim que possível.

No curto silêncio que se se seguiu, um milhão de pensamentos passaram pela mente de Travis: Gabby havia parado de respirar; a situação dela havia piorado; de algum modo, toda a esperança havia desaparecido. Naquele instante, Travis segurou o telefone com força, como se estivesse tentando evitar o que quer que fosse dito a seguir.

— Gabby está bem? — ele perguntou, finalmente. As palavras pareciam estar engasgadas.

Houve mais uma pausa, provavelmente apenas um segundo ou dois. Um piscar de olhos que demorou anos, era como ele o descreveria hoje; mas as duas palavras que se seguiram fizeram com que ele deixasse o telefone cair.

Ele estava estranhamente tranquilo quando saiu da clínica. Pelo menos foi isso que seus assistentes lhe disseram mais tarde: que não conseguiram perceber nada do que havia acontecido quando olharam para ele, e que Travis não deu nenhum indício do que havia acontecido. Eles disseram que o haviam observado quando ele passou em frente ao balcão da recepção. Todos, desde a equipe de funcionários até as pessoas que traziam seus animais até a clínica, sabiam que a esposa de Travis estava na casa de repouso. Madeline, que tinha 18 anos e trabalhava na recepção, olhou-o com olhos arregalados quando ele se aproximou da sua mesa. Naquela altura, quase todos na clínica sabiam que alguém havia ligado da casa de repouso. Em cidades pequenas, as notícias se espalham rapidamente.

— Pode ligar para o meu pai e pedir que ele venha me substituir? — perguntou Travis. — Eu preciso ir até a casa de repouso.

— Claro que sim — respondeu Madeline. Ela hesitou. — Você está bem?

— Você poderia me levar até lá? Acho que eu não estou em condições de dirigir.

— Claro — disse ela assustada. — Deixe-me apenas ligar para o seu pai, está bem?

Enquanto ela teclava os números, Travis parecia estar paralisado. A sala de espera estava em completo silêncio. Até mesmo os animais pareciam saber que algo havia acontecido. Ele ouviu Madeline falando com seu pai como se ela estivesse muito distante; na verdade, ele mal tinha noção de onde estava. Foi somente quando Madeline desligou o telefone e lhe disse que seu pai chegaria em pouco tempo que Travis pareceu reconhecer seus arredores. Ele viu o medo no rosto de Madeline. Talvez porque fosse jovem e não conseguisse manter a calma, ela fez a pergunta em que todos pareciam estar pensando.

— O que houve?

Travis viu a empatia e a preocupação estampadas no rosto das pessoas. A maioria delas o conhecia há anos; algumas o conheciam desde que ele era pequeno. Alguns, entre eles a maioria da equipe de funcionários, também conheciam Gabby, e, depois do acidente, todos passaram por um período parecido com um luto. Aquilo não era da conta de ninguém, mas de repente era, porque as raízes de Travis estavam aqui. Beaufort era a casa deles, e, olhando em volta, ele reconhecia a curiosidade de todas aquelas pessoas como algo parecido com o amor entre parentes. Mesmo assim, ele não sabia o que dizer a elas. Ele havia imaginado mais de mil vezes como este dia seria, mas agora, entretanto, parecia que tudo era novo. Ele conseguia ouvir a própria respiração. Se concentrasse intensamente, achava que poderia até mesmo sentir seu coração batendo no peito; mas seu pensamento parecia estar longe demais para fazer sentido, ou mesmo para ser traduzido em palavras. Ele nem sabia ao certo em que pensar. Imaginava se havia escutado Harris corretamente, ou se tudo havia sido um sonho; ele imaginou se, de algum modo, havia compreendido mal. Em sua mente, ele revivia a conversa, buscando significados ocultos, tentando encontrar a realidade por trás das palavras, mas, por mais que tentasse, parecia não conseguir se concentrar o bastante para sentir a emoção que deveria. O terror o impedia de sentir o que quer que fosse. Mais tarde, ele descreveria a sensação que sentiu como se equilibrar em uma corda bamba, com a felicidade total de um lado e a perda total do outro, e ele estava parado no meio, pensando que um único movimento errado em qualquer direção faria com que ele caísse no abismo.

Na clínica, ele colocou sua mão no balcão para se apoiar. Madeline deu a volta no balcão com as chaves do carro na mão. Travis olhou em volta da sala de espera; depois, para Madeline, e por último para o chão. Quando levantou os olhos, tudo o que ele conseguiu fazer foi repetir exatamente o que ouvira ao telefone alguns momentos antes.

— Ela acordou.

Doze minutos depois, após trinta mudanças de faixa e três semáforos que estavam definitivamente amarelos, ou talvez até mesmo vermelhos, Madeline estacionou o carro na porta da casa de repouso. Travis não havia dito uma palavra desde que entrou no carro, mas sorriu em agradecimento ao abrir a porta.

O percurso não ajudou a aliviar sua mente. A esperança que tinha parecia estar além de qualquer coisa, e ele estava com um enorme entusiasmo. Ao mesmo tempo, não conseguia se afastar da ideia de que, de algum modo, ele havia entendido errado o que lhe fora dito no telefone. Talvez ela tivesse acordado por um instante e estivesse novamente em coma; talvez alguém tivesse visto alguma informação errada. Talvez Harris tivesse se referido a alguma condição obscura que melhorava a função cerebral, em vez do óbvio. A cabeça dele girava, alternando cenários de esperança e desespero conforme ele se encaminhava para a entrada.

Elliot Harris o aguardava e parecia ter um maior controle sobre si mesmo do que Travis imaginava poder exercer.

— Já telefonei para o médico e o neurologista e eles estarão aqui em alguns minutos — disse ele. — Por que você não vai até o quarto dela?

— Ela está bem, não é?

Harris, um homem que Travis mal conhecia, colocou uma mão em seu ombro, convidando-o a entrar. — Vá vê-la — disse ele. — Ela está perguntando por você.

Alguém segurou a porta aberta para que ele entrasse — não importa o quanto tentasse, ele não conseguia se lembrar se era um homem ou uma mulher — e Travis entrou no prédio. Uma curva à direita o levou às escadas, e ele subiu rapidamente, ficando mais cambaleante conforme subia. No segundo andar, ele abriu a porta e viu que havia uma enfermeira e um assistente de enfermagem que pareciam estar esperando por ele. Como ambos tinham uma expressão entusiasmada, ele presumiu que deviam tê-lo visto chegando e queriam lhe dizer o que estava acontecendo, mas ele não parou, e eles o deixaram passar. Ao dar o próximo passo, ele sentiu que suas pernas iriam fraquejar. Apoiou-se contra a parede para se endireitar por um momento e depois deu mais um passo em direção ao quarto de Gabby. Ao se aproximar, ele ouviu o murmúrio de pessoas conversando. Na porta, ele hesitou, desejando que tivesse pelo menos penteado o cabelo, mas isso não importava. Ele entrou no quarto, e o rosto de Gretchen se iluminou.

— Eu estava no hospital ao lado do médico quando ele recebeu a mensagem e simplesmente tinha de vir aqui e ver com os meus próprios olhos.

Travis nem sequer a ouviu. Em vez disso, ele só conseguiu registrar a presença de Gabby, sua esposa, sentada na cama, com uma aparência fraca. Ela parecia estar desorientada, mas o sorriso em seu rosto quando ela o viu lhe disse tudo que ele precisava saber.

— Eu sei que vocês dois têm muito o que conversar... — dizia Gretchen, ao fundo.

— Gabby? — sussurrou Travis, finalmente.

— Travis — grunhiu ela. A voz de Gabby parecia diferente, arrastada e rouca pela falta de uso, mas era realmente a voz dela. Travis foi lentamente até a cama, seus olhos nunca se afastando dos dela, sem perceber que Gretchen já havia saído do quarto, fechando a porta atrás de si.

— Gabby? — repetiu ele, quase sem acreditar. Em seu sonho, ou no que ele achava ser um sonho, ele observava conforme ela movia sua mão da cama até pousá-la em cima da barriga, como se aquilo necessitasse de toda a força de que ela dispunha.

Ele se sentou na cama ao lado dela.

— Onde você estava? — perguntou ela, balbuciando as palavras, mas mesmo assim cheias de amor, cheias de vida. Acordada. — Eu não sabia onde você estava.

— Estou aqui agora — disse Travis, e desmanchou-se em lágrimas, com os soluços vindo aos borbotões. Ele se inclinou em direção à Gabby, ansiando por sentir seu abraço. E, quando sentiu a mão dela em suas costas, ele começou a chorar ainda mais. Ele não estava sonhando. Gabby o estava abraçando; ela sabia quem ele era e o quanto ela significava para ele. Era real. Era tudo o que ele conseguia pensar. Desta vez, era real.

Como Travis não estava disposto a sair do lado de Gabby, seu pai o substituiu na clínica por mais alguns dias. Apenas recentemente ele voltara a ter algo parecido com um trabalho em tempo integral, e em fins de semana como aquele, com suas filhas correndo e rindo no jardim e Gabby na cozinha, ele às vezes se pegava procurando detalhes do ano anterior. As lembranças que ele tinha dos dias que passou no hospital pareciam borradas e enevoadas, como se ele estivesse apenas um pouco mais consciente do que Gabby.

Gabby não voltou do coma sem consequências, é claro. Ela havia perdido muito peso, seus músculos haviam se atrofiado, e certo entorpecimento persistia na maior parte do lado esquerdo do corpo. Demorou alguns dias até que ela conseguisse ficar de pé sem apoio. A terapia era irritantemente lenta; até hoje ela passava algumas horas por dia com o fisioterapeuta e, no começo, frequentemente ficava frustrada por não conseguir fazer as coisas mais simples. Ela detestava sua aparência esquálida ao espelho e comentou mais de uma vez que parecia ter envelhecido quinze anos. Era nesses momentos que Travis lhe dizia que ela era linda e que nunca tivera tanta certeza de alguma coisa em sua vida.

Christine e Lisa demoraram um pouco para se acostumar. Na tarde em que Gabby acordou, Travis pediu que Elliot Harris telefonasse para sua mãe para que ela pudesse pegar as crianças na escola. A família se reuniu uma hora mais tarde, mas, quando entraram no quarto, parecia que nem Lisa nem Christine queriam chegar perto da mãe. Em vez disso, elas se agarravam a Travis e respondiam a qualquer pergunta que Gabby lhes fizesse com monossílabos. Levou meia hora até que Lisa finalmente subisse na cama para ficar ao lado da mãe. Christine não se abriu até o dia seguinte, e mesmo assim ela manteve suas emoções a distância, como se estivesse encontrando Gabby pela primeira vez. Naquela noite, depois que Gabby havia sido transferida de volta para o hospital, Travis trouxe as filhas de volta para casa e Christine perguntou se “a mamãe havia voltado de verdade ou se ela iria dormir de novo”. Embora os médicos tivessem deixado claro que aquilo provavelmente não aconteceria, eles não haviam excluído a possibilidade completamente, pelo menos naquele primeiro momento. Os medos de Christine eram um reflexo dos medos de Travis. Sempre que ele avistava Gabby dormindo ou simplesmente descansando depois de um dia mais puxado na fisioterapia, ele sentia seu estômago se retorcer, e sua respiração se acelerava, e ele a cutucava gentilmente, com um medo cada vez maior de que ela não voltasse a abrir os olhos. E, quando ela finalmente reagia, ele não conseguia disfarçar seu alívio e gratidão. Embora Gabby aceitasse aquela ansiedade no início, ela admitia que aquela ideia lhe dava arrepios também, aquilo começou a lhe dar nos nervos. Na semana anterior, com a lua já alta no céu e os grilos cantando, Travis começou a acariciar seu braço enquanto ela estava deitada ao lado dele. Ela abriu os olhos e os focou no relógio, percebendo que já passava das três da manhã. Um momento depois, ela se sentou na cama e lhe deu um olhar duro.

— Você tem de parar de fazer isso! Eu preciso dormir. Preciso de sono regular e sem interrupções, como todas as outras pessoas do mundo! Estou exausta, dá para entender? Eu me recuso a viver o resto da minha vida sabendo que você vai ficar me cutucando a cada hora até eu acordar!

Foi o comentário que ela fez; nem poderia ser classificado como uma discussão, pois ele nem teve tempo de responder antes que ela voltasse a se deitar na cama e se virasse de costas para ele, resmungando em voz baixa. Para Travis, aquilo pareceu algo tão... típico de Gabby que ele respirou aliviado. Se ela não se preocupava mais a respeito de voltar a entrar em coma, e jurava que não se preocupava, então ele sabia que não deveria fazer aquilo também. Ou pelo menos ele podia deixá-la dormir em paz. Agora, no meio da noite, ele simplesmente escutava a respiração dela e, ao perceber as diferenças no ritmo, diferenças que não ocorriam quando ela estava em coma, ele finalmente era capaz de se deitar e voltar a dormir.

Todos estavam se ajustando, e ele sabia que aquilo iria demorar um bom tempo. Muito tempo. Eles ainda tinham de conversar sobre o fato de terem ignorado o testamento feito em vida, e ele se perguntava se chegariam a fazer aquilo. Ele ainda tinha de contar a Gabby sobre as conversas imaginárias que teve com ela enquanto ela estava no hospital, e ela tinha pouco a dizer sobre o coma. Não se lembrava de nada: nenhum aroma, nenhum som da televisão, nem do toque dele. — É como se o tempo tivesse simplesmente... desaparecido.

Mas não era um problema para ela. Tudo estava como devia estar. Por trás de si, ele ouviu a porta se abrir e então se virou; a distância, ele podia ver Molly deitada sobre o gramado ao lado da casa; Moby, já velho, estava dormindo em um dos cantos. Travis sorriu quando Gabby espiou suas filhas, notando sua expressão contente. Enquanto Christine empurrava Lisa no balanço de pneu, ambas rindo com alegria, Gabby se sentou na cadeira de balanço ao lado de Travis.

— O almoço está pronto — disse ela. — Mas acho que vou deixá-las brincar por mais alguns minutos. Elas parecem estar se divertindo muito.

— Estão mesmo. Mais cedo, elas acabaram comigo.

— Você acha que, quando Stephanie chegar aqui mais tarde, podemos ir até o aquário? E comer uma pizza? Estou morrendo de vontade de comer pizza.

Ele sorriu, pensando que poderia ficar naquele momento para sempre. — Parece uma ótima ideia. Ah, isso me lembra... sua mãe ligou enquanto você estava no chuveiro.

— Vou ligar de volta para ela daqui a pouco. Tenho de ligar para o técnico do aquecedor também. Eu não consegui desligá-lo no quarto das meninas ontem à noite.

— Acho que consigo consertá-lo.

— Acho que não consegue não. Da última vez que você tentou consertá--lo, nós tivemos de comprar um novo, lembra-se?

— Eu me lembro que você não me deu tempo suficiente.

— Sim, sim — provocou ela. Gabby piscou o olho. — Você quer almoçar aqui fora ou na sala de jantar?

Ele fingiu pensar na pergunta, sabendo que não era realmente importante. Do lado de dentro ou de fora da casa, o importante era que todos estariam juntos. Ele estava com a mulher e as filhas que amava, e quem iria precisar ou querer alguma coisa além daquilo? O sol brilhava intensamente, as flores estavam se abrindo, e o dia passaria com uma tranquilidade impossível de imaginar no inverno anterior. Era somente um dia normal, um dia como outro qualquer. Mas, acima de tudo, um dia em que cada coisa estava exatamente como devia ser.